RAINER WÜRTH

Wildwechsel

GOLDMANN
Lesen erleben

Buch

Ein spontaner Urlaub mit seiner neuen Freundin Hanna und ihrer Tochter auf Kuba wird für Kommissar Bruno Kolb zu einem Fiasko, zumal ihn dort auch noch die Nachricht vom Tod seines Vaters erreicht und er vorzeitig zurückkehren muss. Wieder im Dienst, beschäftigt ihn eine Vermisstenanzeige. Nach der Premiere von Tschechows »Möwe« in einem kleinen Privattheater einer Stadt am Rande des Schwarzwalds ist der Kulturredakteur Jo Schiller spurlos verschwunden. Schiller hatte ein Talent dafür, sich Feinde zu machen, besonders in der lokalen Kulturszene.

Als nahe des Theaters, wo Schiller zuletzt gesehen wurde, Blutspuren von ihm gefunden werden, muss Bruno Kolb von einem Gewaltverbrechen ausgehen. Wenig später wird ein Jugendlicher vermisst. Auf den ersten Blick scheint es zwischen ihm und Jo Schiller keine Verbindung zu geben. Aber bald findet Bruno Kolb heraus, dass die Verschwundenen beide Kontakt zu einem dubiosen Politiker hatten. Wie einflussreich und kaltblütig dieser Politiker und seine mächtigen Freunde sind, ahnt Kolb zunächst nicht – bis er selbst zum Gejagten wird ...

Autor

Rainer Würth, 1967 geboren und aufgewachsen in Pforzheim, arbeitete als Lokaljournalist, ehe er im Sommer 2001 alle Zelte abbrach und zwölf Monate durch die Südsee reiste. Nach seiner Rückkehr verlegte er sich auf die Reiseliteratur und den Reisejournalismus. Seine Reportagen erscheinen u. a. in der *FAZ*, der *Neuen Zürcher Zeitung*, in *abenteuer und reisen* oder in der *Presse* (Wien). Zugleich ist er als Dozent für Literarisches Schreiben tätig.

Neben einem literarischen Reisebuch hat er einen Lyrikband und den Neuseeland-Roman »Kotuku« veröffentlicht. Mit »Krötenwanderung«, seinem ersten Kriminalroman, hat er die Serie um den jungen badischen Kommissar Bruno Kolb begonnen.

Mehr Informationen unter: www.rainerwuerth.de

Außerdem von Rainer Würth bei Goldmann lieferbar:

Krötenwanderung. Ein Fall für Bruno Kolb (47120)

Rainer Würth

Wildwechsel

Der zweite Fall
für Kommissar Bruno Kolb

GOLDMANN

MIX
Papier aus verantwortungsvollen Quellen
FSC® C014496
FSC
www.fsc.org

Verlagsgruppe Random House FSC-DEU-0100
Das FSC®-zertifizierte Papier *Holmen Book Cream* für dieses Buch
liefert Holmen Paper, Hallstavik, Schweden.

1. Auflage
Originalausgabe September 2011

Dieses Werk wurde vermittelt durch die Literarische
Agentur Thomas Schlück GmbH,
30827 Garbsen.
Umschlaggestaltung: UNO Werbeagentur, München
Umschlagmotiv: © Getty Images
Redaktion: Karin Ballauff
AG · Herstellung: Str.
Satz: omnisatz GmbH, Berlin
Druck und Bindung: GGP Media GmbH, Pößneck
Printed in Germany
ISBN 978-3-442-47329-8

www.goldmann-verlag.de

Vielleicht gibt es
für viele Dinge gar keinen Grund,
und sie passieren nur,
weil Menschen sie tun.

Gerard Donovan, »Winter in Maine«

Prolog

Seine Hand zitterte leicht. Hinter dem großen Fenster war jetzt alles schwarz. Die Nacht war schnell gekommen. Er hatte es nicht bemerkt. Er war abgelenkt gewesen. Der Anruf.

Die Umrisse der Tannen sahen wie die Klingen von Messern aus. Wie lange hatten sie telefoniert? Eine halbe Stunde? Länger? Er betrachtete das Glas vor sich auf dem Tisch. Die Eiswürfel in der karamellfarbenen Flüssigkeit hatten ihre Form verloren. Sie sahen wie glitschige Einzeller aus – Amöben, Bakterien.

Der Rücken. Es war immer der Rücken. Der Stress, die Anspannung, der Zorn. Er trank einen Schluck. Spürte den Alkohol. Auf der Zunge, im Hals, die Speiseröhre hinab, im Magen. Die Worte des Alten hallten in seinem Kopf nach. Wie ein Gebet. Es ist alles gut, dachte er. Es ist alles gut. Der monotone, dunkle Klang seiner Stimme. Die so ruhig war, klar, weich. Seine Stimme hatte ihn immer schon irritiert. Weil sie nicht zu ihm passte. Genauso wenig wie sein Aussehen zu ihm passte und die Art, wie er sich gab. Sein mildes Lächeln, das väterliche Gehabe. Niemand schien die Kälte in ihm wahrzunehmen, die Strenge, die Schärfe, seine gnadenlose Entschlossenheit. Eine perfekte Maske. Dieser Vater, der er nicht war. Trotzdem waren sie alle seine Kinder. Ob sie wollten oder nicht. Henker würde besser zu ihm passen, dachte er. Henker, nicht Vater.

Dass die Einschläge näher rückten, hatte er gesagt. Dass er sich vorsehen müsse. Dass sie ihn nicht bis in alle Ewigkeit decken könnten. Bis in alle Ewigkeit. Wie poetisch. Aber was war eigentlich passiert? Jemand hatte ihn angezeigt. Anonym. Ein Staatsanwalt hatte die Ermittlungen aufgenommen. Es war nicht das erste Mal. Schweine wühlen nun mal gerne im Dreck, dachte er. Aber was kümmerte es ihn?

So schwarz die Nacht, so dunkel. Er überlegte, ob er diesem Staatsanwalt schon einmal irgendwo begegnet war. Sein Name sagte ihm nichts. Gut, man ermittelte gegen ihn. Aber was bedeutete das schon? Welche Konsequenzen hatte das für ihn? Es konnte Monate dauern, vielleicht Jahre, bis man ein Verfahren gegen ihn eröffnen würde. Wenn es überhaupt jemals dazu kam. Das Wühlen im Dreck war ein mühsames Geschäft. Was sollten sie schon finden? Sie hatten nichts gegen ihn in der Hand. Es gab nur Vermutungen, Spekulationen und wirre Anschuldigungen, aber keine Beweise. Was sollte ihm also passieren? Oder ihnen? Das Wahrscheinlichste war, dass die Geschichte am Ende einfach im Sande verlaufen würde. Punkt. Das war der Stand der Dinge. Wozu also die Panikmache? Seine Nervosität. Der Anruf. Die düsteren Prophezeiungen. Sein fahriges Gerede von den Einschlägen, die näher rückten. Was war los mit dem Alten? So kannte er ihn gar nicht. Vielleicht wurde er langsam einfach zu alt für den Job.

Er stand von der Couch auf und streckte sich. Der Schmerz in seinem Rücken dehnte sich kreisförmig aus. Wie Wellen auf einem See, wenn man einen Stein hineinwirft. Der Rasen vor dem großen Fenster sah nass aus, obwohl es nicht geregnet hatte. Die Nächte waren noch kalt. Ganz langsam ließ der Schmerz in seinem Rücken nach.

Ein Fuchs trat aus dem Wald. Er betrachtete seinen mageren, hässlichen Körper. Den langen, bauschigen Schweif. Ein ekelhaftes Tier, dachte er. Der Fuchs hielt sich im Dunkeln verborgen. Erstarrte für einen Moment zwischen den Tannen. Dann bewegte er sich langsam an der kegelförmigen Linie entlang, die der gelbe Lichtschein von innen auf den Rasen warf. Mehr im Dunkeln als im Licht.

Ein Wagen. Dann die Tür. Ihre Schritte im Haus. Wieder erstarrte der magere Körper des Fuchses auf dem Rasen. Der Fuchs hatte die Geräusche gehört und seine Bewegung wahrgenommen. Er richtete seine kleinen, feigen Augen auf ihn. Was ging jetzt in seinem hündischen Gehirn vor? Nahm er die Schemen im Schein des Lichts wahr? Vermochte er darin eine Gestalt zu erkennen? Einen Menschen. Den Jäger.

»Du bist früh zurück heute«, sagte sie.

Er zuckte zusammen. Drehte sich zu ihr um. Er hatte sie nicht kommen hören. Sie stand in der Tür. Ihr Lippenstift war verschmiert. Er roch die Reste ihres schweren Parfüms. Und er nahm den säuerlichen Geruch darunter wahr. Den kalten Rauch, Schweiß.

»Wie immer«, gab er zurück.

Etwas war anders mit ihrem Haar. Aber er kam nicht darauf, was es war. Sie schaute kurz auf die Uhr.

»Ich muss später noch mal weg«, sagte sie.

Er nickte und schwieg. Sie hat kalte, kleine Augen, dachte er. Wie die des Alten. Raubtieraugen.

Sie drehte sich um und ging. Ihre Schritte entfernten sich.

Er horchte ihnen nach, bis das große Haus sie Raum für Raum verschluckt hatte. Weit entfernt wurde Badewasser eingelassen. Er schaute wieder nach draußen. Auf den dunklen Rasen. Auf die Tannen. Den Wald dahinter, der nur noch eine schwarze Fläche war. Der Fuchs war verschwunden. Wir werden uns wiedersehen, dachte er. Sehr bald schon. Irgendwo da draußen im Wald. Und dann wird ein Schuss fallen, und du wirst tot sein.

1

»Herzlich willkommen im Kronos-Theater«, murmelte die dürre Blonde am Eingang.

Leise, unsicher, nervös. Hoffentlich hat sie keine Rolle heute Abend, dachte Schiller. Hoffentlich würden sie Tschechow nicht mit dieser hölzernen, flachbrüstigen Dame und ihrem dünnen Stimmchen verhunzen. Die Nina womöglich! Schulz wäre das zuzutrauen. Die Dame setzte einen hündischen Blick auf und wartete auf eine Erwiderung, zu der er sich nicht herabließ. Dann riss sie linkisch eine der kleinen, gelben Eintrittskarten vom Block und hielt sie ihm hin. Er schüttelte nur mit dem Kopf und machte eine abwehrende Handbewegung.

»Es geht wohl auch so«, sagte er.

Seine Reaktion schien sie ein wenig aus dem Konzept zu bringen. Er sah, wie es in ihr arbeitete. Dabei hielt sie weiter tapfer die abgerissene Eintrittskarte vor ihm hoch wie eine Opfergabe. Sie wusste nicht wohin damit.

»Natürlich. Viel Spaß, Herr Schiller!«, flötete sie dann.

Sie freute sich wahrscheinlich, dass ihr das so schnell eingefallen war. Diese lockere, souveräne Erwiderung. Er nickte ihr nur kurz zu und betrat das Theater.

Der Eingang war so niedrig, dass man sich bücken musste. Wie oft er sich hier schon hatte bücken müssen. Überhaupt dieser Name: Kronos-Theater. Albern, ohne jeden Bezug zu Theater. Sollte wohl schick klingen. Gebildet. Avantgardistisch. Kronos, der jüngste Sohn der Gaia und des Uranus. Anführer der Titanen, der seinen Vater mit einer Sichel entmannte und zum Herrscher der Welt aufstieg. Der aus Angst um seine Macht die eigenen Kinder fraß. Alle, bis auf eines: Zeus. Den hatte Rhea in einer Höhle des Berges Aigaion auf Kreta versteckt und den Gatten mit einem in Windeln gewickelten Stein getäuscht. Kronos. Was hatte sich Schulz bei diesem Namen für sein Theater gedacht? Wahrscheinlich gar nichts. Von der griechischen Mythologie dürfte er genauso wenig Ahnung haben wie vom Inszenieren. Alles aufgesetzt. Eine pompöse, dumme Verzierung. Heiße Luft.

Wie die Leute glotzten, als er den Zuschauerraum betrat. Zu tuscheln begannen. Es roch nach Hund und nach Staub. Die Decke war so niedrig, dass man sie mit der Hand berühren konnte. Die Blicke der Leute waren feindselig. Er tat so, als würde er es nicht bemerken. Ging einfach mitten durch die glotzenden Gesichter hindurch zu einem freien Platz in der letzten Reihe. Manche traten hektisch zur Seite, als hätte er eine ansteckende Krankheit. Er lächelte nur. Stoisch, vollkommen ruhig. Das Gesicht eine freundliche, unverbindliche Maske. Was für ein dummes Volk, dachte er.

Die Enge war eine Zumutung. Diese unangenehmen Berührungen. Ständig stieß man mit der Schulter an den Nebenmann. Nur eine Schulter, in seinem Fall. Weil er ganz außen saß. Die Schulter einer unangenehmen, dicken Frau.

»Schreiben Sie was Schönes, Herr Schiller«, raunte sie ihm plötzlich ins Ohr.

Der Schwall ihres süßlichen Parfüms hüllte ihn ein. Ihre Nachbarin kicherte. Er reagierte nicht darauf. Räusperte sich nur. Eine Unverschämtheit! Was bildet sich diese Person überhaupt ein?, dachte er. Ihr Geruch war ekelhaft. Parfüm, Haarspray, Nagellack, schlechter Atem. Einen schlechten Geschmack und Dummheit kann man riechen. Die Leute sind sich dessen nicht bewusst. Auch diesbezüglich hatte Maurice ihn überrascht. Ein guter Duft und nicht zu viel. Sehr teuer. Er hatte ihn nicht gefragt, was es für ein Parfüm war. Sie hatten sich schöneren Dingen gewidmet als der Unterhaltung. Aber er war sicher, dass Maurice sich dieses Parfüm nicht selbst gekauft hatte. Jemand hatte es für ihn ausgesucht. Es ihm geschenkt. Jemand, der Geschmack hatte. Der wusste, wie der Junge riechen musste. Es war ein wunderbarer Vormittag gewesen. Sehr entspannt, gelungen, perfekt. Natürlich wusste der Junge, was er wert war. Das wussten sie alle, dachte er. Danach hatte er ausgiebig geduscht, hatte sich gepflegt. Eine Kleinigkeit gegessen. Hatte geschrieben. Und dann war er mit dem Hund draußen gewesen. Alles hatte gepasst. Sogar die Sonne war in dieser halben Stunde herausgekommen. Schade, dass ein Tag, der so schön begonnen hat, im Kronos-Theater enden muss, dachte er.

Endlich wurde es dunkel. Das dumme Geschwätz der Leute ebbte ab. Das Tuscheln und Kichern. Das ekelhafte Husten und Schnäuzen. Die schwarzen Vorhänge, die sie vor die Fenster gehängt hatten, machten den Raum stockdunkel – absolut schwarz. Die dicke Frau neben ihm rutschte nervös auf dem Stuhl herum. Es waren harte, unbequeme Holzstühle. Sogar ein paar Bierbänke dazwischen. Kein Mensch zahlt dich dafür, dass du dir hier deine Bandscheiben ruinierst, dachte Schiller.

Seine Augen gewöhnten sich langsam an die Dunkelheit. Oben im Haus bellte ein Hund. Im zweiten Stock, wo Schulz residierte. Bisher hatte er sich noch nicht blicken lassen. Erneut bellte der Hund. Ein paar der Zuschauer kicherten. Worauf warten sie eigentlich?, dachte Schiller. Warum fangen sie nicht an? Er nahm seinen Block und den Kugelschreiber aus der Innentasche seines Jacketts.

Nobles Leben auf dem russischen Land. Von wegen! Die Kulisse erinnerte eher an eine Müllhalde. Du lieber Himmel. Zeigefinger, Zeigefinger! Der Welt geht's schlecht. Wir zerstören unseren Planeten. Aber das Beste war die Möwe. Diese Möwe aus Holz oder Plastik, die sie an die Decke gehängt hatten. Ein Witz! Sie war schwarz. Im ersten Moment hatte er gedacht, es sei eine Krähe. Warum hatten sie nicht einfach eine Coladose hingehängt? Eine blutüberströmte Puppe oder ein Spielzeugauto? Aber Gott sei Dank spielte die dürre Blonde vom Eingang nicht die Nina.

Gin Tonic Nummer drei, und dabei war es noch nicht mal vier Uhr. Das sollte ich mir nicht angewöhnen, dachte Bruno. Er soff sowieso schon zu viel. Außer ihm war niemand an der Poolbar. Hanna hatte sich hingelegt, Pia war auf der Wasserrutsche unterwegs. Die Sonne knallte herunter, aber im Schatten war es angenehm. Die Liegestühle rund um den Pool herum waren verwaist. Wo waren die ganzen Leute? Hatte er etwas verpasst? Aber was sollte das schon sein außer Essen. Und Alkohol gab es rund um die Uhr. So viel man wollte. All inclusive.

Bruno nahm einen Schluck und sah auf seine Füße im knietiefen Wasser hinunter. Die Barhocker waren in eine halbrunde Erweiterung des Pools gebaut. In knapp drei Stunden gab es wieder Essen – Dinner. Das Merkwürdige war, dass man trotzdem immer Hunger hatte. Auf das Bimmeln der Glocke wartete, um zum nächsten Buffet zu marschieren. Dabei tat man hier den ganzen Tag nichts anderes als essen.

Der Barkeeper wischte Gläser ab und starrte dabei an ihm vorbei auf den verlassenen Pool. Gemütliche Schicht, dachte Bruno. Kein Schwein da. Vorhin hatten sie ein paar Worte miteinander gewechselt. Der Barkeeper hieß Pablo. Oder Enrico? Bruno hatte es schon wieder vergessen. Pablo oder Enrico hatte ihm von seinen drei Kindern erzählt und von seiner Frau.

»Are you married?«, fragte er ihn plötzlich.

Er lehnte sich über die Bar und zeigte auf seinen Ehering. Bruno schüttelte den Kopf und strich ein paar Wassertropfen von seinem Glas weg.

»Your lady, very nice«, sagte er.
»What name?«
»Hanna«, sagte Bruno.
»Hanna«, wiederholte er.
»And little lady, very, very nice!«
»Pia«, sagte Bruno.

Von irgendwoher hörte man Gelächter. Pablo oder Enrico fragte ihn, ob er der Vater von Pia sei, und wedelte dabei mit seinem Küchentuch herum, als sei es ein Tier, das er festhalten musste. Bruno verneinte, und damit war das Gespräch wieder beendet.

Die Geschichte mit Hanna, der gemeinsame Urlaub. Es war alles zu schnell gegangen. Pablo oder Enrico hatte ihm den Rücken zugedreht und stellte Flaschen um. Eine halbvolle Rumflasche wanderte auf die andere Seite der Bar. Sie beide, der spontane Urlaub. Strand, Palmen, Meer. Es hatte so gut angefangen. Doch jetzt war es fast nur noch kompliziert. Pablo oder Enrico schien es sich mit der Rumflasche wieder anders überlegt zu haben. Er stellte sie wieder an den Platz zurück, wo sie ursprünglich gestanden hatte.

Sich hinlegen, eine Runde schlafen. Sie hatte allein sein wollen. Das war alles. Und er? Wenn er ehrlich war, war es ihm auch recht gewesen. Allein sein. Bruno setzte das lange, dünne Glas an und nahm einen Schluck. Der Gin Tonic war bereits warm wie Tee. Die Zitrone am Rand des Glases sah verschrumpelt und trocken aus.

Was lief schief zwischen ihnen? Lag es an ihm? An der Mordserie, die gerade einmal drei Wochen her war? Das steckte man nicht einfach so weg. Diese Bilder, der ganze Horror. Auch die Frage, ob es anders hätte laufen können, wenn man anders reagiert hätte. Früher. Aber man konnte ja nicht hineinkriechen in so ein Gehirn. Es hatte zuerst keine Anhaltspunkte dafür gegeben, dass es der Anfang einer Serie war. Dass er eine Liste abarbeitete. Ja, es fiel ihm schwer, darüber zu reden. Er hatte Hanna nicht viel erzählt. Aber mit so grausamen Geschichten will man ja auch keine neue Beziehung anfangen. Natürlich muss man sich öffnen. Aber das braucht Zeit. Besonders er brauchte da Zeit. Es war alles so neu. Er und sie. Und auch Pia. Wahrscheinlich hatte er einfach zu lange allein gelebt. Bruno leerte sein Glas. Der letzte Schluck schmeckte nicht nach Gin. Es waren nur noch Eiswürfel, die sich in lauwarmes Wasser verwandelt hatten. Noch einen?, überlegte er. Aber Pablo oder Enrico war verschwunden.

Es hatte aufgehört zu regnen. Zwischen den Autos hatten sich riesige Pfützen gebildet.

Das schmale Stück Wiese vor einem Bauzaun war komplett zugeparkt. Im dunklen Wasser der Pfützen spiegelte sich die riesige gelbe Neonschrift des *Toy*, die über dem Eingang angebracht war. Sergei lehnte schweigend an einem Auto. Oliver stand daneben und rauchte. Einen Schritt weiter, und er würde in der braunen Brühe stehen. Aufgedunsene Zigarettenkippen schwammen darin, eine leere Wodkaflasche. Ein gebrauchtes Kondom, das aussah wie eine Qualle. Sergei stieß sich ruckartig von dem Auto ab, als sei das Metall plötzlich glühend heiß. Er starrte Richtung Bauzaun.

Irgendetwas dort im Dunkeln hatte seine Aufmerksamkeit erregt. Oliver zog an seiner Zigarette. Sergei konnte nicht mehr gerade stehen, so besoffen war er.

»Da drüben geht was«, nuschelte Sergei.

Als Oliver nicht reagierte, griff Sergei mit der Hand an sein Kinn.

»Du musst da hinsehen.«

Er versuchte, Olivers Kopf in die Richtung zu drehen.

»Lass das!«

Oliver fuhr zu Seite.

Die Tür zum *Toy* wurde aufgerissen.

»Lass das!«, äffte Sergei ihn nach.

Grelles Licht fiel auf den Gehweg und auf die schmalen Rasenflächen. Spiegelte sich für einen Moment auf den Autos, die nahe dem Eingang standen. Dröhnende Bässe hallten heraus, Geschrei, Gelächter. Dann fiel die Tür wieder zu.

»Da geht was«, fing Sergei wieder an.

Er schwankte, und es sah so aus, als würde er rückwärts auf das Auto kippen. Doch er hielt sich im Gleichgewicht, so gerade eben.

»Na und?«

Es waren drei Mädchen. Sie war nicht dabei. Eine von den Mädchen musste ziemlich hinüber sein. Die beiden anderen hatten sie untergehakt. Man hörte nicht, was sie sagten. Nur ihre Stimmen. Das dumme Gekicher.

»Beleidigt?«, nuschelte Sergei.

Er rülpste.

Die drei Mädchen hatten sich links neben den Eingang verzogen, wo ein paar Mülltonnen standen, dahinter war dichtes Gebüsch. Ihre Gesichter waren nicht mehr zu erkennen, auch der Rest von ihnen nicht. Sie waren nur noch Schatten.

»Die beiden da haben auch viel, viel Spaß«, sagte Sergei.

Er grinste breit. Oliver hatte es gesehen. Die ganze Zeit schon. Was man halt so sah, im Dunkeln. Und jetzt war es auch nicht mehr zu überhören. Es war vielleicht drei, vier geparkte Autos von ihnen entfernt.

»Scheint so«, sagte Oliver.

»Ja, mach's mir, mach's mir«, brabbelte Sergei.

Er kicherte und wankte ungelenk in die Hocke.

Diese Ficklaute. Oliver sah nicht hin. Zu den beiden, die es im Auto trieben. Er hatte die Schnauze voll von allem. Sie war da unten. Mit irgendeinem Typen. Er hatte ihn noch nie gesehen.

Sergei kicherte leise. Er saß jetzt auf dem Boden. Mit dem Rücken ans Auto gelehnt. Die Knie angezogen. Speichelfäden hingen ihm aus dem Mund. Er war vollkommen hinüber.

Eines der Mädchen vor dem *Toy* kotzte. Sie war auf allen vieren. Sie trug einen kurzen Rock, aber es war zu dunkel, als dass man ihr zwischen die Beine sehen konnte. Oliver fummelte in seiner Jacke nach den Zigaretten. Hatte er die Schachtel unten vergessen? Das Gestöhne der beiden in dem Auto vermischte sich mit dem Würgen des Mädchens vor dem *Toy*. Die andere stand über ihr, kicherte und quasselte auf sie ein. Wo war die Dritte? Endlich fand er die Zigaretten. Steckte sich eine an. Zog den Rauch ein.

»Schlechte Laune?«, kam plötzlich von unten.

Sergei hielt ihm eine Flasche hin. Jetzt sah Oliver die Dritte. Sie torkelte an einer Reihe Autos entlang. Auch sturzbesoffen.

»Trink!«, sagte Sergei.

Sie konnte keinen Schritt gerade gehen. Hielt sich immer wieder an den Autos fest. An einem Außenspiegel blieb sie hängen und sackte in die Knie. Kam aber sofort wieder hoch.

»Wo hast du das her?«, fragte Oliver.

Die Frau setzte sich wieder in Bewegung. Wo wollte sie hin?

»Dem Typen von deiner Natascha abgenommen.«

Er grinste breit.

»Der Idiot hat nichts gemerkt. War ja ziemlich beschäftigt.«

Das Mädchen machte sich jetzt an einem der Autos zu schaffen. Oliver schaute zu Sergei hinunter.

»Ich will, dass sie rauskommt!«, sagte er.

»Trink!«

Sergei hielt ihm die Flasche hin.

»Ich will, dass sie rauskommt!«, wiederholte Oliver.

Sergei drehte den Verschluss auf und nahm einen langen Schluck.

»Und wie willst du das machen?«, fragte er dann.

Wieder wurde die Tür zum *Toy* aufgerissen. Wieder Licht und dröhnende Bässe. Geschrei, Gelächter. Aber keine Natascha.

»Ich schreib ihr eine SMS.«

Das Mädchen fummelte noch immer an dem Auto herum. Man hörte sie fluchen.

»Eine SMS«, sagte Sergei.

»Was willst du denn schreiben? Liebe Natascha, bitte bitte fick ihn nicht?«

Oliver zog an seiner Zigarette und warf sie Sergei zwischen die Beine.

»Eh, Mann!«, kreischte der und zuckte herum, als habe ihn eine Wespe gestochen. Versuchte, auf die Beine zu kommen.

Oliver ging zum *Toy* hinüber. Die, die gekotzt hatte, kam ihm entgegen.

»Eh, wo seid ihr?«, kreischte sie.

Oliver ging nicht hinein.

»Eh, wo seid ihr? Eh, wo seid ihr denn?«

Er ging an den Mülltonnen vorbei. An dem Gebüsch entlang. 20 Meter. Dann hörte das Gebüsch auf. Ein Metallzaun. Oben war Stacheldraht. Eine Straßenlaterne. Oliver blieb kurz stehen und ging dann weiter. Jemand war hinter ihm. Es war Sergei. Er winkte mit seiner Flasche.

Gin Tonic Nummer vier, und noch zwei Stunden bis zur Fütterung. Bruno und der Barkeeper schauten zum Pool. Fast nur Frauen. Ein einziger Mann. Noch ein paar Kalorien verbrennen vor dem nächsten großen Fressen, dachte Bruno. Über die Lippen von Pablo oder Enrico huschte ein Lächeln. Eine verpoppte Version von »Guantanamera« stampfte zu ihnen herüber. Wie oft hatte er das Lied hier nun schon gehört? Im gesamten Hotel schien es nur diese eine CD zu geben.

Aerobic im Pool. Wassertropfen perlten an Brunos Glas

herunter. Der Typ in der weißen Badehose am Rand des Beckens sah aus wie ein Zwillingsbruder von Pablo oder Enrico.

»Move and have fun«, kreischte er.

Dabei vollführte er zuckende Bewegungen, als würde er ständig Stromstöße bekommen. Der Barkeeper sah weiter gebannt zu, als habe er in seinem ganzen Leben noch nie Menschen gesehen, die in einem Pool zu »Guantanamera« herumhüpfen. Bruno hatte genug. Der Alkohol war ihm zu Kopf gestiegen. Ihm war schwindlig. Für einen Moment bewegten sich die Flaschen über der Bar.

»Move and have fun!«

Eine klare Botschaft, dachte Bruno. Die Sonne stand schon ziemlich tief. Der Spiegel über der Bar hing zu hoch, als dass er sein Gesicht hätte sehen können. Er sah nur einen Teil seiner Haare, darüber war ein Stückchen blauer Himmel. Ganz rechts im Spiegel war der Stamm einer einzelnen Palme zu sehen. Er überlegte, ob er den Rest aus seinem Glas in den Pool kippen sollte, entschied sich jedoch dagegen. Man konnte es ja auch einfach stehen lassen. War ja sowieso all inclusive.

»Move and have fun!«

Der Gin stieß ihm auf. Idiotischerweise hatte er schon wieder Hunger. Da sah er, dass er eine SMS erhalten hatte. Sie war von Siegrist. Was wollte der? Bruno schob das Glas zur Seite und nahm sein Handy. Er las. Seine Hand begann zu zittern.

»Hallo Bruno! Dein Vater ist tot. Es tut mir so leid! Bitte ruf an!«

Pablo oder Enrico zeigte auf das Glas. Bruno schüttelte den Kopf. Er stand auf. Seine Beine fühlten sich wie Pudding an.

2

Schiller vor einer Dogge. Und Schulz. Gelächter. Im hinteren Teil des Raumes, in dem eine kleine Küche war, knallte ein Sektkorken.

»Gretchen«, keifte Schulz.

Der Sabber tropfte aus ihrem riesigen Maul.

»Gretchen! Aus! Aus!«

Das geht entschieden zu weit, dachte Schiller. Aber natürlich musste das passieren. Dieses Nachspiel. Die Konfrontation mit Schulz.

»Gretchen! Schluss jetzt! Aus!«, brüllte Schulz.

So laut, dass die Leute um sie herum schlagartig still waren. Das hysterische Bellen des Hundes hallte im ganzen Haus wider.

»Gretchen! Verdammt, jetzt nimm doch mal einer den Hund weg. Gretchen! Schluss jetzt!«

Das Klappern von Geschirr. Sekt wurde eingeschenkt. Schulz mit Dogge: Das passt wie eine Faust aufs Auge!, dachte Schiller.

»Ruhig, Gretchen, ganz ruhig«, sagte die dürre Blonde jetzt. Die mit den Eintrittskarten am Eingang. Sie schien zu Schulz zu gehören. Intimer. Ganz schön jung. Dieser Schulz ließ nichts aus.

»Ruhig! Gib sie mir, Frank. Ich bring sie nach oben.«

Sie nahm die Dogge am Halsband und bugsierte sie zur Treppe, die nach oben führte.

»Danke«, sagte Schulz genervt.

Wieder knallte ein Sektkorken. Das Gelächter und die Gespräche wurden wieder lauter. Schiller fragte sich, was es hier zu feiern gab. Zusammenfassend konnte man das Unternehmen »Die Möwe« auf den Brettern des Kronos-Theaters höchstens als bemüht bezeichnen. Ziemlich bemüht sogar.

»Der Hund mag dich nicht, Schiller. Aber das kann ich verstehen. Ich mag dich nämlich auch nicht.«

Ganz der Alte, dachte Schiller. Dünner als beim letzten Mal. Wirkte abgemagert. Und natürlich angetrunken.

»Hübscher Name für eine Dogge, Herr Schulz«, gab Schiller ungerührt zurück. »So theatralisch.«

Er hatte diese Spielchen so satt. Diese Leute waren eine Zumutung. Ganz besonders Schulz.

»Hübsch«, wiederholte er.

Er versuchte, seine Stimme dabei dunkel und gefährlich klingen zu lassen.

»Hübsch. So willst du das, Schiller. So muss für dich Theater sein. Hübsch. Nicht echt, nicht authentisch. Nur hübsch«, legte Schulz los.

Um sie herum drängten sich die Leute, tuschelten, glotzten. Vorerst gab es kein Entrinnen. Schiller ersparte es sich, auf das Geschwafel von Schulz etwas zu erwidern.

Er lächelte und schwieg.

»Was ist mit dir los, Schiller? Warum so kleinlaut? Ich vermisse deine intellektuelle Schärfe. Den gewandt geführten Degen«, faselte Schulz.

Die Leute um sie herum kicherten.

»Ich bevorzuge das Florett«, entgegnete Schiller.

Wieder bellte die Dogge. Schulz nickte und drehte sich dabei ein wenig um die eigene Achse. Nahm Blickkontakt zu den Leuten auf. Wie ein Schauspieler vor seinem großen Monolog. Ein schlechter Schauspieler, der er ja auch war. Fand Schiller.

»Das Florett. Das passt zu dir, Schiller. Das Florett ist eine kümmerliche Waffe. Für ein paar Kratzer gut, Schiller. Aber mehr nicht. Ich dagegen bevorzuge die Axt. Die Axt und nichts als die Axt«, deklamierte er.

In das Kichern der Leute mischte sich nun auch Beifall. Das brachte Schulz ein wenig aus dem Konzept. Aber er fing sich wieder und fuhr fort.

»Um Neues zu schaffen, Schiller, braucht man die Axt! Um alles wegzufegen. Tabula rasa. Das Florett bohrt nur in den Dingen herum. Man kratzt nur an der Oberfläche. Aber die Tiefe, Schiller. Für die Tiefe braucht man die Axt. Nichts als die Axt!«

Die Tiefe, was für ein Blödsinn! Du brauchst weniger die Axt als den Rotwein, dachte Schiller. Und diese ganzen Dummköpfe hier. Jemand kam die Treppe herunter.

Schulz starrte ihn böse an, doch Schiller hielt seinem Blick stand. Auf eine Antwort von ihm konnte der lange warten. Dazu gab er sich nicht her.

»Merk dir das, Schiller!«, zischte Schulz.

Ein Spinner, mehr nicht, dachte Schiller. Willkommen in der Provinz. Nur hier wachsen und gedeihen derartige Spinner.

»Merk dir das!«, wiederholte Schulz.

Dabei zog er das »s« so lange hinaus, dass es sich anhörte, als würde Luft aus ihm entweichen. Da traf Schiller der Zeigefinger. An der Stirn. Schulz hatte ihm mit seinem langen, dürren Zeigefinger gegen die Stirn getippt. Einfach so. Schiller war baff. Was bildete Schulz sich ein? Ehe Schiller reagieren konnte, wurde Schulz weggezogen.

»Es reicht jetzt, Frank!«, fuhr ihn die dürre Blonde an.

Nicht aufregen, dachte Schiller. Schulz bleibt Schulz. Widerstandslos ließ Schulz sich von ihr zu einer Gruppe von Leuten führen, die nichts Besseres zu tun hatten, als ihm auf die Schulter zu klopfen. Sektgläser klirrten.

»Es tut mir leid, Herr Schiller. Ich hoffe, er war nicht zu anstrengend.«

Sie versuchte ein Lächeln. Schiller schüttelte den Kopf. Der Weg war frei.

»Ich bin nicht zum ersten Mal hier«, erwiderte er nur.

Er machte einen Schritt in Richtung Ausgang. Sie folgte ihm.

»Es hat mich gefreut, dass Sie gekommen sind.«

Vielleicht wäre sie doch keine so schlechte Wahl für die Nina gewesen.

»Mich auch«, gab er zurück.

Dann verließ er das Theater.

Eigentlich tat sie ihm leid. Die Reiseleiterin, die zwischen 20 und 50 sein konnte. Hinter ihrer Mauer aus Schminke, Lippenstift und künstlichem Lächeln. Immer lächeln. Sogar als sie ihr »herzliches Beileid« aufsagte. Über ihnen summte der Ventilator. Aus dem Restaurant hörte man das Klappern von Geschirr. Sie bauten wahrscheinlich gerade das nächste Buffet auf.

»Wir schaffen das, Herr Kolb«, meinte sie.

Sie kritzelte irgendwas auf ein Formular. Bruno stand neben seinem Koffer und nickte. Und daneben stand Hanna und nickte auch. Die Frau flötete weiter auf ihn ein und sah dabei die ganze Zeit auf seinen Koffer. Nicht auf ihn. Vielleicht nickte sein Koffer auch.

Pia war nicht da. Immer noch auf der Wasserrutsche unterwegs. Es ist erstaunlich, welch große Faszination so eine Wasserrutsche auf ein Mädchen in ihrem Alter ausüben kann, dachte Bruno.

»Ich sollte mal nach Pia schauen. Aber ich hab Angst, dass dann der Bus kommt und du weg bist«, sagte Hanna.

»Das Taxi«, sagte Bruno.

Er schaute auf die Uhr.

»Sie hatte gemeint, dass das Taxi in einer halben Stunde kommt. Das ist jetzt.«

Hanna nickte. Dann nahm sie ihn in den Arm. Er spürte nichts dabei. Nur Enge.

»Es wird alles wieder gut«, flüsterte sie ihm ins Ohr.

Dann weinte sie.

Er fragte sich, was sie damit meinte. Das mit seinem Vater oder das mit ihnen beiden? Sein Vater war tot. Da gab es nichts mehr, was gut werden konnte. Er hielt Hanna fest. Ihr Schluchzen war ihm unangenehm. Natürlich mussten gerade jetzt alle Leute aus ihren Zimmern kommen und die Lobby des Hotels durchqueren. Ihre Blicke nervten ihn. Hanna schluchzte weiter. Er fühlte sich hilflos und leer. Er hasste sich dafür, dass er nicht mit ihr weinen konnte. Aber es ging nicht. Er wollte nur, dass das Taxi kam. Allein sein. Während er Hannas Kopf mit beiden Händen an seine Brust gedrückt hielt, sah er, wie der Wind vor den breiten Fenstern der Lobby in den Wedeln der Palmen wühlte.

Wo war der Hund?

»Wotan!«, rief Schiller in das dunkle Dickicht neben der Straße.

Stille. Dann ein Rascheln. Heiseres Bellen. Ein Schatten, der aus dem Gebüsch schoss und schnell über ein kurzes Stück Wiese verschwand.

»Wotan!«

Der Hund rannte auf ihn zu. Bellte. Er war aufgeregt. Strich um seine Beine. Sein Fell war nass. Er musste ein Kaninchen aufgescheucht haben oder eine Ratte.

»Gut, Wotan, gut!«

Schiller rief erneut an, starrte auf das türkisfarbene Leuchten seines Handys, bis es wieder erlosch. Nur die Mailbox. Er würde es die ganze Nacht versuchen. Er würde sich nicht hinhalten lassen von ihm. Brav abwarten, bis der Herr die Güte hatte, sich bei ihm zu melden.

Die Nacht war kalt. Fast noch winterlich. Die frische Luft tat ihm gut. Kein Regen. Er hatte Glück. Vor zwei Jahren hatte man von hier aus noch das Kronos-Theater sehen können. Inzwischen hatten sie alles zugebaut. Trostlose, schuhschachtelartige Flachdachbauten waren wie Pilze aus dem Boden geschossen. Baumärkte. Supermärkte. Einkaufszentren. Es gab kaum noch freie Flächen. Früher waren das hier Streuobstwiesen gewesen. Mit schönen, alten Bäumen.

Erstaunlich, dass er Schulz und seiner Dogge hier noch nie begegnet war. Besser so. Er hörte Wotan hinter sich, und dann schoss er schon wie ein Blitz an ihm vorbei. Schiller blieb stehen und versuchte es wieder. Nichts. Nur die Mailbox. Er wusste, dass er da war.

Schiller nahm die Abkürzung. Sie machte einen leichten Bogen. Seine typische Runde. Wotan blieb jetzt in seiner Nähe. Er hatte sich ausgetobt. Schien müde zu sein. Die Straße war kaum beleuchtet. Das monotone Wummern von Bässen drang herüber. Die Diskothek. Sie war nicht zu überhören, egal, aus welcher Richtung der Wind kam. Sogar von seiner Terrasse aus konnte er sie noch hören.

Das Taxi rumpelte durch dieselbe Landschaft, durch die er vor vier Tagen mit Hanna und Pia gekommen war. Das war Kuba, dachte Bruno. Die Klimaanlage lief. Im Wagen war es so kalt wie in einem Kühlschrank. Der Fahrer sagte kein Wort. Bruno war das recht. Es war bereits stockdunkel. Hin und wieder ein paar Lichter. Hütten. Die Umrisse von Palmen. Die Nacht kam so schnell hier. Keine Dämmerung. Tag und Nacht. Wie wenn man das Licht ausknipst. Es gab nichts dazwischen. Keinen Übergang.

Bruno hatte das Bild seines Vaters vor sich. Bei seinem letzten Besuch im Altersheim. Das Bild war verschwommen. Das Gesicht seines Vaters blieb unscharf. Das erschreckte ihn. Aber der Geruch des Zimmers war da. Urin, Schweiß, Medizin. Der Bettnachbar, der wie ein Toter neben ihnen lag. Nur an die Decke starrte. Aber atmete. Er sah die Zähne seines Vaters, als er ihn anlächelte. Die Reste von Käsekuchen darin. Irgendwann waren sie auf dieses Singen gekommen. Alte Schlager. Weihnachtslieder. Als die Verbindung zwischen ihnen beiden längst abgebrochen war. Sein Vater schon zu weit auf der anderen Seite war. Aber dieses Singen, das hatte ihn immer fröhlich gemacht.

Dann plötzlich Hanna. Auf dem Bett in ihrem Hotelzimmer. In ein weißes Handtuch gehüllt. Der gelbliche Schein der Nachttischlampe, der nur eine Seite ihres Körpers beleuchtete. Nur das halbe Gesicht. Die dunkle Seite war im Spiegel neben dem Bett. Sie hatte die Beine angewinkelt. Den Kopf auf die Knie gestützt.

»Du musst mit mir reden, Bruno, du musst mit mir reden.« Wie eine Beschwörung hatte es geklungen. Sie hatte ihre Arme fest um die Beine geschlungen, als hätte sie Angst wegzufliegen.

Der Fahrer sagte etwas auf Spanisch zu ihm. Riss ihn aus seinen Gedanken. Bruno verstand es nicht und zuckte nur mit den Schultern. Der Fahrer grinste. Draußen war jetzt mehr Licht. Die Straße war breiter. Sie überholten andere Autos. Einen alten Bus. Es konnte nicht mehr weit zum Flughafen sein.

Sie fuhren eine Weile am Meer entlang, und Bruno sah auf das dunkle Wasser hinaus. Es lag grau und flach da wie eine asphaltierte Fläche.

Endlich erreichte er Joachim. Der tat natürlich zuerst so, als ob nichts wäre. Die Verbindung war schlecht. Joachims Stimme klang blechern, künstlich.

»Wo ist das Geld, Joachim?«, fragte Schiller nur.

Er hatte keine Lust, mit ihm zu diskutieren.

»Ich brauche es jetzt! Nicht irgendwann. Nicht nächste Woche und auch nicht morgen! Ich brauche es sofort!«, sagte er.

Ein Wagen fuhr an ihm vorbei, verlangsamte das Tempo. Ein paar Jugendliche. Aus dem Inneren des Autos dröhnte Musik.

»Nein, Joachim. Keine Diskussion mehr! Wir haben eine Abmachung!«

Der Wagen beschleunigte. Die Musik, falls man es so bezeichnen konnte, wurde leiser. Wotan bellte dem Auto nach. Es begann zu nieseln.

»Ich will nur, was mir zusteht.«

Schiller fror jetzt.

»Gut«, sagte er.

»Dann komm vorbei. Ich bin mit dem Hund draußen.«

Er erklärte ihm, wo er war. Das Gespräch war beendet. Es geht doch, dachte Schiller.

3

Die Tankstelle. Im blauen Licht. Sie sah aus wie ein Raumschiff. Sie kratzten alles Geld zusammen, das sie noch hatten.

»Wodka«, lallte Sergei durch die Sprechlöcher in der Scheibe des Nachtschalters.

Er ließ das Geld in das metallene Fach vor sich fallen.

»Was für'n Wodka?«, fragte die Lautsprecherstimme zurück. Ein fetter Typ mit Baseballmütze und pickligem Gesicht.

»Egal.«

Sergei lehnte am Rahmen der Scheibe. Er konnte kaum noch stehen. Der fette Typ stand wie in Zeitlupe von seinem Platz auf und schlurfte ins Innere des Shops.

Nach einer Weile kam er zurückgeschlurft. Eine Flasche in der Hand. Er zog das Geld zu sich und zählte es.

»Reicht nicht ganz für Wodka«, blaffte seine Stimme durch den Lautsprecher.

Oliver fummelte in den Taschen seiner Jacke nach ein paar Münzen.

»Dann kipp was raus aus der Flasche, bis es stimmt«, lallte Sergei.

Oliver fand noch ein paar Cent und drückte sie Sergei in die Hand.

»Mehr Geld«, verkündete Sergei der Scheibe.

Wieder schoss das Fach für das Geld heraus. Sergei ließ die drei Münzen kurz hintereinander auf das Metall fallen. Das Fach wurde wieder zurückgeschoben.

»Reicht immer noch nicht«, sagte die Stimme hinter der Scheibe.

»Und jetzt?«, fragte Sergei.

In die Pause hinein hörte man, dass in der Tankstelle Musik lief. Irgendwelche Schlager.

»Weil der KSC heute gewonnen hat und ich ein guter Mensch bin!«, dröhnte es aus dem Lautsprecher.

Und dann schob das fette Pickelgesicht den Kasten mit der Wodkaflasche endlich raus.

Warum nicht gleich so, ohne das blöde Rumgemache wegen der 30 Cent, dachte Oliver. Sergei hielt sich die Flasche vor die Brust, als sei sie ein Baby. Er grinste breit.

Die Leute waren inzwischen gegangen. Nur Kaltenbrunner war noch da, und Carsten. Immer noch in seinem schwarzen Anzug. Nicht abgeschminkt. Immer noch Gregorin. Er saß oben vor dem Computer. War im Internet. Vielleicht hatte er sich auch auf die Couch gelegt und schlief.

»Du hättest ihm eine auf die Fresse hauen sollen«, sagte Kaltenbrunner.

Schulz atmete nur zischend ein und lächelte.

»Wumms«, machte Kaltenbrunner und führte eine Faust durch die Luft.

»Sie ist böse auf mich«, sagte Schulz leise zu Kaltenbrunner.

Der veränderte ein wenig seine Sitzhaltung und schaute abwechselnd auf die Dogge und seine Bierflasche.

»Sie ist sehr böse auf mich«, wiederholte Schulz.

Hinter ihnen stand ein Fenster offen. Der Verkehrslärm brandete herein. Immer noch. Obwohl es schon fast Mitternacht war. Der Geruch von Abgasen breitete sich im Raum aus.

»Wenn ich den schon sehe«, brummte Kaltenbrunner. »Diese dumme, arrogante Fresse!«

Er kratzte mit dem Nagel seines Daumens eine halbrunde Linie durch das silberfarbene Etikett auf der Flasche.

»Dann riechst du Blut«, sagte Schulz.

»Krieg«, gab Kaltenbrunner zurück.

Er knallte die Flasche auf den Glastisch. Sie war leer. Gretchen, die halb auf dem Schoß von Schulz lag, sah kurz auf. Und ließ den Kopf dann wieder auf seinen Oberschenkel fallen.

»Man beißt nicht die Hand, die einen füttert«, sagte Katja aus der Küche. Sie räumte Sektgläser aus der Spülmaschine.

»Füttert?«, fragte Kaltenbrunner die Bierflasche.

Schulz schwieg. Beobachtete ihre große schlanke Gestalt. Verfolgte den Rhythmus, mit dem sie die Gläser auf die Ablage stellte. Ihre gleitenden, fließenden Bewegungen.

»Niemand füttert uns. Wir ernähren uns selbst«, sagte Schulz in Richtung Küche.

Kaltenbrunner nickte. Katja sagte etwas, das im Klirren der Gläser unterging. Schulz streichelte der Dogge über den großen Kopf. Kaltenbrunner erhob sich aus dem alten Sessel, der ein Geräusch machte, als würde er Luft holen.

»Ich pack's«, sagte er.

Katja stand jetzt vor ihnen. Ein Küchentuch in der Hand.

»Ich finde es total affig, so eine Show abzuziehen. Sei froh, dass er überhaupt da war.«

Schulz lächelte sie nur an. Streichelte den Hund. Sie war blass. Müde, genervt, aggressiv.

»Immerhin schreibt er über uns«, sagte sie.

Kaltenbrunner wischte sich Staub und Hundehaare von seiner Jacke.

»Über sich schreibt er, Katja. Nicht über uns«, gab Schulz zurück.

Sie warf ihm nur einen giftigen Blick zu und marschierte zurück in die Küche.

Die Tage vor der Premiere waren sehr anstrengend gewesen.

Für alle, dachte Schulz. Eine Tortur. Sisyphos, der den Stein auf den Berg hievt. Immer wieder aufs Neue.

»Perlen vor die Säue«, sagte Kaltenbrunner.

Schon auf dem Weg zur Tür.

Sie waren jetzt seit fast zwei Stunden in der Luft. Ein ruhiger Flug bisher. Kein Vergleich zu dem schrecklichen Gewackel beim Hinflug vor ein paar Tagen. Unter ihnen der Atlantik. Aber man sah ihn nicht. Bruno sah auf den flauschigen, hellgrauen Wolkenteppich. Er drückte ein Miniatur-Croissant in einen Joghurt. Der Joghurt hatte eine rötliche Farbe. »Cherry« stand darauf. Er nahm einen Bissen. Es schmeckte nicht nach Kirsch. Es schmeckte nach etwas anderem. Pfirsich oder Erdbeere. Da hat wohl einer die Geschmacksverstärker verwechselt, dachte er. Das Croissant selbst war eine geschmacklose, teigige Masse. Bruno legte es auf sein Tablett zurück. Neben die Schale mit dem »Chicken«. Auch davon hatte er nur ein paar Bissen genommen. Es war okay, aber er hatte keinen Hunger. Einen Wein würde er noch nehmen. Doch von den Stewardessen war weit und breit keine zu sehen.

»Schon fertig?«, fragte ihn Herr Stürmer kauend.

Er starrte auf Brunos Tablett, als wollte er es ihm wegnehmen.

»Keinen Hunger«, erwiderte Bruno.

Herr Stürmer hatte die Pasta genommen. Kleine, rote Tröpfchen von der Sauce hingen in seinem grauen Bart.

»Der Service hier war auch schon mal besser«, meinte Herr Stürmer dann.

»Besser als hungern«, gab Frau Stürmer kauend zurück.

Die Stürmers aus Essen. Essen-Borbeck. Seine beiden Sitznachbarn. 14 Tage Kuba. Immer dasselbe Hotel. Seit 15 Jahren. Nette Leute dort. Sehr sauber. Der Service stimmt. Und das Essen. Großartig. Sehr gutes Preis-Leistungs-Verhältnis.

Sohn studiert Maschinenbau. Tochter hat letztes Jahr geheiratet. Im Herbst kommt der Enkel zur Welt.

»Wie siehst du denn aus?«, sagte Frau Stürmer zu ihrem Mann. »Wisch dich mal ab, Harald!«

Fliegen ist nicht mein Ding, dachte Bruno. Die Enge. Und der Lärm.

»So besser, Heidrun?«

Frau Stürmer nickte.

»Viel besser!«

Bruno schloss die Augen. Das ersparte ihm die Konversation, und vielleicht konnte er wirklich ein paar Stunden schlafen.

Herr Stürmer tippte ihm auf die Schulter.

»Noch ein Weinchen, Herr Kolb?«

Bruno schaute in das grinsende Gesicht von Herrn Stürmer, in das seiner Frau und in das mechanische Lächeln der Stewardess über ihnen. Er nickte.

Es nieselte. Der Regen war wie feine, spitze Nadeln.

»Scheißwetter!«, sagte Oliver.

Sergei hielt ihm die Flasche hin.

»Trink!«

Oliver nahm die Flasche. Er lehnte sich nach hinten, gegen ein Metalltor, das mit einem riesigen Vorhängeschloss verriegelt war. Dahinter war ein Stapel nasser Paletten zu sehen. Ein Haufen Sand, in dem eine Schaufel steckte. Ein Betonmischer. Oliver trank. Es brannte. Sergei schwankte auf ihn zu und zeigte auf die Flasche. Er gab sie ihm. Sergei hielt sich die Wodkaflasche vors Gesicht.

»Fast llllleer«, lallte er.

Der Alkohol stieg Oliver zu Kopf. Die nassen Eisenstäbe des Tores bewegten sich. Sie drehten sich ineinander wie glitschige Schlangen.

»Schreib ihr, dass sie eine Sch… Schlampe ist«, sagte Sergei.

Oliver packte Sergei am Kragen seiner Jacke und rammte ihn gegen das Geländer.

»Heeee, schlechte Laune?«

Sergei roch aus dem Mund. Sein Kinn war mit Speichel verschmiert.

»Das ist meine Sache«, sagte Oliver.

Er ließ ihn los. Sergei kicherte.

»Da isssss noch Wodka«, sagte er.

Oliver fror. Die Nacht war gelaufen. Und das mit Natascha auch.

Sergei setzte die Flasche an.

»Da war Wwwodka«, lallte er.

Rülpste.

»Schon leer?«

Sergei wischte sich mit dem Unterarm über den Mund, die Flasche in der Hand.

»Leer.«

Oliver ging an dem Metalltor vorbei. Den Gehweg entlang. Sergei torkelte ihm nach.

»W... Was geht?«, rief er.

In der Ferne kläffte ein Hund.

»Mir ist kalt«, gab Oliver zurück.

Vor ihm drehte sich alles. Seine Beine waren weich wie Butter. Scheiß Wodka, dachte er. In Höhe eines Autos, das halb auf dem Gehweg geparkt war, holte ihn Sergei ein. Er keuchte. Konnte nicht mehr gerade stehen. Fuchtelte mit seiner Flasche herum.

»Was ist los?«, fragte Oliver.

Sergei ging zu dem Wagen. Dass hier einer parkt, dachte Oliver. Hier ist doch nichts.

»Nur schauen«, gab Sergei zurück.

Er beugte sich zu dem Auto hinunter und drückte seine Nase gegen die Scheibe an der Fahrerseite.

»Hallo«, lallte er. »Niemand da?«

Sergei baute sich vor dem Auto auf und klopfte noch mal gegen die Scheibe.

»Wer nininicht hören kann, muss fühlen«, lallte er.

Dann holte er aus und zertrümmerte die Scheibe mit der leeren Flasche.

Der Herr ließ sich Zeit. Alle Zeit der Welt. Die Kälte kroch langsam durch seinen Mantel. Bis auf die Haut. Die Nässe tat ihr Übriges. Schiller warf einen Blick auf die Uhr. Über 20 Minuten jetzt. Eine Unverschämtheit, dachte er. Ihn hier so lange warten zu lassen. Es nieselte immer noch. Er lehnte an einer Straßenlaterne. Nur jede zweite Laterne brannte. Die Stadt sparte, wo sie nur konnte. Wotan strich um seine Beine herum. Auch ihm war kalt. Auch er wollte nach Hause. Es war eine blödsinnige Idee gewesen, Joachim hier zu treffen. Er hätte genauso gut zu ihm kommen können. Am besten hätte er das Kuvert mit dem Geld einfach in den Briefkasten geworfen. Denn er hatte keine Lust, mit ihm zu reden. Keine Lust, seine Ausflüchte, sein Gejammer zu ertragen.

Ein Geräusch. Ganz in der Nähe. Das Splittern von Glas. So hörte es sich an. Dann Schritte. Ein paar, die wegrannten. Zwei oder drei. Aber nicht in seine Richtung.

»Ruhig, Wotan! Ganz ruhig«, sagte Schiller zu dem Hund.

Er ging in die Knie und streichelte ihn.

»Ganz ruhig.«

Wotan leckte ihm über die Hand.

Die Schritte entfernten sich. Irgendwo unten in der Stadt hörte man eine Polizeisirene.

Bewegungen, Rauschen und Stimmen. Palmen. Ein Geruch nach Feuchtigkeit. Er strich über eine weiche Struktur. Der Sitz. Das Taxi. Die Fahrt. Aber es war Leintuch. Dann Hannas Hand plötzlich. Sie fühlte sich rau an. Als er zu ihr hochschaute, sah er, dass es nicht Hanna war. Es war seine Mutter. Sie lächelte. Ihr Gesicht war blutverschmiert.

»... bitten wir Sie, sich anzuschnallen.«

Bruno wachte auf. Sein Atem ging schneller. Immer diese Träume, dachte Bruno. Warum hört das nicht auf? Herr Stürmer neben ihm war leicht auf seine Seite gerutscht. Er hockte zusammengesackt da und schnarchte leise. Bruno wischte sich mit einer Serviette den kalten Schweiß von der Stirn. Sie hatten sein Tablett nicht abgeräumt. Wie lange hatte er geschlafen?

Frau Stürmer starrte in Richtung Lautsprecher, als hätte man ihr von dort oben eine Frage gestellt, auf die sie keine Antwort wusste. Ihre Finger strichen nervös die Seite einer Zeitschrift glatt, die auf ihrem Schoß lag. Das Flugzeug vibrierte. Leichte Turbulenzen.

»Oh oh«, sagte Frau Stürmer leise und lächelte Bruno zu.

Herr Stürmer nuschelte etwas vor sich hin. Schien aber weiter tief und fest zu schlafen. Frau Stürmer nahm ihre Zeitschrift und versuchte krampfhaft, darin zu lesen. Der dünne Strahl ihres Leselichts fiel auf die Bilder einer Königsfamilie. Frau Stürmer sah blass aus in dem kalten Licht. Wie eine Leiche, dachte Bruno. Aus dem Vibrieren wurde ein Rütteln. Das Flugzeug schien leicht zu sinken. Um sie herum ging jetzt ein Leselicht nach dem anderen an. Es folgte Tuscheln und Räuspern. Jemand schnäuzte sich die Nase. Frau Stürmer hatte aufgehört, in ihrer Zeitschrift zu lesen. Sie fixierte angespannt die Sitzlehne vor sich. Die Königsfamilie auf ihrem Schoß lag schief. Und meine Familie?, dachte Bruno. Nach dem Mord an seiner Mutter hatte diese Familie aus einer Toten und zwei Überlebenden bestanden. Seinem Vater und ihm. Und nun war er übrig geblieben. Oder besser allein – mit den Toten. Mit seiner Mutter. Und seinem Vater, der jetzt bei ihr war. Bruno zog die Jalousie ein wenig hoch und schaute hinaus. Die Sonne ging auf. Aber nicht auf seiner Seite. Der Wolkenteppich unter ihnen hatte sich in kitschiges Rosa verfärbt.

Sie beobachteten ihn. Schon die ganze Zeit. Der Typ war ziemlich alt. Er lehnte an einer Straßenlaterne. Er hatte einen schicken Anzug an. Dicke Ringe an den Fingern. Goldringe. Das konnte man von hier aus sehen. Vor ein paar Minuten hatte er wieder telefoniert. Man hatte nicht hören können, was er sagte. Aber er schien wütend zu sein. Jetzt ging er auf und ab. Blies sich in die Hände. Sein dummer Pudel watschelte immer hinter ihm her. Dann kam ein Wagen. Der Hund rannte darauf zu und kläffte. Er hörte gar nicht mehr auf. Der Wagen hielt. Ein teurer Geländewagen. Auf den Wagen schien der Typ gewartet zu haben. Ein anderer Typ stieg jetzt aus. Die beiden unterhielten sich. Dann ging plötzlich ein Geschrei los.

»Was treiben die da?«, brummte Sergei.

Sie hörten nur was von Geld. Einer von den beiden schrie, dass es ihn ankotze. Dass es genug sei. Dass es so nicht weitergehe.

»Keine Ahnung«, sagte Oliver.

Dann schlug er zu. Nicht der Typ mit den dicken Ringen am Finger. Der andere. Der aus dem Auto. Zwei-, dreimal drosch er ihm ins Gesicht. Der hielt sich die Hand vor den Kopf. Er war gegen den Wagen gekippt. Und rutschte dann langsam zu Boden. Das Kläffen des Pudels machte kleine, spitze Echos.

»Dieser Scheißpudel«, stöhnte Sergei.

Der aus dem Auto fummelte an dem herum, der auf dem Boden saß. Er zog ihn hoch. Der kam wieder auf die Beine und hielt sich das Gesicht. Er hatte was abgekriegt. Er blutete. Sie unterhielten sich wieder. Man konnte nicht hören, was sie sagten. Der aus dem Wagen gab dem anderen etwas. Taschentücher. Und der wischte sich das Gesicht damit ab. Ließ sie dann auf den Boden fallen. Jetzt schien nur noch der Fahrer des Autos zu reden. Er hakte den anderen unter, und sie machten ein paar Schritte von dem Wagen weg auf die Straße. Der dumme Pudel immer hinterher. Der mit den dicken Ringen an den Fingern stand da und wischte sich weiter mit Taschentüchern im Gesicht herum. Er sagte was zu dem Pudel, aber der hörte nicht auf zu kläffen. Der andere machte jetzt die Tür auf der Beifahrerseite auf. Dann ging er zu dem auf der Straße und schob ihn zum Auto. Bevor der einstieg, ging wieder eine Diskussion los. Er wollte nicht einsteigen. Er lehnte nur am Wagen und jammerte. Zeigte auf sein Gesicht. »Aber der Hund«, hörten sie ihn sagen. Ihre Gesichter waren jetzt ganz dicht beieinander. Ihre Stimmen wurden lauter.

»Gleich gibt's wieder eins auf die Fresse«, sagte Sergei.

Ein paar Wortfetzen drangen herüber. »Der findet heim.« »Es dauert ja nicht lange.« Dann hockte sich der Typ mit den dicken Ringen am Finger endlich in den Wagen. Der andere schlug die Tür zu und ging schnell um den Wagen herum. Der Pudel rannte ihm kläffend hinterher. Der Typ stieg ein, dann fuhr der fette Geländewagen mit quietschenden Reifen davon. Nur der Pudel war noch da. Er lief im Kreis herum und kläffte wie verrückt.

4

Als sie ankamen, war Vera gerade dabei wegzufahren. Es passte Joachim nicht, dass sie Schiller hier sah. Das Garagentor schloss sich automatisch und verschluckte gelbliches Licht. Er parkte den Wagen vor dem Eingang.

»Grüß Gott«, sagte Schiller zu ihr. Grinste sie an.

Steig einfach ein und fahr, dachte Joachim. Aber sie tat es nicht. Sie blieb stehen und betrachtete Schiller.

»Du wolltest gerade weg?«, fragte Joachim sie.

Sie reagierte nicht auf seine Frage. Er spürte den kalten Schweiß auf seiner Stirn. Auch auf dem Rücken. Sein Hemd war durchgeschwitzt.

»Bist du die Treppe runtergefallen?«, fragte sie Schiller.

Der drehte sich theatralisch um und zeigte auf ihn.

»Sie küssten und sie schlugen ihn«, antwortete Schiller.

Sie machte einen Schritt auf ihren Wagen zu.

»Truffaut. Sehr guter Film«, fügte Schiller hinzu.

Sie warf ihm nur einen gelangweilten Blick zu.

»Wir sehen uns morgen«, sagte Joachim.

Streng. Bestimmt. Um es abzukürzen.

»Ja«, erwiderte sie. Mit diesem blutrot angemalten Mund. Den dunkel geschminkten Augen. In diesem aufgeilenden Aufzug. Merkte sie nicht, dass sie langsam zu alt für so etwas war?

Er bugsierte Schiller zur Treppe. Sie schloss den Wagen auf und stieg ein.

»Hat sie noch ein Rendezvous? So aufgedonnert, wie sie heute Abend ist?«, gab Schiller hämisch von sich.

»Komm jetzt«, sagte er wütend zu ihm.

Schob ihn mit der Hand eine Stufe hinauf.

»Nimm deine Finger weg«, zischte Schiller.

Er nahm seine Hand weg.

Als sie losfuhr, spritzte Kies auf. Ihr Gesicht hinter der Scheibe war eine dunkle Grimasse. Sie sahen dem Wagen nach. Die Rücklichter wie rote Flüssigkeit, die am Rand des Weges in die Büsche und das Gras floss. Er ging vor und schloss die Haustür auf.

»Komm jetzt«, wiederholte er.

Ein nagelneues Handy. Er hatte es nicht einmal gesehen. Er war draufgetreten. Sehr teuer. Es musste einem der beiden Typen aus der Tasche gefallen sein. Jetzt ist es meins, dachte Oliver. Er zeigte es Sergei, aber der war mit dem Pudel beschäftigt. Das Scheißvieh hörte nicht auf zu kläffen. Der Köter versuchte, ihn zu beißen. Sergei trat nach ihm. Traf ihn. An der Schnauze. Der Pudel knurrte und winselte. Schüttelte sich kurz. Dann ging er wieder auf Sergei los. Dann noch mal. Der Pudel rutschte jetzt einen halben Meter über den Gehweg. Er rappelte sich aber wieder auf. Knurrte, bellte, winselte.

»Lass ihn in Ruhe«, sagte Oliver.

Sergei reagierte nicht. Oliver wechselte die Straßenseite, weil ihm das Gekläff und Geknurre auf die Nerven ging. Er hatte Kopfweh vom Wodka. Und ihm war kalt. Er betrachtete das Display des Handys, das türkisfarben leuchtete. Ein ziemlich geiles Teil. Das brachte ihm locker 200 Euro, wenn er es verhökerte. Aber vielleicht würde er es auch behalten. Oliver kickte eines der blutverschmierten Taschentücher weg. Sie lagen überall herum. Diese Idioten. Warum hatten sie sich geprügelt? Und den blöden Pudel einfach vergessen? Was war das für eine Aktion?

»Es reicht jetzt!«, rief er auf die andere Seite der Straße zu Sergei hinüber.

Der brüllte etwas zurück, was er nicht verstand. Die beiden veranstalteten einen Höllenlärm. Es würde nicht mehr lange dauern, bis irgendwelche Leute auftauchen würden. Das Gekläff des Hundes wurde schriller. Mehr Winseln. Kreischen. Man hörte seinen rasselnden Atem. Wieder traf Sergei den Köter mit dem Fuß. Wieder die Schnauze. Der Pudel winselte und blieb kurz liegen. Sergei versuchte, auf ihn zu springen. Aber er sprang daneben.

»Scheiße«, fluchte Sergei.

Die Hauswände warfen die Echos des Gebells zurück. Sie klangen wie Schüsse.

Oliver betrachtete wieder das Display des Handys. Spielte ein bisschen damit herum. Er ging ein paar Schritte weiter weg. Sergei und der Pudel wurden leiser. Die Kälte kroch in ihn. Es fühlte sich wie Schmerz an. Ein Brennen. Er wollte nach Hause. Ins Bett. Schlafen. Das Kläffen des Pudels und Sergeis Flüche waren nur noch gedämpft zu hören. Als hätte jemand einen dicken Teppich drübergelegt.

Dann war es plötzlich still. Oliver drehte sich nach Sergei und dem Pudel um. Aber da war nichts. Kein Pudel. Kein Sergei.

In dem Gebüsch neben dem Gehweg bewegte sich etwas. Oliver ging darauf zu.

Die Glut war noch da. Er schob das Holzscheit mit dem Schürhaken hinein. Asche und Funken stoben auf, in den Kamin. Ein stechender Schmerz strahlte von seinem Becken in den Rücken aus. Er verharrte in der gebückten Haltung, bis der Schmerz etwas nachließ. Betrachtete die kleinen Flammen, die am Holzscheit emporzüngelten. Wunderbares Brennholz, dachte er. Staubtrocken. Als er sich aufrichtete, schoss der Schmerz erneut in seinen Rücken.

Schiller saß auf der Couch und beobachtete ihn. Er fuhr

sich mit dem Finger über eine geschwollene Stelle unterhalb des linken Auges. Um die Nase herum war getrocknetes Blut.

»Das ist übel«, sagte Schiller.

Tastete weiter an der Stelle herum. »Das gibt eine Schwellung.«

»Wasch dir das Blut ab und nimm einen kalten Lappen.«

»Das ist ein Veilchen«, gab Schiller zurück. »So kann ich doch nicht mehr aus dem Haus. Morgen ist das blau und grün.«

Schiller starrte mit stumpfem Gesichtsausdruck auf das leere Whiskyglas, das Joachim auf dem Tisch hatte stehen lassen, als er aus dem Haus gegangen war, um Schiller zu treffen. Schiller war blass. Müde.

Er ist alt geworden, dachte Joachim. Sie hatten sich nichts mehr zu sagen. Schon lange nicht mehr. Wann hatte er das letzte Mal mit ihm gesprochen? Ihn gesehen? Das war mindestens ein halbes Jahr her. Früher war es anders. Nicht wie heute, wo es nur noch um das Geld ging. Die Zahlungen. Prall gefüllte Kuverts, die er mehr oder weniger regelmäßig in seinen Briefkasten warf. Er war sein Goldesel. Eine enorme Summe über die Jahre hinweg.

»Du kannst Eiswürfel gegen die Schwellung haben«, sagte er zu Schiller.

Schiller war ganz schön in die Breite gegangen. Sein Gesicht war aufgedunsen. Er war fett geworden.

»Ich bin nicht hier, weil mir die Eiswürfel ausgegangen sind. Ich will zurück. Ich muss nach dem Hund schauen«, sagte Schiller.

Seine Haut hatte einen deutlichen Gelbton. Vielleicht ist er krank, dachte Joachim. Schiller kratzte weiter nervös an den blutigen Krusten um seine Nase herum.

»Der Hund findet schon nach Hause«, sagte er.

»Sagst du!«

»Sag ich.«

Er hatte Schiller nicht wirklich verletzt. Nur ein Kratzer. Er war ausgerastet, hatte die Kontrolle verloren.

»Ich will das Geld«, sagte Schiller.

Er hängte das Schüreisen an den Haken neben dem Kamin. Streckte sich.

»Du bekommst das Geld.«

Nicht, dass der Schmerz in seinem Rücken verschwunden war. Er spürte sein Strahlen immer noch. Es war nur etwas gedämpfter.

Schiller kotzte ihn an. Die Zahlungen. Man konnte nicht mit ihm diskutieren. Er hatte versucht, ihm klarzumachen, dass er mit dem Rücken zur Wand stand. Dass es eine enorme Summe war, die da im Laufe der Jahre zusammengekommen war. Die er bereits erhalten hatte. Dass dies nicht ewig so weitergehen konnte. Dass die Situation momentan schwierig war. Dass er massiv unter Druck stand.

Er hörte wieder die Worte des Alten in seinem Kopf, dass die Einschläge näher rückten, dass er sich vorsehen müsse. Ja, aber wie? Schiller war ein Parasit. Den interessierte seine Situation nicht. Der beharrte stur auf ihrer Abmachung. Ihre Abmachung! Vor Jahren getroffen. Aber irgendwann war das Ende der Spirale erreicht. Die Bäume wuchsen nicht in den Himmel!

»Hast du dir eigentlich mal überlegt, was passiert, wenn ich nicht mehr schweige?«, fragte Schiller plötzlich.

Er warf diesen Satz einfach so hin. Selbstgefällig, arrogant, frech. Zuerst ging Joachim nicht darauf ein. Eisiges Schweigen. Er sah Schiller nur an. Sein fettes, gieriges Gesicht.

Die dicken Goldringe an deinen Fingern, die habe ich bezahlt, dachte er. »Du wirst nicht so dumm sein und an dem Ast sägen, auf dem du sitzt, Jo«, sagte Joachim dann.

Schiller grinste ihn an. Schweißtropfen glitzerten auf seiner Stirn. Joachim drehte sich weg und schaute nach draußen. Die

Umrisse der Tannen waren nicht mehr zu erkennen. Vor dem großen Fenster war alles schwarz.

Kein Gekläffe mehr. Kein Knurren. Nur rasselnder Atem, Stöhnen. Gekicher. Oliver schaute auf die Bewegungen in dem Gebüsch. Was trieb Sergei da drin?

In der Ferne hörte man ein Auto. Scheiße, dachte Oliver. Es näherte sich. Dann sah er das Auto am Ende der Straße. Aber es bog nicht ab. Es fuhr vorbei. Er rief nach Sergei. Keine Antwort. Es war jetzt sonderbar still. Der Wind raschelte in den Zweigen und Blättern. Mächtige Wolken über ihnen. Es sah nach einem Schauer aus. Jetzt reichte es dann wirklich. Er wollte nicht auch noch nass werden. Er wollte verdammt noch mal nach Hause. Nur noch ins Bett.

Wieder dieses krächzende, irre Kichern. Dann tauchte Sergeis Kopf aus dem Gebüsch auf. »Ich hab ihn.«

Er bewegte sich rudernd durch die nassen Zweige und Blätter auf ihn zu. Er hielt etwas in der Hand. Den Pudel. Sergei erreichte den Gehweg. Er kicherte. Er hielt das Tier an einem Bein von sich weg.

»Der macht keinen Mucks mehr«, sagte Sergei.

Er hielt den Pudel hoch. Der vollkommen verdreht wirkte. Und voller Blut war. Auch Sergeis Gesicht war blutig. Er war verschmiert mit Erde, Blut und Blättern. Er schwankte.

»Bist du vollkommen bekloppt?«, meinte Oliver fassungslos.

Sergei grinste.

Oliver machte angewidert einen Schritt zurück.

»Jetzt hat es sich ausgepudelt«, sagte Sergei.

Seine Stimme klang dumpf und metallisch. Er warf ihm den toten Hund vor die Füße.

»Ich lass mich nicht verarschen von so einem Scheißvieh«, sagte Sergei.

Er drehte den Körper mit dem Fuß zur Seite. Der Kopf des

Pudels war nur noch ein brauner, blutiger Brei. Oliver wurde übel. Er drehte sich um und ging. Zuerst machte er normale Schritte. Dann fing er an zu rennen. Nur weg! Einfach nur weg von hier!

»Eh, nicht so schnell«, hörte er Sergei hinter sich brüllen.

Aus dem Wohnzimmer nebenan hörte er das Einsetzen der Streicher. Eine Symphonie von Mozart. Er wusste nicht welche. Er hatte blind nach einer CD gegriffen und sie eingelegt.

2.000 Euro. Er hatte sie ihm in Hundertern auf den Tisch geblättert. Schiller hatte die Scheine genommen. Er hatte das Bündel sogar noch einmal nachgezählt. Dann hatte er sich das Geld in die Innentasche seiner Jacke gestopft.

Er gab Eis zu dem Whisky. Zwei Eiswürfel, wie der Herr es wünschte. Dann nahm er aus dem Schrank über sich die Schachtel mit den Tabletten.

Schiller hat nichts zu verlieren, ich dagegen alles, dachte er. Falls es zu einem Prozess gegen ihn kommen sollte und Schiller sang, war er erledigt. Schiller dagegen? Was seinen Anteil an der Sache anging, würde jeder Staatsanwalt seine Zeugenaussage großzügig honorieren. Und jedes Gericht würde das am Ende abnicken. Schiller hätte seinen Kopf elegant aus der Schlinge gezogen. Und wenn er nicht sang, sich vielleicht sogar zu einem Meineid hinreißen ließ, dann würde er seine Forderungen weiter in die Höhe treiben. Und dann war er auch erledigt.

Mit dem Nagel seines Daumens ritzte er den Film auf und ließ eine Tablette in das Glas fallen. Dann eine weitere. Die Tabletten schäumten auf.

»Eine hervorragende Aufnahme!«, rief er.

Er nahm einen Löffel und zerdrückte die Tabletten.

»Mir ist das zu pompös. Zu süßlich, zu schmierig eingespielt«, gab Schiller aus dem Wohnzimmer zurück.

Joachim hörte, dass er sich nicht von der Stelle gerührt hatte. Dass er immer noch auf der Couch saß. Er rührte vorsichtig um, damit die Eiswürfel nicht zu laut klirrten.

»Auf historischen Instrumenten eingespielt«, sagte er. Er verrührte das weiße Pulver vorsichtig im Glas.

»Historische Instrumente! Das ist so eine stupide Mode geworden, Joachim. Wehe dem, der nicht auf dieser Welle mitschwimmt«, kam es aus dem Wohnzimmer zurück.

Ein Prozess gegen ihn war für Schiller das Beste, was ihm passieren konnte. Weil er die Wahl hatte: eine weiße Weste zu haben oder sich diese mit immer noch mehr Geld vollzustopfen. Aber dazu würde es nicht kommen.

Er wischte die Schaumreste mit einer Serviette innen vom Rand des Glases ab. Dann hob er es ins Licht und drehte es hin und her. Es war perfekt. Er ging ins Wohnzimmer.

»Mir ist diese Aufnahme zu gefällig«, sagte Schiller.

Er sprach zum CD-Player. Als Joachim das Glas auf den Tisch stellte, warf Schiller ihm einen selbstgefälligen Blick zu.

»Du keinen?«, fragte er.

Joachim schaute ins Feuer und dann auf Schiller.

»Ich muss noch fahren.«

Schiller nickte und griff nach dem Glas. Er roch einen Moment gedankenverloren daran. Dann trank er.

»Nicht schlecht«, sagte er.

Joachim nickte ihm zu und lächelte.

Von nun an würde das Spiel anders laufen. Von nun an war es wieder sein Spiel. Das Holz knackte im Kamin. Er streckte sich. Der Schmerz in seinem Rücken war verschwunden.

5

»Ruhig, Gretchen, ruhig!« Sie zerrte an der Leine.

Schulz hatte es zuerst für Abfall gehalten. Ein aufgeplatzter Müllsack. Es war so ekelhaft.

»Was für ein Hund?«, fragte die Stimme am anderen Ende der Leitung. »Ich habe Sie nicht verstanden.«

Gretchen bellte und zerrte.

»Ruhig jetzt! Sitz! Sitz!«

In der einen Hand das Handy am Ohr. In der anderen die Dogge an der Leine.

»Ruhig jetzt!«, zischte Schulz.

»Ein Pudel«, sagte er. »Ich habe Ihnen doch schon gesagt, dass es nicht so aussieht, als ob der Hund überfahren worden wäre.«

Gretchen war endlich still. Es begann schon wieder zu nieseln.

»Weil auf dieser Straße nichts los ist«, fügte er hinzu.

Er war schon vollkommen durchgefroren. Jetzt wurde er obendrein nass. Die Nacht war viel zu kalt für April.

»Es ist Blut auf dem Gehweg und im Gebüsch. Eine Blutspur führt ins Gebüsch. Da sind Fußspuren. Zweige sind abgebrochen und auf den Boden gedrückt.«

Schulz zitterte. War es vor Kälte oder vor Aufregung? Wer tat nur so etwas? Ein Pudel!

»Und die Fußspuren führen in das Gebüsch?«, fing die Stimme wieder an.

»So sieht es jedenfalls aus.«

»Und stammt das Blut von dem Hund?«

»Woher soll ich das wissen?«

Wieder fragte ihn der Mann in der Notrufzentrale nach seinem Namen. Stupide, automatisch. Schulz reagierte nicht darauf.

»Vielleicht ein Wildschwein? Oder ein anderer Hund?«

Das Zittern ging nicht weg. Gretchen wurde wieder unruhig.

»Sitz, Gretchen, sitz!«

Der Regen wurde stärker.

»Sie haben auch einen Hund«, sagte der Mann jetzt. »Das höre ich doch. Hat der den Pudel vielleicht totgebissen? Wollen Sie mir deshalb Ihren Namen nicht sagen?«

»Herrgott noch mal!«, fluchte Schulz.

Gretchen zerrte wieder an der Leine.

»Wo sind Sie genau?«

Schulz nannte den Straßennamen und beschrieb das Gebäude, das an die mit Büschen bewachsene Fläche angrenzte.

»Reifen Kasper?«, fragte der Mann nach.

Es war so kalt. Mit dem Hund an der Leine und dem Handy in der anderen Hand konnte er sich nicht mal den Mantelkragen hochklappen. Er würde sich erkälten.

»Ich weiß es nicht. Ich kann das auf die Entfernung nicht erkennen.«

Ein Knacken war zu hören. Rauschen. Er schien die Stimme des Mannes verloren zu haben.

»Bei Ihnen da oben sind nachts Wildschweine unterwegs«, sagte die Stimme dann plötzlich.

Wieder Rauschen.

»Ich brauche noch Ihren Namen und die Adresse.«

Schulz antwortete nicht. Er unterbrach die Verbindung und steckte das Handy in die Tasche. Klappte sich den Mantelkragen hoch.

Er wollte es zwar nicht, weil einem solche Bilder nicht mehr aus dem Kopf gehen. Aber dann schaute er doch auf den toten Pudel. Schrecklich, ekelhaft. Wer tat einem Tier so etwas an?

Es war zuerst das Glas, das vor ihm auf dem Tisch stand. Es schien seine Form zu verändern. Es begann zu vibrieren. Schillers Hand glitt langsam über den Tisch zu dem Glas hin. Unendlich langsam, so schien es ihm. Das Muster der Tischplatte trat künstlich und viel zu deutlich hervor – wie mit einem schwarzen Stift nachgezeichnet. Eine grelle Schraffur. Und auch sie bewegte sich. Eine Art Flimmern. Ein Flattern. Seine Hand schob sich weiter vor zu dem Whiskyglas. Die Maserung des Holzes verschwamm. Als die Bewegung seiner Hand plötzlich stoppte, schaute er zu Joachim. Der stand am Kamin und lächelte, den Schürhaken in der Hand. Schiller sah wieder auf seine Hand. Er hatte sie nicht mehr unter Kontrolle. Er konnte sie nicht weiter auf das Glas zubewegen. Und auch nicht zurückziehen.

Was war los mit ihm? Die Violinen und das Prasseln des Feuers hatten sich zu einem ununterscheidbaren Brei vermischt.

»Ich bin ...«, stammelte er, »hol einen ...«

»Arzt«, wollte er sagen. Doch das Wort kam nicht aus seinem Mund. In dem Glas vor ihm spiegelte sich das Licht der Lampe. Und auch des Feuers. Ein Holzscheit knackte. Unerträglich laut. Er schaute wieder zu Joachim. Der hatte sich nicht bewegt. Stand immer noch am Kamin. Dasselbe Lächeln. Merkte der denn nicht, wie schlecht es ihm ging? Warum tat er nichts? Wieder knackte ein Holzscheit im Kamin. Die Musik schien immer leiser zu werden. Dafür hörte er sich jetzt deutlich atmen. Er muss mir etwas in den Whisky geschüttet haben, dachte Schiller. Gift? Ein Schlafmittel? Eine Droge? Er spürte kalten Schweiß auf der Stirn. Sein Puls raste.

Joachim hatte ihm jetzt den Rücken zugedreht. Er stand gebückt vor dem Kamin und stocherte mit dem Haken im Feuer. Das Kratzen des Metalls auf dem Stein.

Schiller hörte die Musik nicht mehr. Auch das Prasseln des Feuers nicht mehr. In seinem Kopf war ein monotones Dröhnen. Er versuchte aufzustehen. Aber das Polster unter ihm tauchte weg. War flüssig. Wie Brei. Er kam nicht hoch. Er konnte sich nicht bewegen. Die Panik beschleunigte seinen Puls. Tränen liefen ihm übers Gesicht. Steh auf, sagte er zu sich. Steh auf!

Aber es ging nicht.

»Wie fühlt sich das an, Jo?«

Über ihm Joachims Gesicht. Verzerrt. Fleischig. Sein Atmen. Nur noch sein rasselndes Atmen. Er hörte ihn atmen. Keine Violinen, kein Feuer. Nur das Dröhnen in seinem Kopf und sein rasselnder Atem. Seine Zähne. Die Lippen. Die Augenbrauen, die wie graue Drähte aus der Haut wuchsen. Er versuchte, etwas zu dem Gesicht über ihm zu sagen, zu antworten, zu sprechen. Dann verschwand das Gesicht. Der Raum schien sich jetzt auszudehnen. Und zugleich schrumpfte er. Wie im Fiebertraum. Als atmete auch der Raum. Der Tisch. Der Kamin. Dann verlor alles an Helligkeit. Da war das große Fenster. Und die Dunkelheit, die sich von draußen langsam in das Innere des Zimmers schob. Auf ihn zu. Wo war Joachim? Immer mehr Schatten. Dunkelheit. Das Dröhnen in seinem Kopf. Der Puls. Das Atmen. Die Müdigkeit. Die Erschöpfung. Weit entfernt lachte jemand. War es Joachim? Die Augen fielen ihm zu. Er riss sie wieder auf. Um ganz kurz eine graue Fläche vor sich zu sehen, die schnell schwarz wurde. Dunkel. Mach die Augen auf, dachte Schiller. Schlaf nicht ein! Bleib wach! Aber er hatte keine Kontrolle mehr. Der Schlaf übermannte ihn. Rauschend und dunkel.

»Die haben uns verarscht«, brummte Ramsauer.

Das war das Erste, was er seit bestimmt einer halben Stunde

gesagt hatte. Ramsauers Finger klopften nervös auf das Lenkrad. Im Radio krakeelte einer »Verdammt ich lieb dich, ich lieb dich nicht ...«.

Holzinger hatte Kopfschmerzen. Den ganzen Abend schon.

»Kannst du das ein bisschen leiser machen?«

Ramsauer drehte das Radio leiser. Ganz automatisch. Wie ein Roboter. Ohne dabei einen Mucks von sich zu geben. Holzinger schaute auf die Uhr. Mein Gott, noch fast fünf Stunden, bis die Schicht zu Ende war. Das zog sich in die Länge heute Nacht. Er schaute wieder nach draußen. Auf den Gehweg. Auf einen Zaun. Flache Bauten. Einfahrten. Mülltonnen. Dann Gras, Gebüsch. Eine richtige Wildnis, dachte er.

»Kannst du ein bisschen langsamer fahren, Ramsauer? Es ist so dunkel da draußen. Ich kann nichts erkennen.«

Ramsauer schaltete einen Gang herunter.

»So besser?«

Holzinger nickte. Dieses Kopfweh, dachte er. Seit Tagen schon. Es ging einfach nicht weg. Der Wetterumschwung vielleicht. Aprilwetter. Gestern hatte es sich wieder mächtig abgekühlt. Dann der Stress. Die vielen Nachtschichten. Die trockene Luft im Wagen. Er musste mehr Wasser trinken. Am besten noch eine Aspirintablette. Aber das tat seinem Magen nicht gut.

»Die haben uns nur verarscht«, meinte Ramsauer wieder.

Es war so dunkel da draußen. Diese Straßenlaternen, die gaben ja kaum Licht ab.

»Notfalls müssen wir die Straßen eben noch mal zu Fuß abgehen«, sagte Holzinger.

Ramsauer gab ein kurzes Kichern von sich, sagte jedoch nichts. Seine Finger klopften wieder nervös auf das Lenkrad. Ein Hund sollte da sein. Ein toter Hund. In der Finsternis da draußen würde man nicht einmal eine tote Kuh erkennen.

»Wir haben dieses Spielchen so langsam alle paar Tage hier

oben. Diese besoffenen Idioten aus der Disco. Die machen sich doch bloß einen Spaß.«

»Das ist strafbar.«

»Ja, wenn man es bestraft, Holzinger. Wenn man ihnen auf die Finger haut. Aber da passiert doch sowieso nichts.«

»Da wird schon irgendwas sein«, sagte Holzinger.

»Ja, ja! Bestimmt«, gab Ramsauer zurück. »Beim letzten Mal hat ja angeblich eine Frauenleiche auf der Straße gelegen.«

Wozu gibt es hier Straßenlaternen, wenn man trotzdem nichts sieht, dachte Holzinger. Das angestrengte Schauen machte sein Kopfweh noch schlimmer. Wahrscheinlich waren sie an dem Hund schon vorbei.

»Er hat gesagt, dass der Anrufer älter war.«

Ramsauer erwiderte nichts darauf. Auf der Windschutzscheibe zeichneten sich Regentropfen ab.

»Na schön«, fauchte Ramsauer. »Jetzt fängt es auch noch an zu pissen!«

»Was ist los mit dir?«, fragte sie ihn.

Der Hund drängte sich an ihnen vorbei in die Wärme.

»Nichts«, sagte Schulz.

Sie musterte ihn. Strich ihm mit der Hand über die Schulter, so als wollte sie Staub von seiner Jacke entfernen.

»Du bist total blass. Und du zitterst.«

»Es ist kalt draußen«, sagte er nur.

Ging an ihr vorbei ins Zimmer. Ließ sich auf die Couch fallen. Sie folgte ihm. Er blies sich in die Hände. Hier drin ist es nicht wirklich warm, dachte er.

»Ist noch Wein da?«

Gretchen drückte sich an seine Beine.

»Glaubst du nicht, dass es für heute genug ist?«

Er stand auf und zog seinen Mantel aus. Warf ihn neben sich auf die Couch.

»Bist du meine Mutter?«

Ein Glas Wein war alles, was er jetzt brauchte.

»Du hast doch was?«

Schulz hustete.

»Es ist kalt draußen, Katja. Saukalt. Ich bin total durchgefroren. Das ist alles.«

Gretchen leckte seine Hand.

Katja drehte sich um und ging in die Küche. Sie nahm ein Glas. Eine halb volle Flasche Rotwein. Es ist gut, dachte er. Langsam wurde ihm wärmer. Aus den Augenwinkeln konnte er ihre große, hagere Gestalt erkennen. Im Schein der Lampe glitzerte ihr Haar.

»Die Aktion vorhin hättest du dir sparen können. Das war vollkommen unnötig«, sagte sie.

Sie setzte sich neben ihn. Er spürte die Wärme ihrer Schenkel. Er griff nach dem Glas Wein auf dem Tisch. Hielt es ins Licht.

»Ich konnte mich nicht beherrschen«, sagte er.

Er trank. Es war ein Runterkommen nach dem Premierenstress der letzten Tage.

»Wir brauchen solche Leute wie Schiller«, sagte sie.

Er nickte. Sie nahm ihm das Glas aus der Hand und nahm einen kleinen Schluck.

»Leider«, gab er zurück, »leider.«

Sie stellte das Glas auf den Tisch. Strich ihm leicht über die Wange.

»Und wir brauchen dich, Frank«, sagte sie leise.

Er schaute in ihre müden Augen.

»Ich weiß«, erwiderte er.

Gretchen lag zu ihren Füßen vor der Couch und schlief. Einmal hob sie kurz den Kopf, spitzte die Ohren. Sie träumt, dachte er. Von toten Pudeln.

»Wir dürfen uns nicht unterkriegen lassen, Frank«, sagte sie.

Als er aufstand und in die Küche ging, hörte er, dass sie leise weinte. Sie waren über ihre Grenzen gegangen. Das Kronos-Theater zu betreiben verlangte ihnen übermenschliche Kräfte ab. Ihnen allen. Mit jeder Premiere wieder.

Er nahm ein Weinglas aus dem Schrank.

»Auf ›Die Möwe‹, Katja!«

Sie wischte sich ein paar Tränen aus dem Gesicht.

»Auf ›Die Möwe‹!«

Sie stießen an. Der Wein war gut. Er machte ihn ruhig. Sie hatte sich an ihn gelehnt und die Augen geschlossen.

»Ist Gregorin eigentlich schon gegangen?«

Sie nickte, ohne die Augen zu öffnen.

Das darf doch nicht wahr sein, dachte Holzinger.

»Da ist es«, sagte er.

Ramsauer bremste.

»Wo?«

»Der *Tag*«, gab Holzinger zurück.

Weißer Kombi. Dicker Aufkleber »Deine Nachrichten von hier« auf der hinteren Seitenscheibe. Sie parkten hinter dem Wagen und stiegen aus.

»Sicher Koschnik, das Arschloch«, zischte Ramsauer und ging schnell zu dem Mann rüber, der ein paar Meter weiter auf dem Boden kniete. Im ersten Moment sah es so aus, als würde Ramsauer seine Dienstwaffe ziehen.

Natürlich war es Koschnik.

»Guten Abend, die Herren«, begrüßte er sie.

Dabei richtete er sich auf und betrachtete das Display seiner Kamera.

»Ich hab nichts angefasst«, fügte er hinzu.

»Was machen Sie hier?«, keifte Ramsauer ihn an.

Koschnik betrachtete ihn verwundert.

»Dasselbe wie Sie, schätze ich mal. Ich arbeite.«

Ramsauer sagte nichts dazu. Er drehte sich von Koschnik weg und knipste seine Taschenlampe an.

»Guten Abend, Herr Koschnik«, sagte Holzinger, als er die beiden erreicht hatte. Etwas außer Atem. Es regnete jetzt. Und er sah auch den Hund, der auf dem Gehweg lag. Oder was von dem Hund übrig geblieben war. Das Blut.

»Ziemlich üble Geschichte, Herr Holzinger«, sagte Koschnik.

Holzinger nickte. Nicht schön, dachte er. Überhaupt nicht schön.

»Aber von nun an ist das unsere Sache.«

Koschnik machte einen Schritt zurück.

»Selbstverständlich«, erwiderte der Fotograf.

»Wir werden die Ermittlungen nicht behindern«, fügte er hinzu.

Ja natürlich – die Ermittlungen. Jetzt konnte man es nicht mehr unter der Decke halten. Die würden das jetzt an die große Glocke hängen. Tierquälerei! Pudel massakriert! Irgend so ein Mist würde dann in der Zeitung stehen. »Aber wer so was macht, Herr Holzinger, der ist ein Schwein. Ein ganz perverses Schwein!«

Ramsauer hatte sich Gummihandschuhe übergezogen und hielt den toten Pudel ein wenig in die Höhe. Holzinger ging zu ihm. Blitzlicht flackerte auf. Beide schauten entsetzt auf Koschnik.

»Hübsches Foto«, sagte der nur und marschierte zu seinem Wagen.

»Also nach Überfahren sieht das nicht aus«, sagte Ramsauer und betrachtete das Tier von verschiedenen Seiten. Der Pudel wirkte sonderbar verdreht. Koschnik wendete und fuhr mit quietschenden Reifen davon.

»Mach mir den Schimanski«, brummte Ramsauer.

Er legte den Pudel vorsichtig zurück auf den Gehweg.

»Schau dir mal den Kopf an!«

Holzinger hatte es schon gesehen. Er hatte sich abgewandt und leuchtete mit seiner Lampe den Blutspritzern nach, die bis zu einem Gebüsch führten.

»Nach Kopf sieht das nicht mehr aus. Das ist nur noch Brei«, sagte Ramsauer.

Holzinger merkte, wie ihm übel wurde. Er atmete tief durch.

»Muss in dem Gebüsch passiert sein«, sagte Holzinger. Ramsauer kam zu ihm. Der Strahl der Taschenlampe fuhr durch die abgebrochenen Zweige.

»Kann schon sein«, sagte er dann. »Und was machen wir jetzt?«

»Ich würde sagen, dass sich die Spurensicherung das hier mal ansehen sollte. Zumal die Geschichte ja bald in der Zeitung steht.«

»Dieses dumme Arschloch«, brummte Ramsauer.

»Gibst du Bescheid?«, fragte Holzinger.

Ramsauer nickte und ging zum Wagen.

»Hoffentlich hat der Brockmann nicht Dienst. Der reißt uns den Kopf ab«, brummte er.

Dann sah Holzinger die Taschentücher. Drei lagen auf dem Gehweg. Und vier am Rand der Straße. Alle waren blutverschmiert. Was ist das denn?, dachte er.

6

»Halt das mal«, sagte Brockmann zu ihr.

Graue Wolken, die nach Regen aussahen. Schon wieder. An den Rändern der Nacht zeichneten sich erste Spuren des anbrechenden Tages ab. Das Absperrband raschelte im Wind.

Angelika Perreira hielt den Plastiksack auf und schaute weg, als Brockmann den toten Pudel hineinfallen ließ.

»Schweine!«, sagte sie.

Brockmann zuckte nur mit den Schultern. Er nahm ihr den Sack ab. Hielt ihn kurz in die Höhe.

»Die leichteste Leiche meiner Karriere«, brummte er.

Er ließ seine Kollegin stehen und verstaute den Sack mit dem toten Tier im Kofferraum.

»Na dann«, sagte sie.

Sie schaute sich die Schneise an, die in das Gebüsch führte, und leuchtete hinein. Da war jemand durchgegangen. Drei bis vier Meter weit. Es hatte in den vergangenen Stunden nicht sehr stark geregnet. Deshalb dürfte es dort jede Menge Material geben. Spuren.

Brockmann stand wieder neben ihr und sah dem Lichtstrahl ihrer Taschenlampe nach.

»Du das Gebüsch, ich den Gehweg. Und dann zurück in die Heia«, sagte er.

Sie nickte. Er warf einen Blick auf die Uhr.

»Kurz nach halb drei«, sagte er.

»Die blutigen Taschentücher sind komisch«, erwiderte sie.

Brockmann kratzte sich an seiner Glatze.

»Ziemlich durchgeweicht«, meinte er.

Er baute das Stativ für einen Scheinwerfer auf.

»Aber wahrscheinlich noch verwertbar«, fügte er hinzu.

Das Stativ stand. Ein Wagen näherte sich. Als er auf ihrer Höhe angelangt war, verlangsamte er das Tempo. Ein junger Typ und seine Freundin saßen darin.

Brockmann warf den beiden einen bösen Blick zu.

»Was gibt es da zu glotzen?«, fauchte er.

Der Fahrer gab Gas, der Wagen fuhr davon.

»Dich lässt das hier ziemlich kalt«, stellte Angelika Perreira fest.

Brockmann versuchte ein Grinsen.

»Mir ist ziemlich kalt«, antwortete er.

Er ging zum Wagen und kam mit dem Scheinwerfer zurück.

Er leerte den Rest von Schillers Whisky in die Spüle. Auf dem weißen Email bildete sich ein mäanderndes Geflecht aus goldfarbenen Schlieren. Verdammt starkes Zeug, dachte er. Aber dass es Schiller davon so schnell die Kappe wegnehmen würde, hätte er nicht gedacht. Er drehte den Hahn auf. Das zähflüssige Geflecht verschwand gurgelnd im Ausguss. Dann hielt er das Glas unter den Strahl. Gab einen Spritzer Spülmittel hinein. Schaum bildete sich. Er nahm den Schwamm und wischte es aus. Er hielt das Glas so lange in den Strahl, bis der Schaum verschwand. Dann nahm er ein Küchentuch und rieb Schillers Glas sorgsam trocken. Keine Spuren, dachte er. Auch wenn die Chance, dass jemand kommen würde, um hier Spuren zu suchen, eins zu 1000 stand. Eins zu 1.000.000. Nur Vera wusste, dass Schiller hier war. Aber sie würde sich keine Gedanken machen.

Er stellte das Glas auf die Anrichte.

Er ging ins Wohnzimmer zurück. Die Anspannung hatte sich gelegt. Keine Schmerzen im Rücken. Den Wagen würde er heute Abend zu Weidlich stellen. Der sollte die Sommerreifen aufziehen. Mit Schnee war nun sowieso nicht mehr zu rechnen. Für einen Moment verharrte er und horchte auf die Stille in dem großen Haus. Ein Gefühl überkam ihn, das schwer zu beschreiben war. So als ob er lange unter Wasser gewesen wäre und plötzlich auftauchte. Frische Luft atmete. Es tat gut, die Fäden wieder in der Hand zu halten. Die Spielregeln wieder zu bestimmen.

Mit dem Küchentuch wischte er sorgfältig die Tischplatte ab. Dann die Couch, wo Schiller gesessen hatte. Das Feuer war endgültig heruntergebrannt. Nur noch Asche, keine Glut mehr. Aber es war fast drei Uhr. Und er brauchte noch ein paar Stunden Schlaf. Er ging ans Fenster und sah hinaus. Auf den nassen Rasen. Dahinter war der Wald, die Nacht. Alles war eins: eine undurchdringliche Schwärze.

Er ging zum CD-Player und nahm die abgespielte Mozart-Symphonie heraus. Für einen Moment dachte er, dass er gerne Musik hören würde. Vielleicht Bruckner. Oder Jazz. Doch dann entschied er sich für die Stille.

Brockmann tütete die blutverschmierten Taschentücher ein. Angelika Perreira war noch im Gebüsch zugange. Was das hier alles am Ende brachte, würde sich zeigen. Angenehm war nur, dass es nicht mehr geregnet hatte.

»Alles paletti?«, rief er ins Gebüsch.

Sie nuschelte etwas zurück, was er nicht verstand. Er legte die Plastiktüten mit den Taschentüchern zu dem übrigen Material: Zigarettenkippen, Textilfasern, die er aus dem Maul des Hundes entfernt hatte, Erdbrocken mit den Abdrücken von Absätzen, das Viertel einer Sohle.

»Bist du fertig?« kam aus dem Gebüsch.

Seine Kollegin hatte sich aufgerichtet und blickte zu ihm herüber. Brockmann nickte. Wird ja auch Zeit, dachte er. Kurz nach drei. Sie waren gut vorangekommen. Saubere Arbeit. Als ob hier ein Doppelmord passiert wäre. Nicht ein toter Pudel. Brockmann ging noch einmal den abgesperrten Bereich Gehweg und Straße ab. Dann knipste er den Scheinwerfer auf seiner Seite aus.

Angelika bahnte sich ihren Weg aus dem Gebüsch heraus. »So – genug, um das Dreckschwein dingfest zu machen«, sagte sie.

Die Haare hingen ihr wild ins Gesicht. Ihr weißer Overall war übersät mit Zweigen und Dreck. Brockmann schraubte den Scheinwerfer ab.

»Eine Ringfahndung zu kriegen wird schwer werden«, brummte er.

Sie schaute ihn beleidigt an und marschierte dann zum Wagen. Er folgte ihr mit dem Scheinwerfer. Ihre massive Gestalt versperrte den Kofferraum.

»Mach dich mal dünn«, sagte er zu ihr.

Angelika trat einen Schritt zur Seite.

»Wer so was macht, der ist zu allem fähig.«

Brockmann stellte den Scheinwerfer ab.

»Sicher ein Massenmörder«, brummelte er.

Sie sagte nichts darauf und ließ ihn stehen. Dann ging sie in das Gebüsch und kam wenig später mit dem Stativ und dem Scheinwerfer zurück. Sie warf beides in den Kofferraum. Brockmann rollte die verschiedenen Kabel zusammen.

»Es ist immerhin ein Lebewesen«, zischte sie.

Darauf sagte er nichts. Kinder verdreschen, dachte er, Frauen halb totschlagen, sich gegenseitig abmurksen. Aber wehe, wenn dem Hundchen was zustößt, dann ist das Geschrei groß. Wenn die Leute so miteinander umgehen würden wie mit ihren Haustieren, dann sähe es anders aus in der Welt. Zudem: Jeder hat natürlich lieber zwei Scheiben Wurst auf dem Brot als eine. Und das sind auch Tiere.

»Ab in die Heia«, sagte er.

Er schlug den Kofferraum zu. Es war genau zwölf Minuten nach drei.

Plötzlich mischten sich vertraute Geräusche in die Stille. Ihr Wagen. In der Einfahrt. Er hörte das Wegspritzen der Kiesel. Wenig später wurde die Haustür geöffnet. Dann das Klappern ihrer Stöckelschuhe auf dem Marmor. Er hatte den Lauf des Gewehrs umgeklappt und wischte über das kühle Metall. Er musste nicht hinsehen, um zu wissen, dass sie in der Tür stand.

»Noch auf?«, fragte sie.

Ihre Stimme klang kratzig. Rauchen ist ungesund, dachte er. Und es macht alt. Schlechte Haut, Falten.

»Du bist früh zurück«, antwortete er.

Er ließ den Lauf einrasten und hielt das Gewehr vor sich. Betrachtete es. Dann drehte er sich zu ihr um. Sie lehnte am Türrahmen.

»Ich bin müde«, sagte sie.

Das enge, kurze Kleid. Der rote Mund. Als würde sie gerade vom Strich kommen, dachte er.

»Dann geh schlafen.«

Sie musterte ihn und fuhr sich mit der Hand durch die Haare.

»Mach ich«, sagte sie.

Das schwarz gefärbte Haar. Das mit Cremes, Rouge und Make-up zugeschmierte Gesicht. Sie sah alt aus.

»Gute Nacht«, sagte er.

In ihrem Blick lag eine Mischung aus Überraschung, Vorsicht und Langeweile.

»Gute Nacht«, sagte sie.

Sie rührte sich nicht. Stierte ihn an. Er nahm das Gewehr und richtete es auf sie.

»Du bist doch total bekloppt«, sagte sie nur.

Er lächelte.

Dann drehte sie sich um und verschwand. Erst jetzt nahm er ihren Geruch wahr: das Parfüm, den Schweiß, den Zigarettenrauch. Zumindest war sie berechenbar. Loyal, auf ihre Weise. Ganz anders als Schiller. Von ihr ging keine Gefahr aus. Vera spielte ihre Rolle. Und sie war klug genug, sich damit zu begnügen.

7

Der nächtliche Regen hatte sich verzogen. Die Stämme der Bäume zerschnitten die Strahlen einer noch sehr tief stehenden Sonne und warfen lange Schatten. Es war kurz nach acht Uhr und bitterkalt. Vögel zwitscherten. Das dünne Gras, das auf dem Weg wuchs, wirkte knöchern und zerbrechlich.

Die Kinder waren warm eingepackt: Jacken, Mützen, Pullover, lange Socken, Schals. Ihre Gesichter waren gerötet von der Kälte, und sie waren ziemlich still an diesem Morgen.

Es waren sieben Kinder. Im Gänsemarsch gingen sie hinter der Frau mit dem großen Rucksack her: Katharina Kusch. Auf den ersten Blick hätte man die Gruppe für Schneewittchen und die sieben Zwerge halten können. Nur dass Katharina Kuschs Haare nicht schwarz waren wie Ebenholz, sondern blond und zu einem langen, glatten, dicken Pferdeschwanz zusammengebunden. In ihrem großen Rucksack war alles, was sie für den Tag im Wald brauchten.

Vom Waldparkplatz, wo die Eltern ihre Kinder morgens ablieferten, bis zu dem Bauwagen auf einer kleinen Lichtung im Wald war es ein kurzer Spaziergang. Man brauchte höchstens 15 Minuten. Doch wenn es so kalt war wie heute Morgen, kam einem die Strecke länger vor.

Der Waldkindergarten »Bambi« – ein furchtbarer Name, wie Katharina Kusch fand – existierte seit drei Jahren. Er hatte mit einer Gruppe angefangen. Vor einem Jahr war eine weitere Gruppe hinzugekommen, und seitdem arbeitete Katharina Kusch im »Bambi«. Sie mochte den Job. Sie liebte es, den ganzen Tag draußen zu sein. Und die Kinder waren klasse. Auch war die Gruppe sehr klein. Doch auch dieser Job würde keiner auf Dauer für sie sein. Das hatte sie in der letzten Zeit häufiger gedacht.

Auf dem Weg zum Bauwagen gab es für die Kinder immer viel zu entdecken. An diesem Morgen war es zuerst ein Reh. Es tauchte plötzlich in wenigen Metern Entfernung zwischen den Zweigen auf. Für einen kurzen Moment erstarrte es.

Ivan flüsterte Teresa ins Ohr, er glaube, das da drüben sei kein Reh, sondern ein Hirsch, dem ein Jäger das Geweih abgehackt habe. Hirsche würden dann nämlich schrumpfen. Denn wenn das Geweih weg war, dann ging die Luft aus dem Kopf und auch aus dem Bauch und aus den Beinen. Am Ende war der Hirsch dann so klein wie eine Maus. Teresa machte ein erschrockenes Gesicht.

»Wächst das Geweih dann wieder, wenn die Luft ganz draußen ist?«, flüsterte sie.

Ivan musste überlegen.

»Manchmal, aber nicht immer«, meinte er dann.

Teresa wandte sich von ihm ab und ging zu Katharina Kusch. Durch die Bewegung wurde das Reh verscheucht. Im Zickzack verschwand es tiefer in den Wald. Die Kinder kommentierten die Flucht des Rehs mit lautem Kreischen.

Das zweite Ereignis, das die Kinder an diesem Morgen in den Bann zog, war eine kleine Erdkröte, die plötzlich vor ihnen auf dem Weg saß. Im Hintergrund war bereits der Bauwagen zu sehen. Der kleine Ivan schlug vor, die Kröte mit Pfeil und Bogen zu erlegen und dann mitzunehmen, um sie zum Mittagessen über dem Feuer zu grillen. Er rechnete vor, dass die zwei Arme und die zwei Beine schon genug für vier Kinder waren, und die Kröte selbst könne man dann in so viele Teile schneiden, dass alle zu essen hätten. Und Frau Kusch würde das größte Stück bekommen.

Die fünf Mädchen verzogen angeekelt ihre Gesichter. Teresa begann zu weinen. Katharina Kusch musste sie trösten. Aber auch die anderen Mädchen trösteten Teresa. Sie meinten zu ihr, dass sie nie im Leben Kröte essen würden, selbst nicht bei ganz schlimmem Hunger. Und dann schworen sie es. Die Jungs müssten ihre Kröte alleine essen, und davon würde ihnen schlecht werden, und vielleicht würden sie sogar daran sterben. Aber das geschehe ihnen dann recht.

Nils schlug vor, dass es mit einem großen Stein viel besser wäre. Denn dann wäre die Kröte ganz flach. Wie ein Pfannkuchen, und man könnte sie leichter essen. Die Mädchen verzogen wieder angeekelt ihre Gesichter.

Töten, töten, töten – Jungs eben. Katharina Kusch machte den beiden Krötenjägern klar, dass es gemein sei, eine kleine Kröte umzubringen. Denn sie habe ihnen ja nichts getan. Sie mache nur ihren Morgenspaziergang. Zudem hätten sie genug zu essen. Kröten würden überhaupt nicht gut schmecken – säuerlich, wie Spinat. Die Mädchen standen exakt in einer Reihe hinter ihr und nickten alle gleichzeitig zu ihren Worten. Am Ende schlug Katharina Kusch den Kindern vor, der Kröte einfach freundlich »Guten Morgen« zu sagen und sie dann in Ruhe zu lassen. Sie hätten die arme Kröte nämlich schon genug erschreckt.

»Oder wie würde es euch denn gehen, wenn früh am Morgen plötzlich sieben kleine Riesen und eine große Riesin um euch herumstehen würden?«

Die Kinder nickten, sagten »Guten Morgen« zu der Kröte, und dann gingen sie weiter.

Die Enge, der Lärm, das lange Sitzen. Der fehlende Schlaf – höchstens zwei oder drei Stunden gedöst, aber immerhin. Bruno war total gerädert. Wie in Trance durchschritt er die graue Schiebetür und trat in die Ankunftshalle des Flughafens. Er sah Siegrist sofort. Er stand abseits der übrigen Wartenden an eine Säule gelehnt und wirkte ein wenig verloren. Als er Bruno sah, winkte er ihm schüchtern zu.

Sie gingen in Richtung Parkhaus. Die vielen Menschen. Das Quietschen der Rollkoffer. Das Gelächter. Die Stimmen. Das Klappern von Absätzen auf dem Steinboden. Die ständigen Durchsagen.

»Willst du einen Kaffee?«, fragte Siegrist.

Bruno schüttelte nur den Kopf.

Die Beileidsbekundungen, die Hand auf seiner Schulter, die zu lange dort verweilt hatte – all das war Bruno unangenehm gewesen. Siegrist ging an den Automaten und bezahlte. Dann gingen sie weiter zum Parkhaus. Kein Kaffee. Gar nichts. Einfach nur weiter und weg vom Flughafen, dachte Bruno.

»Hast trotzdem ganz schön Sonne abgekriegt«, sagte Siegrist zu ihm.

Riss ihn aus seinen Gedanken.

»Findest du?«, fragte er.

Siegrist nickte. Es war eine unangenehme Situation. Für beide. Aber es war nett von Siegrist gewesen, ihn vom Flughafen abzuholen. Jetzt noch stundenlang in einem Zug zu sitzen wäre auch nicht gut gewesen, dachte Bruno.

Auf dem Parkdeck standen nur wenige Autos.

»Hier«, sagte Siegrist.

Er zeigte auf einen silberfarbenen BMW. In der einen Hand hielt er den Parkschein. Mit der anderen drückte er bereits am Autoschlüssel herum, um die Türen zu entriegeln. Es knackte, und die Lichter des Wagens blendeten kurz auf. Total affig, dachte Bruno. Diese Lichtspiele von Autos, wenn man sie entriegelt. Als seien sie Lebewesen. Siegrist öffnete den Kofferraum, und Bruno wuchtete seinen Koffer hinein.

Der Tag war grau und nass. Auf der Autobahn war viel Verkehr. Willkommen in Deutschland, dachte Bruno.

»Willst du Radio hören?«, fragte ihn Siegrist.

Bruno schüttelte den Kopf. Er war in die Geräusche des Fahrens versunken. Betrachtete einen Acker am Rande der Autobahn. Braune, nasse Erde, die sich am Horizont mit dem bewölkten Himmel vereinte.

»Zigarette?«, fragte Siegrist.

»Nein danke.«

Seit wann rauchte Siegrist wieder? Das war ihm völlig entgangen.

»... alle Vögel, alle!«

Es war der kleine Ivan, der die kurze Stille nach dem Singen abrupt beendete. Katharina Kusch saß mit den Kindern im Kreis um schöne Steine herum, die sie in den letzten Tagen gesammelt und zu einer Herzform auf dem Waldboden ausgelegt hatten. Vor die Sonne hatten sich inzwischen dunkle Wolken geschoben.

»Ich muss Pipi!«

»Aber geh nicht zu weit weg«, sagte Katharina Kusch zu Ivan.

Er stand auf und verließ den Kreis. Die anderen Kinder schauten ihm nach und winkten.

Ivan ging den Pfad entlang, der vom Bauwagen wegführte. Nach einem kurzen Stück machte der Pfad eine leichte Biegung, und Ivan verschwand im Gebüsch. Niemand hatte ihn gesehen. Pipi musste er nämlich nicht. Er wollte nach dem Monster schauen. Gebückt schlängelte er sich durch das Gebüsch. Es war eine Abkürzung, und hier konnte man gut gehen, weil es keine Dornen gab. Wo das Gebüsch aufhörte, standen viele Tannen. Ganz kleine Tannen. Nicht viel größer als er. Wo die Tannen aufhörten, kam ein neuer Weg. Der führte zu der Höhle des Monsters. Die letzten Meter rannte Ivan, denn er musste sich beeilen.

Vorsichtig näherte er sich der Tür, die die Höhle verriegelte. Ganz, ganz leise. Vielleicht war das Monster ja wach und horchte. Es war eine schwere, stabile Tür. Aus Metall. Damit das Monster nicht aus der Höhle rauskam. Denn das Monster war sehr stark. Viel stärker als ein Bär.

Sein Herz klopfte wie verrückt, als er vor der Tür zur Höhle stand und lauschte. Zuerst war es sehr still. Er hörte den Wind in den Zweigen rauschen. Ein paar Vögel zwitscherten. Aber dann plötzlich brüllte das Monster. Es musste hinter der Tür sein. Nur ein paar Zentimeter von ihm entfernt. Und es war schrecklich. Es schrie. Da rannte Ivan schon so schnell er konnte davon. Das Monster schrie wie ein Mensch. Hoffentlich war die Tür dick genug, dass es sie nicht aufmachen und hinter ihm herrennen konnte! Die Tannen. Ganz schnell. Dann das Gebüsch. Es war dicht. Da konnte ihn das Monster nicht sehen. Dann der Pfad. Er sah schon den Bauwagen. Er war froh, als er die anderen wieder hörte. Gleich war er bei ihnen. Er blieb noch einmal kurz stehen. Horchte. Aber er hörte nur sein Herz klopfen. Er hatte überall Gänsehaut und zitterte. Das war knapp, dachte er. So schnell war er in seinem ganzen Leben noch nicht gerannt.

»Das hat aber lange gedauert«, sagte Frau Kusch zu ihm und schaute ihn vorwurfsvoll an.

Ivan nickte nur und setzte sich schnell zu den anderen in den Kreis. Er schaute auf die schönen Steine. Und er zitterte immer noch.

»Ist dir kalt, Ivan?«

Er schüttelte den Kopf und schaute weiter auf die schönen Steine. Nicht zu Frau Kusch.

Schiller hatte geschrien. Wieder und wieder geschrien. Gegen die Dunkelheit. Gegen die Panik. Gegen die Angst. Bis das Schreien zu einem metallischen Schmerz in seinen Bronchien geworden war.

Sein Atem ging jetzt stoßweise, rasselnd. Das Schreien hatte ihn völlig erschöpft. Er zitterte. Die Echos seiner Schreie schienen in der Dunkelheit um ihn herum zu verhallen. Die Echos sind längst in deinem Kopf, dachte er. Er hatte die Augen so weit aufgerissen, dass sie schmerzten. Aber er sah nichts. Nirgendwo auch nur etwas Helligkeit. Es blieb schwarz. Auch wenn er sich die Hand vor die Augen hielt. Schwarz. Und still.

Nur sein Atem. Sein Herzschlag. Das Blut in seinen Adern. Aber da war noch etwas. Weit entfernt, aber es war da. Wasser? Von irgendwoher schien es auf den Boden zu tropfen. Die Abstände der Tropfen waren unregelmäßig. Und es schien ihm auch, dass dieses Tropfen nicht von einer bestimmten Stelle kam, sondern von mehreren Stellen, die unterschiedlich weit von ihm entfernt waren.

Schiller fror. Er hatte starke Kopfschmerzen. Wie verkatert. Sein rechter Arm schmerzte. Als er an die Stelle fühlte, woher der Schmerz kam, spürte er etwas Nasses. Eine Wunde. Prellungen. Er zog seine Hand zurück. Roch an den Fingern. Es war Blut.

Wo war er? Was war geschehen?

Er versuchte, die Umgebung um sich herum zu ertasten. Stein. Feucht und glitschig. Überall Stein. Aber roher Stein. Nicht gemauert. Kein Beton. Kein Putz. Das war kein Raum, auch kein Keller oder Bunker.

Eine Höhle, dachte er. Die Echos seiner Schreie hatten sich immer weiter fortgesetzt in eine große Tiefe. Sein Verlies war also nicht eng, sondern musste groß sein, weiträumig.

Schiller horchte wieder auf die Wassertropfen, die auf Stein fielen. Er versuchte, das unterschiedliche Tropfen zu lokalisieren. Die Entfernung zu schätzen. Auf diese Weise konnte er vielleicht die Ausdehnung der Dunkelheit um sich herum erfassen. Doch bald wurde das Tropfen zu einem Dröhnen in seinem Kopf, und ein neuer Panikschub überkam ihn.

Er horchte angespannt in die Dunkelheit hinein. Plötzlich schien ihm das Tropfgeräusch so nah, dass er darauf zurutschte und die Hand danach ausstreckte. Ein stechender Schmerz durchfuhr ihn. Er zog die Hand zurück. Zitterte. Was er von seinen Fingern leckte, war kein Wasser. Es war Blut. Er hatte sich die Hand an einem scharfen Stein aufgeschürft. Das Tropfen kam jetzt aus einer anderen Richtung.

Als es zu regnen begonnen hatte, waren sie in den Bauwagen gegangen. Katharina Kusch hatte den Ofen angemacht, und jetzt war es angenehm warm. Die Kinder liebten den Wagen. Besonders wenn Regen aufs Dach prasselte. Nils und zwei Mädchen spielten mit Bauklötzen. Es schien eine Art Burg zu werden. Oder ein Raumschiff? So genau konnte man das noch nicht erkennen. Es wunderte Katharina, dass Nils überhaupt mit den Mädchen spielte. Das tat er recht selten. Die anderen beiden Mädchen sahen sich gemeinsam ein Bilderbuch an. Ivan und Teresa tuschelten leise miteinander.

Katharina Kusch genoss in diesem Moment einfach nur die Ruhe und den Frieden. Bisher war alles glattgelaufen. Kein Streit, keine Tränen. Auch jetzt, trotz der Enge im Bauwagen, lief alles sehr harmonisch ab. Es hatte auch nicht so ausgesehen, als ob es stundenlang regnen würde. Wenn der Schauer vorbei war, würden sie wieder nach draußen gehen.

»Ich habe es gehört!«, flüsterte Ivan.

»Das Monster?«, fragte Teresa.

Ivan nickte.

»Was hat es gemacht?«

Im Ofen knackte Holz. Ivan und Teresa zuckten zusammen.

»Es hat geschrien.«

»Warum?«, fragte sie.

»Weil es aus der Höhle rauswill.«

Teresa rutschte ein wenig von Ivan weg.

»Aber das Monster kann ja gar nicht raus, weil da eine schwere Tür ist aus Eisen«, sagte Teresa.

Ivan überlegte.

»Ich weiß nicht. Die Tür hat ganz doll gewackelt.«

Teresa starrte Ivan mit großen Augen an.

»Gewackelt?«

»Ja, als das Monster dran gekratzt hat. Mit seinen Krallen.«

Teresa erstarrte.

»Krallen?«

Ivan nickte.

»Ja, Krallen! Ganz lange Krallen.«

»Und damit hat es gekratzt?«

Ivan nickte wieder.

»So, dass die Tür ganz doll gewackelt hat. Und dann bin ich weggerannt.«

Teresa unterdrückte einen Schrei. Katharina Kusch drehte sich zu den beiden um.

»Vielleicht ist das Monster gar nicht mehr in der Höhle, sondern läuft frei im Wald herum«, hauchte Ivan.

Jetzt konnte Teresa den Schrei nicht mehr unterdrücken. Sie rannte auf Katharina Kusch zu und begann zu weinen.

»Was hast du denn?«, fragte Katharina.

Teresa drückte sich nur an sie.

»Ivan hat gesagt, dass das Monster im Wald herumläuft«, stammelte sie.

Man konnte sie kaum verstehen.

»Und es hat ganz lange Krallen!«

Es dauerte eine Weile, bis es Katharina Kusch gelang, das Kind zu beruhigen. Ivan saß abseits der anderen Kinder und schmollte. Vielleicht war ihre Ermahnung ein bisschen zu arg gewesen. Die gute Stimmung im Bauwagen war jedenfalls vorbei. Hoffentlich hört es bald auf zu regnen, dachte sie. Draußen würden die Kinder schnell wieder auf andere Gedanken kommen. Monster hin oder her.

8

Wieder ertönte nur das Freizeichen. Wie oft hatte sie jetzt schon versucht, Schiller zu erreichen? Carola Kaltenbrunner saß an ihrem Schreibtisch, den Telefonhörer in der Hand, und sah nach draußen. Dunkle Regenwolken zogen auf. Wäre eigentlich mal Zeit für Frühling. Trotz der geschlossenen Fenster dröhnte der Verkehrslärm herein. Alte Fenster, schlecht isoliert. Der Verleger hielt sein Geld zusammen. Sie konnten ja froh sein, dass er überhaupt noch heizte. Der *Tag*, das war ein sinkendes Schiff. Da durfte man sich nichts vormachen. Die Zeitung ging den Bach runter – langsam, aber sicher. Die Auflage schrumpfte seit Jahren, das Anzeigengeschäft brach mehr und mehr weg, und das Internet hatte man schlicht und ergreifend verschlafen. Und sie? Kulturredakteurin, promoviert, Volontariat, 35 Jahre, in verantwortlicher Position. In letzter Zeit hatte sie sich oft gefragt, ob sie auf dem Absprung war oder am Abgrund stand. Der Journalismus war in der Krise. Überall. Wer würde sie denn noch haben wollen? Und wer wusste, ob es in zehn oder 15 Jahren überhaupt noch Zeitungen gab?

Erst jetzt hörte sie wieder die Freizeichen und bemerkte, dass sie den Telefonhörer noch immer in der Hand hielt. Wo war Schiller? Musste sie sich Sorgen machen? Sie legte auf. Dann knipste sie die Schreibtischlampe an. In spätestens zehn Minuten würde es schütten. Regen, Regen, Regen! Es ist nicht Schillers Art, dachte sie dann. Schiller war ihr bester freier Mitarbeiter. Immer zuverlässig. Zudem mochte sie ihn. Und seine lakonische, giftige Schreibe ganz besonders. Er war ein Kritiker, der noch richtig austeilen konnte. Ihm gelangen manchmal richtige Aufreger! Dabei war er nie unfair. Seine Verrisse hatten Hand und Fuß. Waren gut begründet. Ganz einfach, weil er eine Ahnung von den Dingen hatte, über die er schrieb.

Sie betrachtete die Kulturseite des morgigen Tages auf dem Bildschirm vor sich. Sie war bis auf eine weiße Lücke im unteren Drittel der Seite fertig. Schillers Bericht über die Premiere von Tschechows »Möwe« im Kronos-Theater am vergangenen Abend. Er hätte sich doch längst gemeldet, wenn ihm etwas dazwischengekommen wäre. Was sollte sie tun?

Carola Kaltenbrunner stand auf und ging zum Fenster. Über die Scheibe rollten jetzt die ersten Regentropfen, die binnen Sekunden zu einem heftigen Schauer anwuchsen. Die Leute hasteten über den Gehweg. Spannten Schirme auf. Hielten sich Einkaufstüten über den Kopf. Verzogen sich in Hauseingänge und Geschäfte. Auf der Straße Stop-and-go – der Feierabendverkehr hatte bereits eingesetzt. So trist, dachte sie plötzlich. Der *Tag*, diese Stadt, die Arbeit, alles.

Siegrist hatte Bruno nach Hause gebracht. Bruno hatte nur den Koffer in seiner Wohnung abgestellt und war dann sofort zu dem Bestattungsinstitut gegangen, in das sein Vater vom Altersheim aus gebracht worden war.

Dass er dort wirklich lag – seine Leiche –, realisierte Bruno erst, als die Tür hinter ihm ins Schloss gefallen war und das dunkle Läuten einer Glocke langsam verstummte. Er stand in einer Art Empfangsraum. Die Vorhänge vor den beiden großen Fenstern zur Straße waren zugezogen. Es waren eigentlich Schaufenster. Aber es war nichts darin ausgestellt. Oder es war ihm nicht aufgefallen. Er hatte nur den Schriftzug wahrgenommen, der sich über beide Scheiben erstreckte: »Pusch – Bestattungen«.

Das Geräusch der Glocke klang noch immer leise nach,

doch nach wie vor rührte sich nichts. Niemand kam. Das Licht im Raum war schummrig. Im Hintergrund war so etwas wie eine Theke. Dunkles Holz. Neben der Theke war ein Durchgang in den hinteren Teil des Gebäudes. Zu den Särgen, dachte Bruno. In einer dunkelgrünen Vase stand ein Strauß weißer Lilien. An der Wand hing ein einfaches Holzkreuz. Daneben ein Spruch, in Gold gerahmt. Ansonsten war der Raum leer. Und still. Totenstill, dachte Bruno. Er machte ein paar Schritte in Richtung Durchgang, bis er den Spruch lesen konnte.

Ein Satz von Dietrich Bonhoeffer. »Die Erinnerung ist das einzige Paradies, aus dem wir nicht vertrieben werden können.«

Auf den ersten Blick schien das ein kluger Satz zu sein. Aber wer sagt denn, dass die Erinnerung ein Paradies sein muss?, dachte Bruno. Sie kann doch genauso gut die Hölle sein.

»Grüß Gott«, sagte plötzlich jemand.

Bruno zuckte zusammen. Den Durchgang füllte nun ein kleiner, dicklicher Mann aus.

Wie schon bei Siegrist am Flughafen waren Bruno die Beileidsbekundungen unangenehm. Er kannte Pusch nicht, Pusch kannte ihn nicht. Pusch kannte auch seinen Vater nicht. Bruno war froh, als Pusch sich hinter die Theke begab, ein großes, in dunkles Leder gebundenes Buch herausnahm und darin blätterte.

»Wollen Sie Ihren Vater sehen, Herr Kolb?«, fragte er.

Bruno konnte den Blick nicht von der Hand abwenden, die weiter in dem Buch blätterte. Die Frage bewegte sich durch seinen Gehörgang direkt in den Magen. Wie eine Säure.

»Ich weiß nicht«, antwortete er nach einer kurzen Pause.

Bruno wollte und wollte zugleich nicht.

»Das hat auch Zeit, Herr Kolb«, meinte Pusch wie zu sich selbst.

»Sie müssen es nicht auf der Stelle entscheiden«, fügte er hinzu.

Das Rascheln der Seiten kam Bruno unglaublich laut vor. Zugleich nahm er den intensiven Geruch der Lilien wahr.

»Es geht jetzt darum, Herr Kolb, dem Leben Ihres Vaters einen würdigen Abschluss zu geben.«

Pusch warf Kolb einen kurzen Blick zu und sah dann über seinen Kopf hinweg. Wie ein Schauspieler auf der Bühne.

»Ich möchte Ihnen die Möglichkeiten und unsere Angebote erläutern, Herr Kolb.«

Bruno nickte.

»Diese Bestattung ist die letzte Möglichkeit, den persönlichen und individuellen Lebensweg Ihres Vaters würdevoll widerzuspiegeln. Und Bestattungen sind ein weites Feld.«

Puschs Vortrag drang nicht wirklich zu Bruno durch. Nur einzelne Fetzen. Schlagworte.

»Die Asche im Wind verstreuen.«

»Auf einer Almwiese.«

»In drei Himmelsrichtungen.«

Aber es gibt doch vier, dachte Bruno.

»Die Angehörigen können auch Blüten nachwerfen.«

»Oder getrocknete Rosenblätter in den Wind streuen. Und der Wind trägt die Rosenblätter der Asche hinterher.«

»Ein Friedwald.«

»Die Asche wird zwischen den Wurzeln eines Baumes beigesetzt.«

»Eine natürliche und würdevolle Alternative.«

»Jegliche Grabpflege entfällt.«

»Die Angehörigen können die Waldflächen natürlich jederzeit besuchen.«

Die Lilien in der Vase schienen sich auf einmal zu bewegen. Aber es war nur Licht, das sich in den Blüten spiegelte.

»Oder noch etwas anderes, Herr Kolb: Die Asche in einen wilden Bergbach streuen.«

»Der trägt die Asche dann bis ins Meer!«

»Sehr würdevoll, sehr still, sehr intim.«

»Ich möchte ...«, setzte Bruno an.

Pusch warf ihm einen Blick zu, als würde er ihm mit einem Messer drohen.

»Ich möchte es ganz normal. Ganz einfach.«

Pusch schaute wie ein Schlittschuhläufer, der am Ende einer Pirouette bemerkt, dass er keine Kufen mehr unter den Füßen hat.

»Normal und einfach«, wiederholte Pusch und kratzte sich dabei am Kopf.

»Natürlich stellt sich auch die Frage nach den Kosten einer Bestattung«, sagte er dann nachdenklich.

Er starrte die Lilien an, als würde in der Vase eine Souffleuse sitzen.

»Derartige Fragen müssen natürlich gestellt werden«, schob er nach.

Er klopfte mit den Fingern auf die Buchseite vor sich.

»Stellen Sie sich vor, Herr Kolb, Sie würden sich in einem Reisebüro erkundigen, wie teuer ein Urlaub ist. Natürlich würde man Sie fragen, wohin die Reise gehen soll, wie lange sie dauern soll und welche Art von Komfort Sie sich wünschen. Camping, All inclusive, ein Wellnessurlaub, Trekking oder vielleicht eine Kreuzfahrt?«

Allzu viele Möglichkeiten, was das Ziel der Reise angeht, haben Verstorbene ja wohl nicht, dachte Bruno.

»Die Kosten einer Bestattung müssen immer individuell abgestimmt werden. Unser Ziel ist es, die Wünsche der Angehörigen und das Machbare in Einklang zu bringen, wenn ich das so sagen darf. Oberste Priorität muss immer sein, den Lebensweg des Verstorbenen würdevoll widerzuspiegeln.«

Bruno nickte. Das war ihm alles zu surreal hier, und er brauchte frische Luft. Pusch blätterte wieder in seinem Buch, und dann folgte eine ganze Litanei von Fakten und Formalitäten, die zu bedenken und zu planen waren.

Bruno dachte irgendwann, dass der Tod nicht nur das Leben kostete, und fragte sich, wie spät es eigentlich war. Der lange Flug, die Zeitverschiebung. Er hatte kein Zeitgefühl mehr.

Am Ende kam Pusch wieder auf seine Einstiegsfrage zurück. Ob er seinen Vater sehen wolle oder nicht. Bruno wusste es noch immer nicht. Das sei nicht schlimm, meinte Pusch und drückte ihm eine Visitenkarte in die Hand.

»Sie können mich anrufen, jederzeit«, sagte er.

Vielleicht ist das alles nur ein Missverständnis, dachte Carola Kaltenbrunner. Schiller hatte sich den Premierentermin im Kronos-Theater falsch notiert. Deshalb kein Artikel. Das konnte passieren. Mit dem Regen hatte sie Glück, es tröpfelte nur leicht. Den Schirm hätte sie nicht einmal gebraucht. Es war einer dieser Schirme in der Redaktion, die niemandem gehörten. Die vergessen worden waren. Und der Schirm war ziemlich ramponiert. Das merkte sie jetzt. Der Stoff war nicht mehr dicht. Der Griff war abgewetzt, und der Stil des Schirms roch nach Rost.

Sie klingelte. Einmal, zweimal, dreimal. Nichts. Aus einer der Wohnungen im Parterre neben dem Eingang plapperte lautstark ein Fernseher. Irgendwo hörte man ein Kind weinen. Schiller war nicht da. Oder er machte nicht auf. Es war ihr ein Rätsel. Er konnte sich doch nicht in Luft aufgelöst haben. Ich muss die Polizei benachrichtigen, dachte sie. Weil das nicht seine Art ist. Dann hatte sie plötzlich ein sehr reales Bild vor sich: Schiller tot in seiner Wohnung. Am Schreibtisch. Herzinfarkt. In seinem Alter. Das kam vor. Es konnte so schnell gehen. Sie klingelte erneut.

Der Mann, der die Haustür öffnete, war in ihrem Alter. Hartz IV, dachte sie sofort. Er trug eine khakifarbene Jogginghose, eine Strickjacke und braune, abgenutzte Hausschuhe. Er wedelte ihr mit einer Plastiktüte vor dem Gesicht herum und fragte, was sie wolle.

»Zu Herrn Schiller«, antwortete sie etwas irritiert.

Der Mann war unfreundlich, und aus seiner Plastiktüte drang ein fauliger Geruch.

»Dann ist er wohl nicht da«, sagte der Mann.

Bingo, dachte Carola. Gut erkannt. Sie fragte ihn, ob er Schiller heute schon gesehen habe.

»Muss ich das?«, fragte er zurück.

Was war denn das jetzt?, dachte sie.

»Den jeden Tag sehen?«, fügte er hinzu.

Der Mann schien es plötzlich eilig zu haben und wedelte wieder mit seiner Tüte.

»Habe ihn schon eine Weile nicht mehr gesehen«, sagte er, und dann schlurfte er mit seinen vergammelten Hausschuhen grußlos an ihr vorbei. Als er um die Ecke des Hauses verschwunden war, klingelte sie noch einmal. Nichts. Sie würde so lange warten, bis der Mann zurückkam. Doch der Mann kam nicht zurück. Wahrscheinlich gab es noch einen Hintereingang.

Die beiden Plastiktüten waren nicht schwer. Bruno schloss die Tür zu seiner Wohnung auf. Die Studenten-WG unter ihm musste Besuch haben. Eine Party. Man hörte Musik. Stimmen. Gelächter. Er machte Licht im Flur. Als die Wohnungstür hinter ihm ins Schloss fiel, waren die Geräusche von unten kaum noch zu hören. Die Glühbirne flackerte. Sie war viel zu stark. Blendete. Lampenschirm oder schwächere Birne, dachte er. Er ging in die Küche und stellte die beiden Tüten auf den Tisch. Er tat dies sehr vorsichtig, denn für einen Moment kam es ihm vor, als würden sich Knochen darin befinden.

Bruno hatte Durst. Er hatte viel zu wenig getrunken in den letzten 24 Stunden. Er öffnete den Küchenschrank und nahm ein Glas heraus. Irgendetwas roch schlecht. Faulig, vergammelt. Es schien aus dem Kühlschrank zu kommen. Er machte ihn auf und zog das Gemüsefach heraus. Eine verschimmelte Zucchini und zwei dunkelbraune, verschrumpelte Tomaten lagen darin. Nicht mal eine halbe Woche, und schon ist alles hinüber, dachte er. Er kippte den Inhalt des Gemüsefachs in den Abfall. Eine ganze Armada von Fruchtfliegen flog auf sein Gesicht zu.

»Scheiße«, fluchte er vor sich hin.

Er hatte vor seiner Abreise vergessen, den Müll zu entsorgen. Bruno knotete die Mülltüte zu und stellte sie neben die beiden Tüten aus dem Altersheim auf den Tisch. Dann kam ihm das allerdings unpassend vor, und er stellte die Tüte mit dem Abfall auf den Boden. Danach tötete er, mit einem Küchentuch bewaffnet, über zehn Minuten lang Fruchtfliegen.

Bruno hielt mehrmals das Glas unter den Wasserhahn, trank und betrachtete dabei die Tüten auf dem Tisch. Zwei Plastiktüten. Das war alles. Die Bilanz eines Lebens. Zumindest das, was davon übrig geblieben war. Von seinem Vater. Von seinem Leben. Es war deprimierend.

Bruno ging ins Wohnzimmer und sah die Dinge um sich herum. Die Couch, die Bücher. Den schmalen Tisch. Die Umrisse der Bäume hinter dem Fenster. In der Wohnung unter ihm schienen sie die Musik abgedreht zu haben. Auch die Stimmen waren verebbt. Es war völlig still.

Die Tüten waren schon gepackt gewesen. Eine Pflegerin hatte ihm ihr Beileid gewünscht. Sein Vater sei im Schlaf gestorben, hatte sie gesagt. »Ganz friedlich«, hatte sie hinzugefügt. Dann hatte sie weitergemusst. So viel zu tun heute. Bruno hatte die Tüten genommen und war schnell wieder gegangen.

Vielleicht waren in den Plastiktüten auf seinem Küchentisch auch die Dinge eines anderen Toten. Es konnten ja mehrere Bewohner des Heimes in den letzten Tagen gestorben sein.

Wäsche, ein Rasierapparat, seine Armbanduhr, sein Geldbeutel. Ein gerahmtes Foto. Das Fotopapier unter dem Glas war leicht gewellt. Das Foto zeigte sie drei: seinen Vater, seine Mutter und ihn selbst. Es musste kurz vor dem Mord aufgenommen worden sein. Er war jetzt schon älter als seine Mutter damals. Wie viele Jahre waren seitdem vergangen?

Bruno wandte sich von dem Inhalt der Tüten auf dem Tisch ab und ging ins Wohnzimmer. Der Anrufbeantworter blinkte. Die erste Nachricht war von Siegrist. Nach einer schüchternen Frage, wie es ihm gehe, und einer erneuten Beileidsbekundung teilte Siegrist ihm mit, dass er morgen gern zu Hause bleiben könne, wenn er wolle. Übermorgen auch.

»Nimm dir die Zeit, die du brauchst«, sagte er.

Es folgte eine kurze Pause.

»Es ist sowieso nicht viel los hier«, sagte er dann.

Die zweite Nachricht war von Hanna. Es erschreckte ihn, wie fremd sich ihre Stimme anhörte. Das lag wohl auch an der schlechten Verbindung. Aber nicht nur. Sie wirkte durcheinander. Hatte sie getrunken? Ihre Sätze wurden immer wieder von Schluchzen unterbrochen. Dass alles so falsch gelaufen sei, meinte sie. Und dass es ohne ihn nicht schön sei.

»Lass uns einfach noch mal von vorne anfangen, Bruno!«

In die Pause hinein dachte er, dass es doch gar kein Ende gegeben hatte. Genauso wenig wie es einen Anfang gegeben hatte. Das mit ihnen war etwas dazwischen, und es war nur traurig. Dann schien Hanna mit dem Telefon ein paar Schritte zu gehen. Sie wollte, dass er das Meer hörte. Die Wellen. Das Meer sei heute sehr wild, meinte sie. Sie habe Pia verboten, ins Wasser zu gehen. Hanna schien den Telefonhörer jetzt ins Freie zu halten.

»Hörst du es, Bruno?«

Sie schluchzte.

»Hörst du es?«

Er hörte nur ein Rauschen in der Leitung. Aber nicht das Meer.

9

Frisch rasiert. Er schaute auf die Uhr. Kurz vor sieben. Weidlich, sein Chauffeur, würde jeden Moment da sein. Seine Sachen für den Tag waren gerichtet. Er war bereit. Er wartete auf das Geräusch des Wagens in der Einfahrt und betrachtete sich in dem beschlagenen Spiegel, der ihn janusköpfig erscheinen ließ. Das Rasierwasser drang in seine Nase. Ein feiner Geruch. Er strich über die weiche Haut seines Gesichts. Ein gutes Gefühl, ein sauberes Gefühl, dachte er. Sein Rücken war wunderbar heute Morgen. Keine Schmerzen. Trotz der nicht mehr als drei Stunden Schlaf fühlte er sich frisch und erholt. Wie neugeboren, dachte er plötzlich. Aus dem Wasserdampf begann sich sein rechtes Auge auf dem Spiegel abzubilden. Zuerst verschwommen, dann immer deutlicher. Blau, fest und klar.

Sein Handy läutete. Weidlich wahrscheinlich, dachte er. Er ging ins Schlafzimmer. Vom Bett her leuchtete ihm das rote Display entgegen. Als er die Nummer darauf sah, erstarrte er.

»Wer ist da?«, fragte er in die Stille.

Es konnte nicht Schiller sein. Das war unmöglich. Wo Schiller war, konnte es keinen Empfang geben. Was war er auch für ein Idiot, dass er nicht darauf geachtet hatte. Die Geräusche, die sich in die Stille mischten, beruhigten ihn. Der Anrufer schien an einem offenen Fenster zu stehen. Man hörte deutlich eine Straße. Wind? Oder war es ein Atmen? Dann eine Kirchenglocke.

»Hallo …? Wer ist da?«

Er schaute auf die Uhr. Es war sieben. Der Anrufer antwortete nicht. Aber man hörte ihn jetzt deutlich atmen. Wie kam der Anrufer an Schillers Handy? Das Kreischen einer Amsel übertönte das Glockengeläut.

»Danke«, sagte plötzlich jemand.

Eine männliche Stimme. Nicht alt. Eher die Stimme eines Jugendlichen.

»Wie bitte …?«

Das Geräusch eines Wagens jetzt. Ein Lastwagen vielleicht, der gerade an dem Haus vorbeifuhr, von wo aus er angerufen wurde. Warum er? Probierte der Anrufer sämtliche Kontakte aus Schillers Telefonbuch?

»Danke für das Handy.«

Seine Nummer im Telefonbuch von Schillers Handy. Sie hatte da verdammt noch mal nichts verloren.

»Woher haben Sie das Handy?«

Was war er für ein Vollidiot, dass er nicht an Schillers Handy gedacht hatte!

»Gefunden.«

Es lief ihm eiskalt den Rücken herunter.

»Wo?«

»Meine Sache.«

Seine Hand zitterte.

»Vielleicht nicht?«

Er hörte den Typ lachen.

»Ich möchte das Handy haben«, sagte er zu dem Unbekannten.

Er hörte die Kirchenglocken nicht mehr und dachte zuerst, dass der andere das Gespräch beendet hatte. Aber man hörte das Atmen noch. Und auch die Straße.

»Gehört es dir?«

»Ja.«

»Glaub ich nicht.«

»Ich will das Handy«, sagte er.

Wieder kam nur Lachen.

»Ich will das Handy«, wiederholte er lauter.

Es ärgerte ihn, wie weinerlich seine Stimme klang.

Es läutete an der Tür.

»Man kriegt im Leben nicht alles, was man will«, sagte die Stimme.

Du dummes Arschloch, dachte er. Er holte Luft und setzte zu einer Antwort an, aber in dem Moment wurde die Verbindung abrupt beendet. Erneut läutete es an der Tür.

Acht Uhr. Dienstbesprechung. Sie saßen am Tisch und warteten auf Siegrist. Ich hätte mir ein Schild umhängen sollen, »Herzlichen Dank für euer Beileid«, dachte Bruno in die Stille hinein, die sich ausgebreitet hatte, nachdem Brockmann, die Perreira, Lady Di, Holzinger und Ramsauer, schön der Reihe nach, den Tod seines Vaters mitfühlend kommentiert hatten. Es war ja alles nett gemeint. Aber es nervte ihn. An der Fensterscheibe brummte eine Fliege. Brockmann drehte sich zu der Fliege um und schlug mit einer Serviette nach ihr.

»Lass das«, blaffte ihn die Perreira an.

Auf der Serviette waren Kaffeeflecken.

»Frau Perreira – das ist eine Fliege.«

Brockmann holte erneut aus.

»Na und? Hat auch das Recht zu leben«, kam es von ihr zurück.

Der Schlag ging daneben.

»Klar«, brummte Brockmann.

»Ist noch Kaffee da?«, fragte Bruno.

Die Thermoskanne wurde von Hand zu Hand über den Tisch weiter an Bruno geschoben. Das Geräusch des Schiebens ging in Siegrists morgendlicher Begrüßung unter. Bruno drehte die Kanne auf und schenkte sich ein. Siegrist warf ihm einen erstaunten Blick zu, hielt sich aber mit einer Beileidsbekundung zurück. Er hat ja schon zwei Mal, dachte Bruno. Mindestens. Die Kanne brachte eine Vierteltasse hervor.

»Leer«, meinte er.

Die anderen am Tisch sahen ihn an, als wäre er gerade in Tränen ausgebrochen.

»Die Schlägerei vor dem *Toy* haben wir ja eigentlich jede Nacht«, bilanzierte Siegrist, als sie durch waren.

»Bis auf Montag, da hat das *Toy* zu«, fiel ihm Ramsauer ins Wort.

Siegrist nickte und kratzte sich an der Nase.

»Ja. So ist das wohl.«

Er schien ein wenig aus dem Konzept gekommen zu sein.

»Ein Einbruch in die Pizzeria *Capri*, ein toter Pudel und eine Vermisstenanzeige«, fügte er hinzu. »Diese Pizzeria – wurde da vor zwei Wochen nicht schon mal eingebrochen?«, fragte er dann in die Runde.

Holzinger schaute, als würde jemand auf seinem Fuß stehen. Ramsauer strich mit dem Zeigefinger über die Tischplatte, als wollte er einen Fleck entfernen.

»Nein, das war in der Pizzeria *Elba*«, sagte Lady Di.

Siegrist nickte.

Ist die Blässe in ihrem Gesicht geschminkt oder echt?, dachte Bruno.

»*Capri*, *Elba*, *Sizilia*. Die Pizzerien bei uns haben alle Namen von Inseln. Da sollte man mal drüber nachdenken«, sagte Ramsauer.

»Im *Sizilia* gibt es die beste Funghi«, sagte Angelika Perreira.

Sie leckte sich dabei demonstrativ schamlos über die Lippen, und Brockmann starrte sie mit unverhohlener Gier an.

»Na dann«, kommentierte Ramsauer.

Es wäre besser gewesen, zu Hause zu bleiben, dachte Bruno. Siegrist hatte es ihm ja angeboten.

»Wenn bei Capri die rote Sonne im Meer versinkt …«, begann Brockmann plötzlich zu singen.

»Es ist gut jetzt, Kollegen.«

Siegrist räusperte sich.

»Dieser Pudel. Wann dürften wir da was kriegen, Brockmann? Interessant wäre natürlich, ob das Blut auf den Taschentüchern auch von dem Hund ist.«

Brockmann fuhr sich mit der Hand über seinen Schädel.

»Eher unwahrscheinlich. Die Ergebnisse gibt's frühestens übermorgen«, sagte er.

»Es war eine Menge Material«, fügte die Perreira hinzu.

»Und der Pudel ist jetzt in der Gerichtsmedizin?«

Brockmann und die Perreira nickten gleichzeitig. Sie sahen aus wie Wackeldackel.

»Gibt es einen Grund, warum wir uns in dieser Pudelgeschichte so ins Zeug legen?«, fragte Siegrist.

Die Perreira wollte etwas erwidern, tat es aber dann doch nicht, und Brockmann nickte nur mit dem Kopf in Richtung Holzinger.

»Koschnik.«

»Der hat Fotos gemacht?«

Holzinger nickte.

»Dann ist die Geschichte also morgen im *Tag*.«

Siegrist seufzte.

»Nachrichten von hier«, sagte Brockmann.

»Die Hundemarke haben wir. Ich kläre nachher ab, wem das Tier gehört«, sagte Lady Di.

Die Thermoskanne war bei ihr angekommen, und sie hielt sich mit beiden Händen daran fest.

Frischen Kaffee geordert hat natürlich niemand, dachte Bruno.

»Sehr gut, Andrea«, sagte Siegrist zu ihr.

Dann sah er sich um, als erwarte er Applaus.

Also doch die Brühe aus dem Automaten, dachte Bruno. Wer zu spät kommt, den bestraft das Leben.

»Und du, Bruno, kümmerst dich um diesen verschwundenen Journalisten?«

Bruno nickte.

Carola Kaltenbrunner hob den Hörer ab. Als sie die Stimme am anderen Ende der Leitung hörte, hätte sie am liebsten den Hörer sofort wieder auf die Gabel geknallt. Warum tat sie das eigentlich nicht? Weil er sonst nicht aufhören würde anzurufen, und am Ende würde er dann in der Redaktion stehen.

»Hallo, Mäuschen«, nuschelte er.

Er klang angetrunken. War er das jetzt schon morgens?

»Ich war gestern im Kronos-Theater. Da ist auch dein Schiller rumgeschlichen. Und jetzt blättere ich den *Tag* durch und vermisse seinen geistvollen Erguss.«

»Ich auch«, sagte sie.

»Wie?«

»Ich weiß nicht, wo er ist.«

Sein meckerndes Lachen vermischte sich mit rasselndem Husten. Mach nur so weiter, dachte sie. Rauchen und saufen – dann bist du in zehn Jahren sowieso tot.

»Ich weiß nicht, wo er ist«, äffte er sie nach. »Du pennst doch mit ihm. Du musst doch wissen, wo er ist.«

Sie hatte zwei große Fehler in ihrem Leben gemacht. Erstens: ihren Job als Kulturredakteurin beim *Tag* als Sprungbrett zu sehen. Was er auch war, allerdings ein Sprungbrett in ein Becken ohne Wasser. Zweitens: Stefan Kaltenbrunner.

»Ich penne nicht mit ihm.«

»Erzähl mir keinen Scheiß.«

Sie hatte ihn so satt.

»Schiller ist verschwunden. Wie vom Erdboden verschluckt. Ich war schon bei der Polizei.«

Sie hörte zu, wie Stefan sich verschluckte. Er trank wirklich. Es war noch nicht mal zehn Uhr, und was er da trank, war bestimmt keine Milch.

»Du rennst wegen dem Arschloch gleich zur Polizei?«

Im Hintergrund rumpelte etwas. Als sei ein Stuhl umgefallen.

»Musst dir ja ziemlich Sorgen machen, Mäuschen! Aber mir erzählen, dass du ihn nicht fickst?«

Ein Feuerzeug klickte. Dann hörte sie, wie er den Rauch einer Zigarette einzog.

»Weißt du eigentlich, wie alt Schiller ist?«, fragte sie.

»Das ist dir doch egal. Ein Schwanz ist ein Schwanz ist ein Schwanz!«

»War's das jetzt, Stefan?«

Er zog wieder an seiner Zigarette.

»War's das jetzt, Stefan?«, äffte er sie nach.

Dann rülpste er. Er gibt sich keine Mühe mehr. Er lässt sich total gehen, dachte sie.

»Ich weiß, dass du ihn fickst. Weil du eine Schlampe bist.«

Er ist krank, dachte sie, paranoid.

»Ich habe keine Lust mehr auf diese Art von Gespräch, Stefan. Wir sind seit einem Jahr geschieden. Ich tu mir das nicht mehr an!«

Noch fünf Tage, dachte sie, dann ist es genau ein Jahr. Es folgten die üblichen Beschimpfungen. Sie sah währenddessen auf die Uhr. Eine halbe Minute. Er konnte ihr nichts mehr anhaben. Das war alles lange vorbei. Eine Minute. Sie hatte sich diesbezüglich einen dicken Panzer zugelegt. Dass ihre Hände trotzdem zitterten, als das Gespräch nach fast einer weiteren Minute endlich vorbei war, ärgerte sie. Wenn ihr Verleger nicht so geizig wäre, hätten sie in der Redaktion schon längst modernere Telefone. Auf denen man sieht, wer anruft, ehe man abhebt.

Das trostlose Graubraun draußen passte perfekt zu der Brühe aus dem Automaten, die er vor sich auf dem Tisch hatte. Aber wenigstens regnete es nicht. Wobei er ohnehin im Trockenen war. Das würde auch noch eine Weile so bleiben. Dann klopfte es.

»Ja?«

Lady Di steckte den Kopf zur Tür herein.

»Was macht der Journalist?«

Ihre Gesichtsfarbe sah jetzt deutlich gesünder aus. Es musste am Licht im Besprechungszimmer gelegen haben.

»Der ist nach wie vor verschwunden«, antwortete er.

Sie baute sich vor seinem Tisch auf.

»Meine Ermittlungen führen zu dir, Bruno.«

»Zu mir? Ich lasse die Hunde, die ich erschlage, nicht auf der Straße liegen. Ich nehme sie mit und esse sie.«

Sie grinste und zeigte auf die Vermisstenanzeige neben dem Kaffeebecher.

»Der Pudel gehörte Jo Schiller«, sagte sie.

Bruno nahm den Becher. Die Brühe war bereits lauwarm und schmeckte so scheußlich wie immer.

»Das sieht nach einem Fall aus, Frau Wurster.«

»So sehe ich das auch, Herr Kolb.«

Was für eine Farbe hatten eigentlich ihre Augen, blau oder braun?

»Dann werde ich Siegrist mal Bescheid geben«, sagte er.

»Der wird sich freuen.«

»Oh, ja!«

Carola Kaltenbrunners Büro war genauso schäbig wie Brunos Büro auf dem Revier. Die Tür war aus Glas. Wie im Zoo, dachte Bruno. Affengehege. Die Einrichtung – Schreibtisch, Computer, Regale, Telefon – war alt und abgenutzt. Ziemlich kümmerlich für die Redaktion einer Tageszeitung. Carola Kaltenbrunner hingegen war schick gekleidet: schwarzer Rollkragenpulli, rote Hose, viel Schmuck. Fast zu schick für diese Umgebung.

»Feinde? Ich weiß nicht. Das ist vielleicht etwas übertrieben«, meinte sie.

Sie kratzte sich nervös an der Stirn.

»Aber es gibt natürlich schon ein paar Leute in der Stadt, die ihn nicht besonders mögen. Leute aus der Kulturszene.«

»Warum?«

»Na ja, Schiller ist Kritiker. Theater, Lesungen, Konzerte, Ausstellungen. Und er hat durchaus eine spitze Feder. Da wird sich so manch ein Kreativer in der Stadt hin und wieder auf die Füße getreten gefühlt haben. Künstler sind da ja auch sehr empfindlich.«

Aus den Augenwinkeln nahm Bruno immer wieder Vorbeigehende wahr, die ihn durch die Glastür anglotzten.

»Verrisse, meinen Sie?«

Sie nahm einen Kugelschreiber in die Hand. Ihre Finger waren lang und dünn.

»Kritik eben, ja.«

»Und wie viel hat er für Sie gemacht? Er war freier Mitarbeiter, sagten Sie?«

»Er ist, hoffentlich! Nicht war. Jo Schiller ist mein wichtigster freier Mitarbeiter. Er macht ausschließlich Kultur. Und liefert so drei bis vier Artikel pro Woche. Mindestens.«

»Wie lange arbeitet er schon für den *Tag*?«

Sie legte den Kugelschreiber jetzt sehr vorsichtig auf den Tisch zurück, als sei er zerbrechlich.

»Er war schon dabei, ehe ich die Leitung der Kulturredaktion übernommen habe. Zehn Jahre werden das bestimmt sein.«

»Also gibt es wahrscheinlich eine ganze Menge Leute in der Stadt, die ihn nicht besonders mögen«, sagte Bruno.

Sie zuckte mit den Schultern und seufzte.

»Und sein letzter Auftrag war vorgestern Abend eine Premiere im Kronos-Theater.«

Carola Kaltenbrunner nickte.

»›Die Möwe‹ von Tschechow«, sagte sie.

Dann sah sie ihn an, als wäre ihr plötzlich etwas Wichtiges wieder eingefallen.

»Wollen Sie einen Kaffee? Entschuldigen Sie, ich bin irgendwie vollkommen durcheinander.«

Sie erhob sich von ihrem Stuhl, aber er lehnte dankend ab. Der Stuhl quietschte, als sie sich wieder setzte.

»Sie wundern sich vielleicht, Frau Kaltenbrunner, dass ich so schnell bei Ihnen auftauche ...«

»Ich weiß nicht, ich habe selten was mit der Polizei zu tun«, unterbrach sie ihn.

Sie versuchte ein Lächeln.

»Wir haben den Hund von Herrn Schiller gefunden. Jemand hat ihn umgebracht.«

»Wotan? Das ist ja furchtbar!«

Bruno nickte. Vom Gang her hörte man Gelächter. Carola Kaltenbrunner hatte den Kopf in die Hände gestützt und sah ihn an. Unsicher, nervös und erschrocken.

»Wer bringt denn bloß einen Hund um?«

Sie schüttelte den Kopf.

»Wie war Ihr Verhältnis zu ihm?«

»Schiller hatte Wotan manchmal mit in der Redaktion, wenn es etwas zu besprechen gab.«

»Ich meinte Ihr Verhältnis zu Herrn Schiller. War es enger, also auch privat? Oder rein geschäftlich?«, konkretisierte Bruno.

Sie veränderte ihre Sitzhaltung und nahm den Kugelschreiber wieder in die Hand.

»Also wir waren kein Paar, falls Sie das meinen.«

So weit war er durch, dachte Bruno.

»Da wäre ja auch ein ziemlich großer Altersunterschied zwischen uns«, fügte sie hinzu.

Wieder war einer vor der Tür und glotzte. Bruno drehte sich zu ihm um und verzog das Gesicht zu einer Grimasse. Der draußen warf ihm einen abfälligen Blick zu und verschwand.

»Schrecklich, diese Glastür. Das ist wie im Zoo«, sagte sie.

Bruno nickte.

»Aber mit der Zeit gewöhnt man sich daran«, fügte sie hinzu.

Er betrachtete den Kugelschreiber zwischen ihren langen, dünnen Fingern. Der Kugelschreiber war schwarz. Wie ihr Rollkragenpullover.

10

Die Nässe war überall. Sie kam von oben, sie kam von unten. Und sie war auch dazwischen. Es war ein beschissenes Geschäft. Die Spurensicherung hatte eine rote Markierung auf den Gehweg gesprüht. Dort wo Schillers Pudel gefunden worden war.

Es waren 20 Beamte und ein Polizeihund im Einsatz. In dem dichten, stacheligen Wucherzeug war der Hund schon nach einem Meter nicht mehr zu sehen. Man hörte ihn nur hin und wieder bellen. Es war ein ziemlicher Aufwand für einen Vermissten, aber was blieb ihnen anderes übrig?

Die dicht bewachsene Brachfläche war etwa 60 Meter breit und rund 150 Meter lang. Ein unbebautes Industriegrundstück. Auf einer Seite grenzte es an eine Reifenhandlung. Auf der anderen Seite an ein einstöckiges Gebäude, in dem ein Großhandel für Teppichböden und ein Tierfutter-Discounter untergebracht waren.

Durch das Dickicht war das Vorankommen mühsam, und dementsprechend langsam bewegten sich die Polizisten in einer breiten Reihe auf das Zentrallager eines Möbelhauses zu, das am gegenüberliegenden Ende des Geländes lag.

Das Schlimme hier ist nicht der Winter, dachte Bruno, das Schlimme ist das Danach. Das Ende des Winters, das sich endlos in die Länge zieht. Wenn klar ist, dass es keinen Schnee mehr gibt, aber der Frühling trotzdem nicht kommt. Wenn es wochenlang grau, nass und kalt bleibt. Wenn die Natur total erstarrt ist und die Bäume wie alte Möbel und die Wiesen wie ausgefranste, braune Teppiche aussehen.

»Passt eigentlich nur zum Sterben, das Wetter«, sagte Bruno zu Lady Di.

Sie warf ihm einen eigentümlichen Blick zu und schien zu überlegen, was sie erwidern sollte.

»Und zum Organisieren einer Beerdigung«, fügte er hinzu.

Lady Di hatte den Kragen ihres Mantels hochgeschlagen. So hoch, dass gerade noch ihre Augen herausschauten. Darüber trug sie eine Polizeimütze. Die hatte ihr einer der Kollegen gegeben.

»Ja, da hängt viel dran, wenn jemand stirbt.«

Vom Schild der Polizeimütze tropfte der Regen unaufhörlich herab.

»Da ist gar kein Platz für Trauer. Die kommt erst viel später«, meinte sie dann.

Bruno wollte nicht darüber nachdenken, und ihm fiel auch nichts ein, was er dazu sagen konnte. Deshalb wechselte er das Thema.

»Ich glaube nicht, dass es so einfach ist.«

»Mit der Trauer?«

»Nein. Dass dieser Schiller dort irgendwo tot im Gebüsch liegt.«

Sie zuckte mit den Schultern.

»Ich bin nicht scharf drauf, dass er hier irgendwo tot im Gebüsch liegt. Ich habe keine Lust, in einem Mordfall zu ermitteln«, sagte sie.

Bruno schaute auf die Reihe der Polizisten, die sehr weit ins Dickicht vorgedrungen waren.

»Die Geschichte von dem, der zum Zigarettenautomaten geht und nicht wiederkommt, wäre mir auch lieber«, meinte er.

Lady Di nickte.

»Ich weiß, wie das ist, Bruno. Ich hab vor zwei Jahren meine Mutter verloren«, sagte sie.

Ihre Hand auf seiner Schulter war ihm in diesem Moment überraschenderweise nicht unangenehm. Im Gegenteil. Er fand diese Geste sehr nett.

»Es tut mir leid«, sagte er spontan.

Er ärgerte sich über den Stuss, den er da gerade von sich gegeben hatte. Natürlich hatte er den Tod ihrer Mutter damals mitbekommen. Sie hatte Krebs. Kurz danach hatte Lady Di sich scheiden lassen.

Sie kannten einander schon sehr lange, sicher an die zehn Jahre. Warum machte er ihr gegenüber trotzdem so dicht?

Schweigend beobachteten sie die Kollegen, bis die etwa die Hälfte des Geländes durchkämmt hatten.

»Bringt wohl nichts, hier rumzustehen«, sagte Lady Di.

Die Polizeimütze auf ihrem Kopf war vollkommen durchgeweicht.

»Stimmt«, gab Bruno zurück.

»Wenn ich hier jemanden loswerden will, muss ich nicht wer weiß wie weit in diese Wildnis rein. Dafür reichen zwei Meter – so dicht ist das hier«, fügte er hinzu.

»Heißer Kaffee wäre schön«, sagte sie.

Gegen Ende hin schien das Gelände abschüssig zu sein. Oder die Vegetation wuchs höher. Denn die Polizisten begannen zu schrumpfen.

Vor Petra Scheicher stand ein frisch gebrühter Espresso, als er anrief. Sie hob ab und schob die Unterlagen für die Reise nach Shanghai ein wenig zur Seite. Es war noch unglaublich viel zu organisieren. Und in drei Tagen stieg die Delegation schon in den Flieger. Bis dahin musste alles stehen. Er war für seine Verhältnisse spät dran heute Morgen. Dann ließ sie seine schleimigen Nettigkeiten über sich ergehen. Westermann kam nie sofort zur Sache. Aber sie kannte ihn inzwischen so gut, dass sie am Klang seiner Stimme sofort erkannte, wenn er zu dem kam, was er eigentlich wollte. Sie hatte selten einen Mann getroffen, der so steif war wie er. Es war ihr ein Rätsel, wie er es mit seiner Art so weit gebracht hatte. An seinen politischen Fähigkeiten konnte es nicht liegen. Es war wohl sein äußerst guter Draht zum Alten. Aber warum eigentlich? Sie hatte noch nicht herausgefunden, warum die beiden so gut miteinander konnten. Wahrscheinlich hatten sie irgendeine Leiche im Keller.

Westermann kam wieder auf Kohlmeyer zu sprechen. Dasselbe hatte er ihr bestimmt schon dreimal verklickert in der letzten Woche: Es sei alles geregelt. Der Fleischbaron, der Schlachthofkönig, die dumme, fette Sau von der Alb sei an Bord. Ja, es habe alles geklappt. Die Gespräche seien terminiert.

Wahrscheinlich springt bei dem Deal in Shanghai auch was für Westermann persönlich raus, dachte sie. Oder warum war es ihm sonst so wichtig, dass Kohlmeyer dort mit von der Partie war?

Dann horchte sie auf. Ein Handy. Westermann kam nun endlich zum Punkt. Darum ging es also. Ein Handy, das er angeblich verloren hatte. Er fragte, ob man es irgendwie orten könnte. Das schien ihn sehr zu beschäftigen. Nicht irgendwie, Herr Westermann, dachte sie, sondern ganz praktisch. Natürlich kann man ein Handy orten. Willkommen im 21. Jahrhundert! Mal besser, mal schlechter, natürlich, je nachdem, wo sich das Handy befindet. Auf dem flachen Land kann es kompliziert werden, aber in der Stadt ist es überhaupt kein Problem.

Westermann musste verdammt viel Schiss haben wegen dieses Handys. Und klar, sie kümmerte sich darum. Sofort. Das war machbar, kein Problem. Sie hatte einen guten Kontakt. Nichts Offizielles, keine Angst, ganz diskret: nur er, sie und der Kontakt beim Mobilfunkanbieter. Der Kontakt war absolut zuverlässig. Kein Gerede, keine Fragen. Der sei ihr noch was schuldig, log sie. Und wie lange so etwas dauere? Westermann gab ihr die Nummer durch, sie notierte sie. Selbstverständlich kriege ich das noch hin, bevor Sie nach Shanghai fliegen, Herr Westermann, Sie können sich auf mich verlassen.

Komische Geschichte mit diesem Handy, dachte Petra Scheicher, als sie aufgelegt hatte. Sie strich gedankenverloren über das heiße Porzellan der Tasse. Dann nahm sie einen Schluck. Es ärgerte sie, dass der Espresso schon wieder einen Tick zu kalt war. Warum war Westermann wegen des Handys so verdammt nervös? Die Geschichte stank. Die Geschichte stank sogar gewaltig. Aber sie würde ihr auf den Grund gehen. Bis sie wusste, um was es hier eigentlich wirklich ging.

Edel geht die Welt zugrunde, dachte Bruno, als sie die Wohnung betraten. Alles vom Feinsten. Luxuriös. Ein Angestellter der Hausverwaltung hatte ihnen die Tür aufgemacht. Ein fahriger Typ, vielleicht 25 Jahre alt, in einem schlecht sitzenden Anzug. Der Mann war nicht sonderlich gesprächig. Knappe Begrüßung. Schweigen im Fahrstuhl. Schiller kannte er nicht. Er sei nur der Bürohengst, hatte er gemeint, als sie in der obersten Etage angekommen waren. Die Genossenschaft betreue rund 300 Wohneinheiten in der Stadt.

Der Mann war nicht mit in die Wohnung gekommen. Er hatte auf eine der beiden Türen vor ihnen gezeigt und Bruno den Schlüssel in die Hand gedrückt. Lady Di hatte den Mann dabei irritiert gemustert. Dann hatte er ihnen den Rücken zugekehrt, eines der Fenster im Treppenhaus geöffnet und sich eine Zigarette angesteckt. Auch gut, hatte Bruno gedacht, als er die Tür zu Schillers Wohnung aufsperrte.

Sofort war wieder dieses sonderbare Gefühl da, das ihn immer überkam, wenn er fremde Wohnungen betrat. Es ging vom Magen aus und arbeitete sich bis in seinen Kopf hoch: Scham, Unruhe, Ekel. Dazu eine Mischung aus Überlegenheit und Verzweiflung. Er hatte hier nichts verloren. Bruno ließ seinen Blick durch den riesigen Raum schweifen, der auf einer Seite komplett verglast war, ein phantastischer Blick auf die Stadt, die tief unter ihnen im Tal lag und deren Bebauung sich, je höher die Hänge hinauf, desto mehr mit Wald vermischte. Deutlich sah man die glitzernden Schleifen der beiden Flüsse.

»Schiller ist freier Journalist«, sagte Lady Di.

Mehr zu sich selbst als zu Bruno.

»Für den *Tag*, ja.«

Sie schien sich von der Aussicht auch nicht losreißen zu können.

»Da muss man ja ziemlich gut verdienen.«

»Scheint so«, erwiderte Bruno.

Die Einrichtung war weitgehend in Schwarz und Weiß gehalten. Viele Pflanzen. Bruno strich über das weiche Leder der ausladenden Couchgarnitur. Schillers Schreibtisch bestand aus einer riesigen Glasplatte, die auf zwei Schubladenelementen ruhte. Auf der Platte stand ein aufgeklappter Laptop, daneben lagen ein paar handbeschriebene Blätter Papier, die offenbar aus einem Notizbuch herausgerissen worden waren. Er betrachtete die filigrane, perfekt designte Schreibtischlampe und dachte, dass die auch bei ihm gut passen würde. Dann sah er, dass sie brannte. Die Wohnung war so hell, dass einem das zuerst gar nicht auffiel.

Lady Di war in einem der drei Durchgänge verschwunden, die von dem loftartigen Raum abgingen. Türen schien es in der Wohnung nicht zu geben. Bis auf eine, die zum Badezimmer.

»Das nenne ich eine Küche«, hörte er Lady Di sagen.

Bruno ging zu ihr.

»Sehr schick«, sagte Bruno.

Er lehnte im Türrahmen.

»Die Küche hat wahrscheinlich mehr gekostet als meine ganze Wohnung«, meinte sie.

Durch ein Oberlicht fiel noch mehr Licht in den Raum. Sie

strich mit der Hand über die Maserung einer massiven Holzplatte, die einen Gasherd mit einer chromblitzenden Designerspüle verband. Es waren locker zwei Meter. Ein Messerblock. Gewürze: Basilikum, Dill, Rosmarin, Thymian. Schön, so was in der Küche zu haben, dachte Bruno. Und dass er sich auch schon seit Ewigkeiten Kräuter anschaffen wollte. Ebenso wie Lampenschirme oder zumindest ein paar weniger grelle Birnen. In einem Regal über der Anrichte lagen Kochbücher, die so aussahen, als würde Schiller sie auch benutzen. Benutzen oder benutzt haben, schoss es ihm durch den Kopf. Es musste nicht die Wohnung eines Toten sein. Schiller war verschwunden. Wie vom Erdboden verschluckt. Das war der Stand der Dinge. Noch konnte alles gut ausgehen, der Mann plötzlich in der Tür stehen, sie entgeistert ansehen und fragen, was zum Teufel sie in seiner Wohnung verloren hatten. Aber sein Gefühl sagte Bruno etwas anderes.

Auf der Ablage zwischen Herd und Spüle stand nur eine angebrochene Flasche Wein. Kein Glas dazu. Das musste woanders sein. Hatte er nicht eines auf dem Schreibtisch stehen sehen? Bruno warf einen Blick ins Wohnzimmer. Da stand es, neben dem Laptop und den Zetteln aus dem Notizbuch. Es war leer. Es wirkte alles nicht so, als ob er seine Wohnung verlassen hätte, um nie mehr zurückzukommen. Was ist dir passiert, Schiller, auf dem Weg zum Zigarettenautomaten? Oder besser, als du abends noch mal kurz mit dem Hund rausgegangen bist? Wem bist du begegnet?

Lady Di zeigte auf verpacktes Fleisch, das angetaut in der Spüle lag.

»Taust du dir drei Lammkoteletts auf, Bruno, wenn du vorhast, zu verschwinden oder dich umzubringen?«

Bruno schüttelte den Kopf.

»Sieht nicht so aus, als ob Schiller den Abflug gemacht hätte«, sagte er.

»Oder vor einen Zug gesprungen ist«, fügte sie hinzu.

Eine feine, hellrote Blutspur zog sich von der Packung mit den Lammkoteletts zum Ausguss.

»Schade, dass das jetzt verkommt«, meinte Lady Di.

Die Tür zum Bad war angelehnt. Als Bruno sie aufschob, stand er einem riesigen Penis gegenüber.

»Wow, was für ein Schwengel«, hauchte Lady Di.

Bruno drehte sich irritiert zu ihr um. Sie grinste. Das Schwarzweißfoto reichte vom Boden bis zur Decke.

»Da hat man was in der Hand«, meinte sie.

Das Model auf dem Foto war bestückt wie ein Pferd. Dabei war der Penis nicht mal erigiert. Links von dem Foto befand sich eine überdimensionale Badewanne. Über der Badewanne war ebenfalls noch ein Oberlicht. Rechts von dem Foto war das Waschbecken, daneben die Toilette.

»Ich glaube, dass Schiller vom anderen Ufer ist.«

»Homosexuell?«

»Scheint mir so. Ist alles so schick hier«, meinte sie. »Oder hängt bei dir auch so ein Schwengel im Bad, Bruno?«, fügte sie süffisant hinzu.

Das Wort »Schwengel« irritierte ihn.

Sie gingen zurück ins Wohnzimmer. Kurz bevor Lady Di über das Mauspad strich, sah er den milchfarbenen Lichtkegel am Rand des Geräts pulsieren.

»Er hat gearbeitet«, sagte er.

Lady Di nickte und beugte sich über den Bildschirm.

Was während des bemühten Unterfangens – Anton P. Tschechows phantastischen und zeitlosen Figuren auf den Brettern des Kronos-Theaters Leben einzuhauchen – über den Köpfen der meist noch adoleszenten Laiendarsteller und Laiendarstellerinnen schwebte, sah auf den ersten Blick wie eine Krähe aus, nicht wie eine Möwe.

»Was für ein Satz«, stöhnte sie.

Und dieser erste Blick täuschte nicht, mehr noch: Der kurios anmutende und spärlich beleuchtete »Bühnenvogel« entpuppte sich im Laufe der Komödie des begnadeten russischen Dramatikers als ein Geier, der von Akt zu Akt – es gibt derselben in »Die Möwe« vier – immer bedrohlicher über der völlig konzeptlosen Inszenierung des Leiters des Kronos-Theaters kreiste. Derselbige – Frank Schulz – ließ in seiner Regiearbeit, und das nicht zum ersten Mal, wenn man die vergangenen Produktionen dieses mehr ambitionierten als talentierten Theatermachers und seines Ensembles aufmerksam verfolgt hat, das, was man einen roten Faden nennt, konsequent vermissen. Und zwar so konsequent, dass man nicht einmal zu seinen Gunsten vorbringen könnte, dass besagter roter Faden an einer bestimmten Stelle des Stückes einfach gerissen wäre, was im Eifer des Gefechts ja durchaus passieren kann, nein, er war von Beginn an nicht vorhanden. Kein Wunder also, dass Tschechows Figuren wie Marionetten über die Bühne des Kronos-Theaters taumelten. Und zwar solche, denen man zuvor die Fäden abgeschnitten hat …

Hier endete der Text. Der Rest der Seite war leer. Das Dokument bestand nur aus dieser einen Seite.

»Nicht sehr nett«, kommentierte Lady Di.

»Und die Schreibtischlampe ist auch noch an«, sagte Bruno.

»Ja, das sehe ich.«

Der Typ von der Genossenschaft warf ihnen einen ungeduldigen Blick zu, als sie aus der Wohnung traten.

»Die Spurensicherung wird gleich noch kommen«, sagte Bruno zu ihm.

Der Mann nickte und schaute dann auf den Laptop, den Lady Di, in einer durchsichtigen Plastiktüte verpackt, in der Hand hielt.

»Nehmen wir mit«, sagte sie.

»Sind alle Ihre Wohnungen so nobel?«, fragte Bruno.

»Nein.«

Er ging ihnen voraus zum Fahrstuhl.

»Wir haben nur eine Handvoll derartiger Wohnungen unter unseren Objekten«, fügte er hinzu.

»Sozialen Wohnungsbau stellt man sich anders vor«, sagte Bruno.

»Es geht um die Vermischung. Wir wollen ja keine Ghettos.«

Der Mann drückte auf den Kopf.

»Vielleicht ist das interessant für Sie«, meinte er zu ihnen, als sie hinunterfuhren.

»Schiller war hier so etwas wie der Hausmeister. Habe ich vorhin in meinen Unterlagen gesehen.«

Lady Di und Bruno schauten ihn an, als habe er gesagt, dass er einen Sprengstoffgürtel trage.

»Ist das normal, dass die Hausmeister in Ihren Objekten die Penthousewohnungen bewohnen?«, fragte Bruno.

Der Fahrstuhl stoppte.

»Nein. Ich finde es auch komisch«, gab der Mann zurück.

Die Tür öffnete sich.

In seinem Kopf pulsierte noch immer ein stechender Schmerz. Sein Puls raste. Schiller hatte sich zu einer Stelle in der Dunkelheit geschleppt, an der Wasser tropfte. Wie lange hatte er hier nun schon gesessen?

Die paar Tropfen, die er mit den Händen auffangen konnte, richteten nichts gegen seinen Durst aus. Nachdem er sich den Rest der Wassertropfen von der Hand geleckt hatte, wischte er sich kalten Schweiß von der Stirn. Er zitterte. Er war in seinem ganzen Leben noch nie so erschöpft gewesen. So ausgelaugt. So müde. Er war Joachim ausgeliefert. Joachim hatte ihn in der Hand. Wo immer er war. Panik überkam ihn wieder. Was hatte der mit ihm vor? Wie lange konnte er es hier noch aushalten? War das bereits das Ende? Hatte Joachim ihn lebendig begraben?

Als Schiller den Druck in seiner Blase nicht mehr aushalten konnte, drehte er sich zur Seite und entleerte sich. Der Geruch seines Urins stieg ihm in die Nase. Dieser ständige Harndrang, obwohl er seit bestimmt 24 Stunden keine Flüssigkeit mehr zu sich genommen hatte. Er hatte auch nichts gegessen, bevor er nach der Premiere im Kronos-Theater noch einmal mit dem Hund draußen war. Deshalb hatte er sich auch nicht gespritzt. Kein Insulin. Ein Schluck Whisky in Joachims Haus, das war alles gewesen, was er zu sich genommen hatte. Joachim musste das geplant haben. Ihn in sein Haus zu locken. Und dieser Whisky. Er hatte etwas hineingegeben. Und davon hatte es ihm die Kappe weggenommen. Er hatte das Bewusstsein verloren. Dann hatte Joachim ihn hierhergeschafft. Aber wozu? Um ihn zu erschrecken? Oder um ihn aus dem Weg zu räumen? Ihn umzubringen? War es das? Hier drinnen verdursten im Überzucker, schoss es ihm durch den Kopf. Wie lange dauerte das? Drei Tage? Vier? Die paar Tropfen Wasser, die von oben kamen, würden es nicht lange hinauszögern. Das langsame Verrecken in diesem dunklen Loch!

Kalter Schweiß, Zittern, Durst und jetzt auch Hunger. Er versuchte, die Ereignisse der Nacht in seiner Erinnerung zu rekonstruieren. Er kam nur bis zum dem Moment, als er den Whisky getrunken hatte. K.-o.-Tropfen? Schlaftabletten? Das Violinkonzert, Mozart. Das Knacken des Feuers im Kamin. Die großen Fenster. Die Nacht draußen. Dann war alles schwarz. Aber nicht nur, dachte er dann. Wirklich zu sich gekommen war er erst hier. Aber dazwischen waren kleine Splitter. Kurze Wachzustände. Helle Momente. Es war schwer, diese mit Inhalt zu füllen. Mit Bildern. Aber mit Geruch, kam es ihm dann. Der Geruch nach Wild. Nach totem Wild. In einem Auto. Nachdem er das Bewusstsein verloren hatte, musste Joachim ihn in sein Auto verfrachtet haben. Eine Autofahrt. Schiller erinnerte sich jetzt deutlich wieder an die Bewegungen und Geräusche des Fahrens. Und der Geruch? Er musste aus dem Fond von Joachims Geländewagen gekommen sein. Wahrscheinlich benutzte er den Wagen, wenn er auf die Jagd ging. Für das erlegte Wild. Und er hatte auf einer Decke gelegen. Ihre raue, kratzige Oberfläche konnte Schiller jetzt wieder fast spüren.

Bruno steckte im Stau, als Lady Di anrief. Es war ja auch wirklich die ungünstigste Zeit, um quer durch die ganze Stadt zu fahren.

»Wir wissen jetzt, wer der anonyme Anrufer vom Tatort war.«

Der Fahrer hinter Bruno hupte, weil vor ihm ein Abstand von zwei, drei Fahrzeuglängen entstanden war.

»Depp!«, zischte Bruno.

»Bruno?«

Er fuhr an und betrachtete das Gesicht seines Hintermanns im Rückspiegel. Wie blöd musste man eigentlich sein?

»Ich bin dran.«

»Also nach dem Pudelmord.«

Vor ihm leuchteten rote Bremslichter auf. Bruno stand wieder.

»Und wer war es?«

»Frank Schulz.«

Bis zur nächsten Ampel waren es noch ein gutes Dutzend Autos.

»Wer ist Frank Schulz?«

Kurz klang es so, als sei die Verbindung abgebrochen.

»Du bist gerade auf dem Weg zu ihm. Schulz ist der Leiter des Kronos-Theaters.«

Die Ampel sprang auf Grün. Aber es reichte nicht. Zwei Abbieger, und schon ging nichts mehr. Sein Vordermann bremste und stand wieder vor der roten Ampel. Sollte es so einfach sein? Aber weshalb sollte der Leiter dieses Theaters Schillers Pudel erschlagen? Und dann auch noch die Polizei verständigen? Aber immerhin dürfte der Mann einer der Letzten gewesen sein, die Schiller lebendig gesehen hatten. Bei dem Wort »lebendig« zog es Bruno den Magen zusammen. Vorerst war Schiller nur verschwunden. Nicht tot. Es gab keine Leiche. Aber natürlich lief ihnen die Zeit davon. Denn wenn Schiller noch am Leben war, musste er ja irgendwo sein. Und es fragte sich, in welchem Zustand. Auf jeden Fall war es merkwürdig, dass gerade dieser Schulz dort gewesen war, wo es den Pudel erwischt hatte.

Sie wussten noch zu wenig über Schiller. Es ging alles zu langsam. Auch diese Scheißfahrerei! Die Schlange schob sich mehr oder weniger im Schritttempo bis zur nächsten Kreuzung. Bis zur nächsten roten Ampel.

11

Geh du nur nach Shanghai, Westermann, dachte Petra Scheicher, nachdem sie den Hörer aufgelegt hatte. Dann habe ich alle Zeit der Welt, der Sache auf den Grund zu gehen. Ich werde rauskriegen, was hinter dieser sonderbaren Geschichte mit dem Handy steckt. Das du ja angeblich verloren hast, Westermann. Wer's glaubt, wird selig.

Sie stand am Fenster und blickte auf die langweilige Parkanlage hinunter. Die drei Bäume, die sie von ihrem Standort aus sah, waren kahl und nass. Wie Gerippe. Die Blumenrabatten waren umgegraben worden und seit ein paar Tagen leer. Vielleicht war es noch zu früh, um Blumen zu setzen. Ein paar Amseln scharrten in der nassen Erde. Nach Samen. Nach Würmern. Nach irgendwas.

Die Daten seines Handys hatte Westermann jetzt. Die Ortung war erschreckend exakt gewesen. Der Stadtteil, die Straße, die Hausnummern. Es waren letztlich zwei bis drei Häuser, die in Frage kamen. Dein Handy, Westermann? Dass ich nicht lache, dachte sie. Das Handy war auf einen Jo Schiller gemeldet. In welchem Zusammenhang hatte sie diesen Namen schon einmal gehört? Sie kam nicht darauf. Wahrscheinlich kannte sie diesen Schiller sogar. Eine der Amseln schien etwas gefunden zu haben. Sie hackte verbissen in die Erde. Wer ist Schiller? Es muss wichtig sein. Und die Sache stinkt. Petra Scheicher hatte das Gefühl, dass sie auch eine interessante Information für den Vorsitzenden sein könnte. Natürlich musste sie sehr vorsichtig sein. Sie wusste zu wenig darüber, was den Alten mit Westermann verband. Und auch die anderen Herren. Die Luft dort oben war dünn. Das Beziehungsgeflecht zwischen ihnen, ihre gegenseitigen Abhängigkeiten, die Deals und Absprachen, die unter der Decke gehalten wurden. Da drang nichts nach draußen. Es war schwer zu durchschauen. Aber im Endeffekt war es simpel: Eine Hand wäscht die andere, hilfst du mir, helfe ich dir. Sobald einer das nicht mehr konnte, warum auch immer, war er erledigt. Westermann war angeschlagen. Die Ermittlungen, die es gegen ihn gab. Vielleicht würde es sogar zu einem Verfahren gegen ihn kommen. Dumm für ihn, gut für mich, dachte sie. Und diese sonderbare Handy-Geschichte, wer weiß, in welchem Zusammenhang das alles miteinander stand. Hübsche Informationen, mit denen sie den Alten füttern konnte. Dem Vorsitzenden klarmachen, dass sie zu Höherem berufen war, als Westermanns Abgeordnetenbüro zu leiten.

Die hektischen Bewegungen der zankenden Amseln in den leeren Blumenrabatten rissen sie aus ihren Gedanken. Auch wenn die Vögel alle gleich aussahen – es schien ihr, dass die Amsel, die jetzt mit einem Wurm im Schnabel auf dem kahlen Ast des Baumes saß, nicht diejenige war, die ihn aus der nassen Erde gezogen hatte. So ist das Leben, dachte sie. Mit Fleiß allein kommt man nicht weit.

Frank Schulz sah schlecht aus. Übernächtigt, blass. Er zitterte. Sie konnten eigentlich froh sein, dass er ihnen in der Nacht, die er in Gewahrsam verbracht hatte, nicht gestorben war.

»Ihnen dürfte bewusst sein, Herr Schulz, dass Sie sich in eine ziemlich beschissene Situation manövriert haben. Die Show, die Sie gestern Abend abgezogen haben, die war …«

»… nicht gut, ich weiß«, fiel ihm Schulz ins Wort.

Er rutschte linkisch auf seinem Stuhl nach vorne und stützte sich mit den Ellenbogen auf dem Tisch ab.

»Egal, was Sie hier sagen. Es sieht nicht gut für Sie aus«, präzisierte Bruno. »Beamtenbeleidigung, Widerstand gegen die Staatsgewalt, Körperverletzung.«

Schulz setzte einen hündischen Blick auf.

»Es tut mir leid. Ich entschuldige mich«, gab er kleinlaut zurück.

Er hatte die Hände ineinander verschränkt, als würde er beten. Ein vollkommen anderer Mensch jetzt, dachte Bruno. Zahm wie ein Lamm. Was so eine Ausnüchterung doch bewirken konnte.

»Das sind keine Lappalien, Herr Schulz. Dafür kommen Sie nicht unter einer Bewährungsstrafe weg.«

Schulz senkte den Kopf und schaute auf seine Hände. »Ich war besoffen.«

»Das schien mir auch so. Und jetzt?«

»Wie jetzt?«

»Geht es Ihnen besser? Sind Sie nüchtern?«

»Natürlich.«

Bruno bemerkte den säuerlichen Geruch, den Schulz verströmte.

»Wollen Sie einen Kaffee?«

Sein Gegenüber machte ein erstauntes Gesicht. Seine Züge hellten sich schlagartig auf.

»Sehr gerne«, antwortete er.

Zuckerbrot und Peitsche, dachte Bruno. Er musste mehr Licht in das Dunkel der Nacht bringen, in der Schiller verschwunden war. Immerhin war die Premiere im Kronos-Theater Schillers letzter Auftrag gewesen, und Schulz war wahrscheinlich einer der Letzten, die Schiller gesehen hatten. Zudem hatte er den Pudel gefunden. Vielleicht war Schulz sogar tiefer in die Sache verstrickt. Sie brauchten auf jeden Fall endlich etwas Konkretes – einen Ermittlungsansatz. Bisher war die Geschichte ja eher wie Blinde Kuh spielen.

Die Aufnahme lief. Schulz hatte die Hände um den dampfenden Kaffeebecher gelegt, als würde er frieren.

»Und Ihnen ist nichts aufgefallen? Irgendwelche Personen in der Nähe?«

»Nein, niemand.«

Schulz nahm einen Schluck Kaffee.

»Zuerst habe ich gedacht, es sei Abfall. Aber dann war das ein Pudel.«

»Und dann haben Sie die Polizei gerufen?«

Schulz nickte und stellte den Becher zurück auf den Tisch.

»Und es war nicht Ihr Hund, der den Pudel totgebissen hat, Herr Schulz? Immerhin haben Sie eine Dogge.«

»Nein, ganz bestimmt nicht«, erwiderte er.

Gestikulierte jetzt wild mit den Armen.

»Gretchen ist absolut friedlich. Der Pudel war schon tot, als ich ihn fand.«

Der Raum füllte sich immer mehr mit dem säuerlichen Geruch, den Schulz verströmte. Der braucht dringend eine Dusche, dachte Bruno.

»Und warum haben Sie Ihren Namen nicht genannt, als Sie die Polizei verständigt haben?«

Schulz zögerte, bis er mit einer Antwort herausrückte.

»Ich wollte keine Scherereien.«

Bruno grinste.

»Das ist Ihnen auf hervorragende Weise gelungen, Herr Schulz.«

Schulz hielt sich an seinem Kaffeebecher fest.

»Ich weiß«, nuschelte er.

Ihm stand der Schweiß auf der Stirn. Seine Hände zitterten. Das ist der Entzug, dachte Bruno. Wahrscheinlich hatte er normalerweise um diese Zeit schon ein paar Gläser Rotwein intus.

»Wir waren in der Wohnung von Jo Schiller. Sein Laptop

stand aufgeklappt auf dem Schreibtisch. Er hatte an der Kritik über die Premiere in Ihrem Theater gearbeitet. Was wurde aufgeführt?«

»›Die Möwe‹.«

»›Die Möwe‹. Tschechow?«

Schulz nickte und verstärkte den Druck auf den leeren Kaffeebecher, den er umklammert hielt.

»Da stand auch etwas über Sie drin, Herr Schulz. Das war nicht gerade schmeichelhaft.«

Der Becher knackte.

»Das kann ich mir denken. Schiller ist ein Arschloch!«

Draußen auf dem Gang waren Schritte zu hören.

»Ein Arschloch?«

Schulz verschränkte die Hände vor der Brust. Der Kaffeebecher vor ihm hatte die Form verloren.

»Sie mögen ihn nicht besonders«, sagte Bruno.

»Nicht nur ich.«

»Wer noch?«

Schulz kicherte trocken.

»Alle.«

»Wer ist alle?«

»Alle, die in dieser Stadt Kultur machen.«

»Und warum mögen die ihn nicht?«

»Weil er ein Arschloch ist!«

Bruno schlug mit der Hand auf den Tisch.

»Geht es auch ein wenig präziser, Herr Schulz?«

Der beugte sich ein wenig vor, und seine Hände umfassten wieder den zerknautschten Kaffeebecher.

»Niemand mag Schiller, weil der seit Jahren die Leute, die in dieser Stadt Kultur machen, mit Dreck bewirft«, antwortete Schulz.

»Sie meinen, durch den einen oder anderen Verriss im *Tag*, Herr Schulz?«

»Den einen oder anderen Verriss ist gut …«

Er wischte sich den Schweiß von der Stirn.

»Es gibt nur Verrisse«, fügte Schulz hinzu.

Unabsichtlich komisch wirkte er, wie er sich jetzt plötzlich vor Bruno aufplusterte. Gockelhaft. Die Kulturredakteurin beim *Tag* hatte schon Recht gehabt: Künstler sind sehr empfindliche Menschen.

»Außer, man schmiert ihn.«

»Schmieren?«

Schulz fiel in sich zusammen, als habe man Luft aus ihm herausgelassen.

»Ja, schmieren. Schiller ist käuflich. Das ist ein offenes Geheimnis.«

Interessant, dachte Bruno, womit man alles Geld machen kann.

»Und was musste man so anlegen, damit es keinen Verriss im *Tag* gab?«, fragte er nach.

Der Mann brauchte ein Glas Rotwein, das sah man ihm mehr als deutlich an.

»Unter 100 Euro geht gar nichts«, antwortete Schulz.

Im Gegensatz zu ihm hatte er die Gegenwartsform benutzt.

»Mit 200 Euro ist man auf der sicheren Seite«, fügte er hinzu.

»Und kann dann im Gegenzug mit einer positiven Besprechung im *Tag* rechnen?«, ergänzte Bruno.

Schulz nickte. Trotzdem erklärte das Schillers exklusive Penthousewohnung nicht, oder wenn, dann nur zu einem kleinen Teil.

»Und Sie haben nicht gezahlt, Herr Schulz?«

Er ließ sich in den Stuhl zurückfallen. Er wirkte jetzt vollkommen resigniert. Seine Augen tasteten nervös die Tischplatte ab.

»Weil ich es nicht kann! Ich bin froh, wenn ich jeden Monat die Miete für mein Theater bezahlen kann.«

Siedlungshäuser. Alle gleich. Billigst hochgezogen nach dem Krieg. Wohnen im Grünen. Eingekeilt zwischen Bahngleisen und Autobahnzubringer. Ein paar Sonnenstrahlen durchdrangen den sonst eher bleiernen Himmel. Aprilwetter. In einer Stunde konnte es wieder regnen. Oder gar schneien.

Westermann hielt am Straßenrand an.

Er sah sich die ausgedruckte Karte an. Es waren maximal zwei Häuser, die in Frage kamen. Petra Scheicher hatte einen guten Job gemacht. Wie immer. Sie arbeitete äußerst effizient. Wie genau man diese Handys orten konnte, war unheimlich. Ein Wagen fuhr vorbei. Es war eine Frau mit zwei Kindern. Eines der Kinder streckte ihm die Zunge heraus.

Zu Fuß näherte er sich dem ersten der beiden Häuser. In der Einfahrt stand ein Auto. Das Nachbarhaus sah exakt gleich aus. Nur dass in seiner Hofeinfahrt kein Auto parkte. Vor dem ersten Haus stand ein alter Mercedes. Cremefarben. Schreckliche Farbe. Der Geruch von Putzmittel stieg ihm in die Nase. Die Karosserie von dem Mercedes war nass. Neben dem Auto stand ein Eimer mit einem Lappen. Die Fahrertür war offen. Die Hofeinfahrt führte zu einem schmalen Stück Garten. Man konnte ein paar umgegrabene Beete erkennen. Eine Tanne. Der Rasen war vermoost. Ein paar verwilderte Brombeersträucher grenzten an das Grundstück des nächsten Siedlungshauses.

Es war kein Mensch zu sehen. Deutlich hörte man das Rauschen des Verkehrs von der Straße, die zur Autobahn führte. Aus einem kleinen Fenster im Dachgeschoss über der Einfahrt dröhnte hektische Musik. Eine Kirchenglocke läutete. Dasselbe Läuten, das er im Hintergrund gehört hatte, als der Typ ihn anrief. Die Stimme hatte jugendlich geklungen. Westermann sah hoch zu dem gekippten Dachgeschossfenster. Hörte auf die hämmernde Musik. Fast nur Bässe. Hier könnte es sein, dachte er.

»Suchen Sie was Bestimmtes?«

Westermann zuckte zusammen. Er hatte den Mann nicht kommen sehen. Ein Mann etwa in seinem Alter, der ihn misstrauisch musterte. Sein abgewetzter Jogginganzug war an mehreren Stellen feucht vom Autowaschen. Er hatte einen Staubsauger in der Hand. Das ist die Stimme nicht, dachte Westermann.

Er musste es riskieren.

»Ich suche Ihren Sohn«, sagte er.

»Was wollen Sie von ihm?«

Er hatte also einen Sohn.

»Ich möchte mit ihm sprechen.«

»Und worüber?«

Westermann erzählte dem Mann, er sei Polizist und es habe in den letzten Tagen ein paar Autoaufbrüche in der Gegend gegeben. Vermutlich seien die Täter Jugendliche. Eine Clique. Vielleicht wisse sein Sohn ja etwas über sie.

»Mein Sohn bricht keine Autos auf«, kam es zurück.

Westermann sah dem Mann an, dass er weder die Geschichte glaubte noch daran, dass er Polizist war.

»Das meine ich auch nicht«, versuchte Westermann es weiter, »aber vielleicht hat er ja was gehört.«

Der Mann spuckte aus.

»Der hat nichts gehört«, sagte er.

Die Situation wurde immer unangenehmer.

»Ich möchte Ihren Dienstausweis sehen.«

Dienstausweis? Idiot, dachte Westermann. Mit dem Mann kam er nicht weiter. Der ließ ihn gegen die Wand laufen. Und er war selbst schuld. Polizist, Autoaufbrüche – so ein Blödsinn! Sein Dienstausweis ... Dass Westermann dem Mann jetzt sagte, er habe den Ausweis im Wagen und hole ihn, machte es nicht besser. Die Sache geriet ihm aus dem Ruder. Es war höchste Zeit zu verschwinden.

»Dann holen Sie ihn«, sagte der Mann.

Westermann nickte. Er begann zu schwitzen.

»Bis gleich«, nuschelte er.

Der Mann grinste ihn an. Er wusste, dass Westermann nicht zurückkommen würde.

Westermann eilte zu seinem Wagen. Gott sei Dank stand der Wagen so, dass man ihn vom Haus aus nicht sehen konnte.

Oliver stand hinter einem Vorhang verborgen am Fenster. Die Musik hatte er leiser gedreht. Er hatte gleich gewusst, dass er den Typen schon einmal gesehen hatte. Als er ihn dann sprechen hörte, wusste er, wer der Mann war. Autoaufbrüche in der Gegend, Jugendliche, so ein Blödsinn! Der Typ war kein Polizist. Er war der Fahrer des Geländewagens. Der bei der Rangelei vor zwei Tagen im Industriegebiet diesen noblen Typen mit dem Pudel niedergeschlagen hatte. Armer Pudel! Wenn er daran dachte, wurde ihm immer noch schlecht. Sergei-Supermann-Vollidiot!

Oliver warf einen Blick auf das Handy, das auf seinem Bett lag. Dann ging er hin und schaltete es aus. Als er wieder aus dem Fenster sah, war der Typ weg. Der war anscheinend absolut scharf auf das Handy. Hatte es mit Sicherheit orten lassen.

Was würde es ihm wohl wert sein? 200 Euro? 500 Euro? Es wäre so einfach. Es wäre so verdammt einfach! Die Nummer von dem Typen hatte er ja. Und das Geld konnte er dringend gebrauchen.

Er versuchte, sich auf den Verkehr zu konzentrieren. Er war vollkommen durchgeschwitzt. Seine Hände auf dem Lenkrad zitterten. Was für eine dumme Aktion! Sein Rücken schmerzte. Auf der Straße zur Autobahn staute sich der Verkehr. Westermann drehte das Radio auf, um sich zu beruhigen. Nach der Musik kamen Nachrichten. Und dann auch noch der Alte. Westermann erstarrte. Der Alte schwafelte über den Mittelstand und das Handwerk. Westermann hörte nicht auf seine Worte, sondern nur auf seine dunkle, etwas monotone Stimme, die ruhig, klar und weich klang. Auch im Radio. Die Stimme passte nicht zu ihm. Das war die Stimme eines Vorsitzenden. Der Alte war ganz anders. Westermann fror. Schillers Handy, dachte er. Er brauchte dieses verdammte Handy, bevor er nach Shanghai flog. Es blieben ihm nur noch zwei Tage.

12

Siegrist wirkte angespannt und genervt an diesem Morgen, und seine schlechte Stimmung übertrug sich schnell auf die übrigen Anwesenden im Besprechungszimmer: Bruno, Lady Di, Brockmann und die Perreira. Wir werden immer weniger, hatte Bruno gedacht. Bis auf Weiteres hatte Siegrist Ramsauer und Holzinger von dem Fall abgezogen und die Ermittlungsgruppe quasi um die Hälfte reduziert. Sein Argument war gewesen, dass man bisher ja wohl nur einen mutmaßlich ermordeten Pudel hatte – sonst nichts. Gut, auch einen Vermissten. Noch dazu den Besitzer des toten Pudels. Aber Vermisste tauchten schließlich oft wieder auf. Somit sei ein derartiger Personalaufwand nicht zu verantworten. Vorerst, hatte Siegrist hinzugefügt. Ramsauer und Holzinger könnten jederzeit wieder zur Gruppe stoßen.

Bruno hatte seine Zweifel, ob Siegrist wirklich glaubte, dass Jo Schiller urplötzlich wieder auftauchen würde. Bruno selbst hatte inzwischen kein gutes Gefühl. Noch weniger Personal machte es noch schwieriger, Licht ins Dunkel dieser sonderbaren Geschichte zu bringen. Aber Siegrist war der Chef. Er musste am Ende den Kopf dafür hinhalten.

Lady Di trug gerade vor, was sie bisher über Jo Schiller wussten. Brockmann kratzte sich während ihrer Ausführungen so intensiv an seiner Glatze, dass es Bruno vorkam, als suche der Kollege ein Loch in seiner Schädeldecke, um sich am Gehirn zu kratzen. Die Perreira wirkte ziemlich müde und stierte die meiste Zeit auf die Tischplatte. Bisher hatte sie sich noch nicht zu Wort gemeldet, was ungewöhnlich für sie war. Siegrist rutschte unruhig auf seinem Stuhl herum, während Lady Di berichtete. Er stellte kaum Fragen. Schillers äußerst luxuriöser Lebensstil, der nicht so recht zu den Beträgen passte, die auf sein Bankkonto eingingen. Die kostenfreie Penthousewohnung. Die Feinde, die er sich in den letzten Jahren als Kritiker des *Tag* gemacht hatte. Auch der Verdacht, der im Raum stand, Schiller habe sich im Rahmen dieser Tätigkeit häufig schmieren und für positive Kritiken gut zahlen lassen. Allerdings noch immer nicht genug, um all den Luxus zu erklären, mit dem er sich umgab. Auch dass er vermutlich schwul war, kam zur Sprache. Interessant war ein Eintrag in Schillers Terminkalender, der in den letzten Wochen oft vorkam. Ein gewisser Maurice. Ein Freund? Ein Geliebter? Ein Callboy? Lady Di würde es recherchieren.

»Und zu dieser Wohnbaugesellschaft gehst du, Bruno?«, fragte Siegrist ihn.

Bruno nickte.

Je länger die Besprechung dauerte, desto mehr Mühe hatte Bruno, sich zu konzentrieren. Draußen hatte sich der Dauerregen mittlerweile in Schnee verwandelt. So wie es aussah, würde er liegen bleiben. Von Frühling keine Spur.

Interessant war auch Jo Schillers Vergangenheit. Bevor er als freier Journalist beim *Tag* begonnen hatte, war er Manager eines Freizeitkomplexes – bestehend aus Wellenbad, Mehrzweckhalle und Shops – in einem nahe gelegenen Kurort gewesen. Das Harzberg-Center, das in den frühen 1980er Jahren gebaut worden war, war von Anfang an von massiver Kritik begleitet gewesen. Zu groß, zu teuer, unrentabel. Zudem vollkommen unsinnig für einen kleinen Kurort in einem Schwarzwaldtal.

»Es hat wegen des Harzberg-Centers schon mehrere Verfahren gegeben«, informierte Lady Di.

Bruno driftete immer mehr ab. Der Termin für die Beerdigung seines Vater stand fest. Sie war übermorgen um 14 Uhr.

»Es ging bei diesen Verfahren auch um eine Menge Geld, das im Zusammenhang mit dem Harzberg-Center verschwunden sein soll.«

Siegrist fuhr sich mit der Hand durch die Haare.

»Der ganz normale Filz halt. Das ist überall dasselbe«, brummte Brockmann.

Alles geht so schnell, dachte Bruno plötzlich. Er hatte das Bild seines Vaters vor sich. Im Altenheim. An seinen Zähnen klebten Krümel von Käsekuchen.

»Ich kann mir, ehrlich gesagt, nicht vorstellen, dass das juristische Hickhack um das Harzberg-Center etwas mit Schillers Verschwinden zu tun hat. Und wirklich herausgekommen ist bei der ganzen Sache ja wohl bisher auch nichts«, bemerkte Siegrist.

Wie er mit seinem Vater zusammen gesungen hatte. Alte Schlager. Und immer Käsekuchen. Der Geruch in dem Zimmer. Der bettlägerige Zimmernachbar, der nur noch ein stummer, atmender Körper war. Kaum noch ein Mensch. Ob der Mann überhaupt noch lebte, hatte er sich gefragt, bei seinem letzten Besuch im Altersheim.

»Immerhin könnte das auch ein Grund für Schillers luxuriösen Lebensstil sein«, sagte Lady Di.

»Nur Vermutungen«, erwiderte Siegrist.

»Interessant ist auch, dass im Zusammenhang mit den Ungereimtheiten um das Harzberg-Center immer wieder der Name eines Abgeordneten auftaucht, Joachim Westermann.«

Siegrist machte ein abwehrendes Gesicht.

»Ich denke, wir sollten uns zuerst einmal mit Jo Schiller beschäftigen.«

Immer wenn es um Politik geht, klingeln bei Siegrist die Alarmglocken, dachte Bruno.

»Westermann – der hat wohl überall seine schmutzigen Finger drin«, kommentierte Brockmann.

Bruno war der Name Westermann kein Begriff.

Gestern Nacht hatte er Hanna noch erreicht. Die Verbindung war schlecht gewesen. Sie hatte geklungen, als würde sie in einem Rohr sitzen. Er hatte ihr von der Beerdigung erzählt. Von dem Fall. Von seiner Stimmung. Er hatte viel geredet. Vor allem auch über sich, wie er fand. Beim Reden war ihm jedoch mehr und mehr die Gewissheit gekommen, dass es zu spät war. Dass Hanna sich innerlich schon von ihm verabschiedet hatte. Vielleicht wusste sie es noch nicht, aber er spürte, dass es so war.

Und er selbst? Hatte er sich nicht auch schon mit dem Ende ihrer Beziehung abgefunden? Wobei »Ende ihrer Beziehung« großspurig klang. Die paar Wochen, die sie zusammen waren. Eigentlich war es erst der Anfang. Aber hatte es überhaupt einen wirklichen Anfang zwischen ihm und Hanna gegeben?

Während Brockmann wichtigtuerisch in seinen Unterlagen wühlte, schaute Bruno sich auf dem Tisch nach Kaffee um. Fehlanzeige. Der Kollege untermalte seine Sucherei mit trockenem Husten.

»Kaffee wäre nicht schlecht«, sagte Bruno.

Allseitiges Nicken.

Siegrist beugte sich über den Tisch zum Telefon, hob ab und wählte.

»Kaffee wäre nicht schlecht, Frau Kiesel. Raum 212.«

»Also der Pudel hieß Wotan. Das stand auf dem Fressnapf in Schillers Wohnung. Gott hab ihn selig«, begann Brockmann seinen Vortrag.

Siegrist warf ihm einen genervten Blick zu. Bruno musste grinsen und schnappte den amüsierten Blick von Angelika Perreira auf. Brockmann und die Perreira hatten sauber gearbeitet. An der Stelle, wo der tote Hund gefunden worden war, konnten sie Spurenmaterial von insgesamt acht Personen sichern.

»Und von zwei Hunden!«, betonte Brockmann.

Abzüglich Ramsauer und Holzinger, dem Fotografen des *Tag* sowie dem Leiter des Kronos-Theaters, Frank Schulz, der das tote Tier gefunden hatte, waren es noch vier. Wobei einer davon Schiller war. Derzeit wurde untersucht, ob die Blutspuren auf den Taschentüchern, die man dort gefunden hatte, von Schiller kamen. Das würde voraussichtlich noch zwei bis drei Tage dauern, meinte Brockmann. Blieben also drei unbekannte Personen und die Reifenspuren eines Fahrzeugs.

Siegrist ließ sich ein dünnes Lob entlocken, als Brockmann geendet hatte. Anschließend berichtete Bruno kurz von seinem Gespräch mit Frank Schulz. Auch über das, was sich der Zeuge am Abend zuvor geleistet hatte und weshalb er ihn in Gewahrsam hatte nehmen lassen.

»Und das lässt du dir gefallen? Keine Anzeige gegen Schulz?«, fragte Siegrist.

»Nein.«

Siegrist erwiderte nichts darauf.

»Ich habe keine Lust, einen Nebenschauplatz zu eröffnen. Bei unserem Gespräch am nächsten Tag war Schulz äußerst friedlich und kooperativ«, erklärte Bruno. »Es geht jetzt um Schiller. Wir müssen verdammt noch mal rauskriegen, wo er ist, und ich glaube nicht, dass Schulz damit irgendwas zu tun hat.«

»Na, wenn du dich da mal nicht zu weit aus dem Fenster lehnst«, kommentierte Siegrist.

Dicke Regentropfen klatschten gegen die Scheibe. Die Wiese, die leeren Blumenrabatte und die Bäume draußen vor dem Fenster begannen zu verschwimmen. Petra Scheicher überflog die Notizen, die sie sich für das Telefongespräch mit dem Alten gemacht hatte. Sie schaute auf die Uhr. In zehn Minuten.

Trotz der breiten Fensterfront war es deutlich dunkler geworden in ihrem Büro. Sie knipste die Schreibtischlampe an. Sie wusste jetzt, woher der Wind wehte. Jo Schiller war der Besitzer des Handys, auf das Westermann so scharf war. Und genau dieser Jo Schiller wurde seit drei Tagen vermisst. Sie hatte die Vermisstenanzeige aus dem *Tag* neben ihren Notizen liegen. Dank ihrer Recherchen war ihr inzwischen auch klar, was es mit diesem Jo Schiller auf sich hatte. Dass er als freier Journalist – als Kritiker – für den *Tag* gearbeitet hatte, war ihr neu. Weitaus interessanter jedoch war Schillers Vergangenheit. Insbesondere hinsichtlich Joachim Westermann.

Lange im Dreck wühlen muss man bei dieser Geschichte nicht, dachte sie. Man musste nur den Stein umdrehen und dann eins und eins zusammenzählen. Schiller war ein Spezi von Westermann. Er hatte ihm damals den Posten als Manager des Harzberg-Centers zugeschanzt. Wegen des Harzberg-Centers hatte es im Laufe der Jahre jede Menge Ungereimtheiten gegeben. Viel Geld soll dabei in dubiose Kanäle versickert sein. Joachim Westermann hatte in dieser Geschichte keine besonders gute Figur gemacht. Auch wenn er bisher Glück gehabt hatte. Unverschämtes Glück. Denn sein Name war im Rahmen von mittlerweile zwei Verfahren zwar aufgetaucht, aber tiefer gebohrt hatten die Staatsanwälte damals nicht. Sie durften wahrscheinlich nicht. Doch heute sah das ein wenig anders aus. Es gab nämlich wieder Ermittlungen. Dass ein erneutes Verfahren bezüglich des Harzberg-Centers in Gang kam, war gut möglich. Und dieses Mal würde Westermann im Fokus des Verfahrens stehen. Sollte es also dazu kommen, dann würde Westermann seinen Kopf nicht mehr so einfach aus der Schlinge ziehen können.

Schiller war verschwunden. Als ehemaliger Manager des Harzberg-Centers war er ein wichtiger Zeuge in diesem möglichen Verfahren und konnte vor Gericht sicherlich eine Menge interessanter Dinge erzählen. Schlecht für Westermann, dachte sie. Ihr Chef stand mit dem Rücken zur Wand. Und jetzt Schillers Verschwinden: Etwas Besseres konnte Westermann gar nicht passieren. Aber konnte die Geschichte wirklich solch drastische Dimensionen angenommen haben? Wusste Westermann, was es mit dem Verschwinden von Schiller auf sich hatte? Hatte er womöglich etwas damit zu tun?

Petra Scheicher sah wieder auf die Uhr. Noch zwei Minuten. Sie musste auf jeden Fall sehr vorsichtig sein, was das Gespräch mit dem Alten anging. Sie bewegte sich auf einem Minenfeld. Denn sie konnte nicht wissen, inwieweit der Alte selbst und die anderen in die Sache involviert waren. Ob der Alte über die Hintergründe von Schillers Verschwinden bereits Bescheid wusste? Wenn es dumm lief, würde sie ins offene Messer laufen. Da machte sie sich nichts vor. Aber ihr Instinkt sagte ihr, dass Westermann in diesem Fall auf eigene Faust handelte, ohne das Wissen des Alten und der anderen. Sie war sich sogar ziemlich sicher.

Der Alte mochte es nicht, wenn die Dinge hinter seinem Rücken abliefen. Mit jedem Häppchen an Information über das Treiben von Westermann würde dessen Stern sinken. Und der Alte würde dank ihr wieder Herr der Lage sein und das Heft in der Hand halten. Das schätzte er. Dafür würde er sie belohnen. Früher oder später. Wenn Westermann für die Partei nicht mehr tragbar war, musste man ihn ersetzen. Und diese Wahl würde dann mit ziemlich großer Sicherheit auf sie fallen. Aus dem einfachen Grund, weil sie bezüglich Joachim Westermann zu viel wusste.

Es war Zeit. Petra Scheicher überflog noch einmal schnell ihre Notizen. Dann nahm sie den Hörer ab und wählte.

Dass es sich bei den beiden großformatigen Fotos, die hinter dem Rücken seines Gegenübers an der Wand hingen, um

Kunst handelte, bemerkte Bruno Kolb erst auf den zweiten Blick. Auf beiden Fotos war dasselbe Gebäude abgebildet. Das Foto links von Dr. Dorfner hatte einen Grünstich. Das Foto rechts von Dr. Dorfner ging mehr ins Rosafarbene. Es waren jeweils mehrere Luftaufnahmen, die man so ineinandermontiert hatte, dass es aussah, als würde das Gebäude senkrecht aus dem Foto in das großräumige Büro hineinragen. Im Falle der grünstichigen Version schien das Gebäude direkt aus Dr. Dorfners linkem Ohr zu wachsen.

»Ja, wie soll man das erklären«, druckste Dr. Dorfner wieder herum. Er wiederholte sich. Dr. Wilhelm Dorfner – der Geschäftsführer der Wohnbaugenossenschaft. Wilhelm, dachte Bruno. Wer nennt seinen Sohn heute noch Wilhelm? Dorfner war schätzungsweise zehn Jahre älter als er selbst.

»Ja, wie soll man das erklären«, meinte er wieder. »Es ist eine sehr hübsche Wohnung für einen Hausmeister. In der Tat. Man kann das eigentlich nicht erklären.«

Der Geschäftsführer der Wohnbaugenossenschaft trug einen sehr schicken Anzug. Sein Bart war akkurat geschnitten. Er hätte auch als Filmstar aus den 1950er Jahren durchgehen können, aber das passte dann nicht mehr zu seinem Alter.

»Wenn Sie es vielleicht versuchen würden, Herr Dr. Dorfner. Es mir zu erklären.«

Der Geschäftsführer machte ein betroffenes Gesicht und kratzte sich am Bart.

»Wir sind jedenfalls Jo Schillers Kontoauszüge durchgegangen und haben nirgendwo eine Mietzahlung entdeckt«, fuhr Bruno fort.

»Es gab keine Mietzahlungen.«

»So?«

»Ja, wie soll man das erklären ...«, setzte Dorfner wieder an.

Seine Stimme war jetzt deutlich leiser geworden. Bruno blickte demonstrativ auf die Uhr.

»Und Herr Schiller wird vermisst?«

»Seit drei Tagen.«

»Seit drei Tagen?«

Bruno hatte Dorfner die Sachlage bereits zu Beginn ihres Gesprächs geschildert. Noch bevor Dorfners Sekretärin mit diesem Espresso hereingestürmt war, der sich als grauenvoll herausstellte.

»Jo Schiller war ein besonderer Mieter.«

Bruno betrachtete den Espresso neben sich auf dem Tisch.

»Auf diese Idee bin ich auch schon gekommen, Herr Dr. Dorfner«, sagte Bruno.

Dieser Espresso war sein Feind. Er würde ihn nicht mehr anrühren.

»Unser Gespräch, Herr Kolb. Das bleibt doch unter uns? Da wird doch nichts nach außen dringen?«

»Solange es nichts mit dem Verschwinden von Jo Schiller zu tun hat, nein«, erwiderte Bruno.

Er wandte seinen Blick von dem Espresso ab. Schon vom Anschauen kriegte man Magenschmerzen.

»Hausmeister war Herr Schiller natürlich nur auf dem Papier«, sagte Dr. Dorfner.

Er wirkte einigermaßen gefasst. Bruno überlegte, ob er das Gebäck nehmen sollte, das auf der Untertasse lag. Oder ein Schluck Wasser? Die Dame hatte ja alles stilecht serviert.

»Natürlich«, erwiderte Bruno.

»Mir ist das alles sehr unangenehm. Ich bin erst seit einem halben Jahr Geschäftsführer dieser Baugenossenschaft. Ich bin noch dabei, die Hinterlassenschaften meines Vorgängers zu ordnen, wenn man das so bezeichnen darf.«

Na, das waren doch jetzt drei recht ordentliche, zusammenhängende Sätze. Weiter so!

»Sie meinen damit, dass Sie sich um Ihren ganz besonderen Mieter bisher noch nicht kümmern konnten?«

Dr. Dorfner verzog unsicher den Mund.

»Ja, so könnte man das sagen. In den letzten Jahren ist, was die Verwaltung angeht, das eine oder andere liegen geblieben, wenn ich das so ausdrücken darf.«

»Sie dürfen, Herr Dr. Dorfner. Aber kommen Sie doch jetzt bitte zum Punkt. Warum hat Jo Schiller keine Miete bezahlt?«

Bruno griff zu dem schmalen Wasserglas und nahm einen Schluck. Das Wasser schien in Ordnung zu sein.

»Er hat einen guten Draht zum Vorstand«, sagte Dorfner.

»Wie das?«

Bruno griff nach dem Gebäck. Ein paar Krümel fielen auf die edle Holzplatte von Dorfners Schreibtisch.

»Er ist ein guter Freund unseres Vorstandsvorsitzenden.«

Dorfner betrachtete die Krümel. Bruno biss von dem Gebäck ab. Ein paar Krümel fielen auch auf seine Hose.

»Und wer ist der Vorstandsvorsitzende der Genossenschaft, Herr Dr. Dorfner?«

Bruno fegte mit der freien Hand die Krümel von seiner Hose und steckte sich den Rest des Gebäcks in den Mund.

»Der Landtagsabgeordnete Joachim Westermann.«

Das ist schon das zweite Mal heute, dass ich diesen Namen höre, dachte Bruno.

»Kennen Sie ihn?«

»Nicht persönlich«, erwiderte Bruno.

»Ein formidabler Mann. Man munkelt, dass er nach den Landtagswahlen im Sommer der nächste Wirtschaftsminister werden könnte. Aber das Arrangement mit Herrn Schiller, wenn ich es so bezeichnen darf, ist natürlich nicht in Ordnung. Doch ich bin in dieser Hinsicht bereits tätig geworden und habe das Notwendige in die Wege geleitet.«

Schön, dachte Bruno. Aber was interessiert mich euer Filz? Ihr werdet Schiller kaum aus dem Weg geräumt haben, weil er euch ein paar Monate Miete schuldet.

Wie lange residierte Schiller eigentlich schon in seiner Penthousewohnung?

»Ich hoffe, dass Herr Schiller noch die Möglichkeit dazu haben wird«, sagte Bruno.

»Wie meinen Sie das, Herr Kolb?«

Bruno erhob sich von seinem Stuhl.

»Miete zu bezahlen, meine ich, Herr Dr. Dorfner.«

13

Der stechende Schmerz in seinem Kopf war noch stärker geworden. Es fühlte sich an wie ein Nagel, der in seinen Schädel getrieben wurde. Sein Herz machte ihm Sorgen. Es schlug immer unregelmäßiger. Besonders in den Momenten, wenn die Panik kam, und das Zittern. Du wirst in diesem Loch hier verrecken, hatte Schiller in den vergangenen Stunden oft gedacht. Du wirst hier verrecken!

Er hatte kein Zeitgefühl mehr. Und die Erschöpfung. Sie hatte mehr und mehr zugenommen. Schon das Auffangen des Wassers mit den Händen – das dürre Rinnsal, das von der Decke tropfte – strengte ihn unglaublich an. Danach musste er sich ausruhen. Dazu kam die Müdigkeit. Mehrmals in den letzten Stunden war er eingeschlafen. Es war ein kurzer, sehr unruhiger Schlaf, durchzogen von wirren Träumen. Abstrakt, mehr Farbe und Bewegungen. Wie Fieberträume. Als setze sein Gehirn die Angst in bizarre Bilder um. Immer war es eine Struktur, die auf ihn zukam. Und zugleich verschwand sie. Öffnete einen Raum, der riesig war, sich immer weiter ausdehnte, um dann wieder in sich zusammenzuschrumpfen.

Der Harndrang hatte sich verstärkt. Fast stündlich entleerte er seine Blase. An den paar Tropfen Wasser, die er zu sich nahm, konnte das nicht liegen. Und die wenigen Tropfen stillten auch seinen ständigen Durst nicht. Es war der Zucker. Der leichte Diabetes, den man vor einigen Wochen bei ihm diagnostiziert hatte. Als er mit Wotan aus dem Haus gegangen war und Joachim getroffen hatte, hatte er sich nicht gespritzt. Er hatte vorgehabt, noch eine Kleinigkeit zu essen. Ein Glas Rotwein zu trinken. Einen wunderbaren Rioja, der hervorragend zu Lamm passte. Und dann hätte er die Kritik über die kümmerliche Inszenierung von Tschechows »Möwe« im Kronos-Theater zu Ende geschrieben. Hätte, alles hätte. Wenn Joachim ihm das hier nicht angetan hätte. Ihn hier nicht verscharrt hätte – in dieser Höhle, diesem Keller, diesem Stollen. Was immer es war. Wenn er sich vor dem Essen gespritzt hätte, wäre er wahrscheinlich schon tot. Jetzt verdurstete er nur langsam im Überzucker. Was für eine Alternative!

Und das hatte Joachim ihm angetan. Sein Joachim einst. Das war lange her. Er hätte nie geglaubt, dass Joachim zu so etwas fähig wäre. Ihn in sein Haus locken. Ihm Schlafmittel in ein Glas Whisky träufeln und ihn dann hierherbringen. Ihn lebendig begraben.

Das Zittern kam zurück. Sein Herz raste. Schiller konnte die Tränen nicht mehr zurückhalten. Ein Weinkrampf durchzuckte seinen Körper in heftigen Wellen. Er konnte nicht mehr aufhören. Die Geräusche, die er dabei von sich gab, kamen ihm selber fremd vor. Wie von einem Tier.

Oliver ließ sich zwei Stunden Zeit. Dann wählte er die Nummer wieder. Es war kurz nach vier Uhr nachmittags. Der Typ, der sich in der Hofeinfahrt seinem Vater gegenüber als Polizist ausgegeben hatte, ging sofort dran.

»Ich habe das Handy«, sagte Oliver.

Kurzes Schweigen.

»Ich weiß.«

»Und jetzt?«

»Wie, und jetzt?«

»Ich habe das Handy, und Sie wollen es haben. Was krieg ich dafür?«

Der Typ schien zu überlegen.

»Was willst du?«

»Geld.«

»Wie viel?«

Oliver hatte sich den Betrag im Kopf schon zurechtgelegt.

»600 Euro.«

»Ziemlich viel Geld.«

»600 Euro.«

Das war eine Menge Geld. Der Typ schien während des Gesprächs in einem großen Zimmer auf und ab zu gehen. Seine Stimme hallte.

»Gut. Wann bekomme ich das Handy?«

»Wenn ich das Geld bekomme.«

Ich habe ihn, dachte Oliver. 600 Euro – es war so verdammt einfach.

»Du bekommst das Geld.«

»Gut.«

Für einen Moment war es still.

»Heute Abend«, sagte die Stimme.

Der Typ schlug einen Waldparkplatz vor. Dort sollte die Übergabe stattfinden. Oliver wusste, wo es war. Mit dem Moped brauchte er eine Viertelstunde dorthin. Es war kein Problem. Er sah auf die Uhr. Er hatte noch vier Stunden Zeit. Komischer Typ, dachte Oliver, dass der sich auf den Deal eingelassen hat! Er hatte nicht mal versucht, ihn runterzuhandeln. Wahrscheinlich hätte er sogar noch mehr für das Handy hingeblättert. Aber 600 Euro waren eine Menge Geld. Und es war verdammt leicht verdientes Geld!

Oliver drehte die Anlage auf und knallte sich in seinen Sessel. Er schaute aus dem Fenster. Sitzend konnte er nur die Spitze einer Tanne und den Himmel sehen. Eine Krähe flog durch die Wolken.

Dann klopfte es an der Tür. Lass mich in Frieden, dachte er. Das ist doch nicht laut!

»Mach den Stampf mal ein bisschen leiser bitte!«

Oliver verzog das Gesicht, ging zur Anlage und drehte den Lautstärkeregler runter. Was wollte er jetzt schon wieder?

»Da war einer, der nach dir gefragt hat«, sagte sein Vater.

Oliver zuckte mit den Schultern.

»Und?«

»Der hat was von Autoaufbrüchen erzählt. Hat gesagt, dass er Polizist ist und dass er dich was fragen wolle. Was wollte der von dir?«

»Bin ich Hellseher?«

»Wenn du wieder Mist gebaut hast, Oliver, dann schmeiß ich dich raus. Dann kannst du unter der nächsten Brücke übernachten.«

»Ich hab keinen Mist gebaut. Autoaufbrüche! Was soll der Scheiß?«

Sein Vater musterte ihn. Wie dieser Blick ihn nervte!

»Bist du sicher?«

Oliver nickte.

»Wozu soll ich ein Auto klauen? Ich hab ja noch nicht mal den Führerschein.«

Sein Vater verzog den Mund.

»Von Klauen hat ja auch keiner geredet.«

Sein Vater schien zu überlegen.

»Der Mann hat gesagt, dass er Polizist ist. Aber ich glaube nicht, dass er Polizist ist«, sagte sein Vater dann.

Gut kombiniert, Alter, dachte Oliver. Polizist – so ein Schwachsinn!

»Ich kenne das Gesicht. Aber ich komme nicht drauf woher.«

War's das jetzt? Woher soll ich wissen, wen du alles kennst, dachte Oliver. Er hatte diesen Typen genau zwei Mal gesehen. Bei der komischen Rangelei vor drei Tagen im Industriegebiet und jetzt hier vor dem Haus.

»Ich bin mir ganz sicher, dass ich den Typen von irgendwoher kenne«, fing sein Vater wieder an.

Dann denk halt drüber nach und lass mich in Ruhe. Du wirst es schon rausfinden. Es ist sowieso egal. Hier geht es um 600 Euro für mich. Und sonst um gar nichts.

Die engen Täler außerhalb der Stadt, wo der Schwarzwald begann, hatten auf Bruno immer schon beklemmend gewirkt. Die steilen Hänge zu beiden Seiten. Die dunklen Tannen. Im Radio lief »The girl from Ipanema« – das passte zu der Umgebung und zum Wetter wie die Faust aufs Auge. Es hatte wieder geregnet, die Straße war noch nass. Nur wenige Autos waren unterwegs. Einmal sah Bruno neben der Straße am Waldrand ein Reh. Ziemlich spät für ein Reh, dachte er. Gut, dass es blieb, wo es war, und nicht über die Straße rannte. Ihm direkt vor die Stoßstange.

Er war unterwegs zu dem Bürgermeister jenes Ortes, in dem sich das berüchtigte Harzberg-Center befand.

Er durchquerte einen Weiler, der aus Feuerwehrhaus, einem Gasthof »Hirsch« mit eigener Schlachtung – wie die Tafel vor dem Eingang verkündete – und einem schlecht getarnten Blitzer bestand. Kein Mensch war auf der Straße. Hier bekam man wahrscheinlich selbst im Hochsommer nicht mehr als eine Stunde Sonne pro Tag ab. Anhöhen. Darüber ein paar weitere Häuser. Dann wieder Tannen. Das Tal verengte sich. Die Straße führte eine Weile direkt am Fluss entlang, der zwischen den Bäumen hindurchglitzerte.

Nach einer Hochspannungsleitung, die quer über dem Tal hing, bog er rechts ab. Ins nächste Tal.

Das Harzberg-Center sah er bereits von Weitem.

»Ich bin eigentlich aus Duisburg«, sagte der Bürgermeister.

Er lehnte an einem mit Holzbrettern vernagelten Schaufenster und fingerte an einem aufgenähten Enzian auf dem Revers seines Trachtenjankers herum.

»Zu Duisburg ist das hier ja ein ziemlicher Kontrast.«

Der Bürgermeister nickte.

»Das kann man wohl sagen. Aber man gewöhnt sich an alles«, erwiderte er.

Horst Selig – was für ein Name, dachte Bruno. Aber von der Aufmachung her hatte er sich bestens an die Umgebung angepasst. Das war wohl der Preis des Bürgermeisterjobs in einer Schwarzwaldgemeinde.

»Ich dachte, wir treffen uns am besten gleich am Ort des Geschehens. Wie finden Sie unser Harzberg-Center, Herr Kolb?«

»Etwas trist«, antwortete Bruno.

Bestimmt jedes zweite Schaufenster in der Ladenpassage war mit Brettern vernagelt. In der Deckenbeleuchtung schien die eine oder andere Lampe zu fehlen.

»Etwas, ja. Der Leerstand hier liegt bei fast 70 Prozent. Das Wellenbad werden wir in den Sommermonaten wieder schließen müssen, weil wir uns die laufenden Kosten nicht mehr leisten können. Das Highlight des vergangenen Jahres im Wilhelm-Hauff-Palais war eine Reptilienschau. Halb tote Schlangen, ein paar dicke Frösche und ein ausgestopftes Nilkrokodil. Wegen der Viecher mussten wir dermaßen heizen, dass die Veranstaltung uns keinen Cent gebracht hat. Nur Uschi hält durch.«

»Uschi?«

Selig zeigte auf ein erleuchtetes Schaufenster. Davor standen zwei staubige Topfpalmen. »Paradise of Haar«. Hinter der Scheibe war die Silhouette einer Frau zu erkennen, die sich jetzt zu ihnen umdrehte und winkte. Der Bürgermeister winkte zurück. Kunden sah man keine. Sie schien allein im Laden zu sein.

»Wenn es mit dem Harzberg-Center so weitergeht, wird bald nur noch Uschi da sein«, sagte Selig.

»War es mal besser?«

»Anscheinend«, gab Selig zurück. »Aber Schiller war vor meiner Zeit. Ich bin erst seit drei Jahren Bürgermeister hier. Aber dass sich der Kasten jemals rentiert hat, bezweifle ich. Zumindest war wohl mehr los, als Schiller das hier noch gemacht hat. Mozarts ›Zauberflöte‹ im Wellenbad. Männer-Strip-Shows im Palais, und Tom Jones war auch mal da.«

»Sexbomb, sexbomb, you're my sexbomb …«, begann Bruno.

Selig grinste.

»Ja, das muss eine wilde Nacht damals im Städtchen gewesen sein«, sagte er.

Die wilden Jahre des Harzberg-Centers schienen jedenfalls ein für alle Mal vorbei zu sein. Er müsse nun die Suppe auslöffeln, meinte Selig. Auf Joachim Westermann war der Bürgermeister nicht gut zu sprechen. Es sei ihm unbegreiflich, wie es dem damals gelungen sei, den Gemeinderat dazu zu bringen, für den Bau des Harzberg-Centers zu stimmen. Man munkelte, Geld sei geflossen und irgendwelche Grundstücke seien umgelegt worden. Aber konkrete Beweise hatte es dafür nie gegeben. Und auch das Geld, das über die Jahre in irgendwelchen dubiosen Kanälen verschwunden sein soll – es sei eine Menge Geld gewesen, aber man fand nie etwas Konkretes. Das sei alles unter der Decke gehalten worden.

Was das neue Verfahren bezüglich des Harzberg-Centers anging, so schien der Bürgermeister eher skeptisch zu sein. Gut, ein Verfahren stand im Raum. Es wurde ermittelt. Aber ob dieses neue Verfahren jemals eröffnet werden würde, das sei eine ganz andere Geschichte. Und selbst wenn man Westermann und auch Schiller – klar, dass der als Zeuge interessant wäre – das eine oder andere krumme Ding nachweisen könnte. Das meiste dürfte längst verjährt sein.

»Wir versuchen seit Jahren, das Ding an einen privaten Investor abzustoßen«, sagte Selig. »Die Araber waren schon da. Die Russen – die wollten ein Spielkasino daraus machen. Koreaner. Aber immer wenn es dann ans Eingemachte ging, haben sie alle schnell die Finger davon gelassen. Es ist ein Trauerspiel!«

Selig nestelte wieder an dem aufgenähten Enzian herum.

»Nächste Woche kommen die Chinesen«, sagte er. »Mal sehen, was die für Ideen haben. Sie können es auch haben, wenn Sie wollen, Herr Kolb. Ich verkaufe Ihnen das Ding für einen symbolischen Euro!«

Schiller als Zeuge. Seine Verbindung zu Westermann. Viel Geld, das verschwunden war. Ein Ansatz war das. Eine Richtung.

»Und die Uschi kriegen Sie gratis dazu!«

Die winkte in dem Moment wieder aus ihrem Laden, und der Bürgermeister winkte zurück.

Oliver kurvte vorsichtig um die Pfützen und Schlaglöcher herum. Der Scheinwerfer seines Mopeds glitt über Baumstämme und Gebüsch. Als er endlich auf der Landstraße war, gab er Gas. Nichts wie heim, dachte er. Es war scheißkalt! Hinter sich hörte er, wie der Wagen aus dem Waldparkplatz ebenfalls in die Landstraße einbog. Es war derselbe Geländewagen wie vor drei Tagen im Industriegebiet. Der ist jetzt glücklich, dachte Oliver. Der hat sein Handy, und ich hab auf die Schnelle 600 Euro verdient!

Zuerst schien es ihm, als würde der Typ in die andere Richtung fahren. Doch der Geländewagen folgte ihm. Er würde ihn gleich überholen.

Der Wagen näherte sich mit hoher Geschwindigkeit. Die Landstraße machte eine lange Linkskurve. Rechts der Straße war eine Böschung, die etwa zehn Meter hinabreichte. Dann dichter Wald. Fichten. Brombeerhecken.

Als das Moped von dem Geländewagen erfasst wurde, drehte es sich kurz quer zur Fahrbahn. Im Scheinwerferlicht des Geländewagens blitzte das Gesicht des Mopedfahrers auf. Dann wurde dieser mitsamt seinem Gefährt umgerissen. Moped und Fahrer schlitterten über den Asphalt und schossen wenige Meter an einem Leitpfosten vorbei die Böschung hinab. Der Geländewagen hielt etwa 50 Meter nach der Unfallstelle an.

Der Fahrer legte den Rückwärtsgang ein und stoppte auf der Höhe des Leitpfostens. Er stieg aus und sah in beide Richtungen der Landstraße. Die Stelle war übersichtlich. Es war weit und breit kein Auto zu sehen. Der Mann knipste eine Taschenlampe an und leuchtete die Böschung hinab. Eine verbogene Lenkstange reflektierte durch dichtes Gebüsch den Strahl der Lampe. Es sah so aus, als sei das Moped zerrissen worden. Man musste genau an dieser Stelle stehen, um das Glitzern des Metalls im Gebüsch zu sehen, ging man nur einen Meter vor oder zurück, war nichts zu erkennen. Auch den Fahrer des Mopeds sah man nicht. Der Aufprall musste ihn tiefer in den Wald hineinkatapultiert haben.

Die Nacht war kalt. Wenn er nicht bereits tot war, würde er erfrieren. Es war Schnee angekündigt worden.

14

In der Aussegnungshalle war es dunkel wie in einer Höhle. Und kühl. Alle waren da. Die meisten in Uniform. So ist das eben, dachte Bruno, wenn ein leitender Polizeibeamter das Zeitliche segnet. Der Sarg, der ein paar Meter vor ihm stand, schien ihm zu klein für seinen Vater zu sein. Kränze und Blumen waren darum herumdrapiert.

Der Pfarrer war ein dünner, blasser Mann. Weihrauchgeruch stieg Bruno in die Nase. Ein Gefühl, dass er nicht hierhergehörte. Wie ein Film lief alles vor ihm ab. Er saß zwischen Lady Di und Siegrist. Siegrist war nicht in Uniform, was Bruno wunderte. Lady Di wischte sich ein paar Tränen ab.

Die Idee, ein Foto neben den Sarg zu stellen, gefiel Bruno. Sein Vater in Uniform – die er selten getragen hatte. Zumindest in jener Zeit, als das Foto aufgenommen worden war. Da hatte er bereits das Drogendezernat unter sich gehabt. Er hatte seine Karriere hier gemacht. Nicht ganz so steil wie Brinkmann. Aber derartige Posten bekam man nur durch die richtigen Beziehungen. Das hatte nichts mit guter Arbeit zu tun. Bruno warf einen Blick auf ihn. Brinkmann bohrte gerade genüsslich in der Nase. Die Notizen für seine Rede hatte er auf seinem rechten Oberschenkel liegen. War Brinkmann bereits in Rente? Wenn ja, dann konnte das erst seit ein paar Tagen sein. Ein Nachfolger war noch nicht gefunden. Der Vize leitete die Polizeidirektion kommissarisch, bis man eben denjenigen fand, der an der Reihe war und dem man das Amt zuschanzen musste. Bruno wünschte Brinkmann, dass er mehr von seiner Rente haben würde. Nicht so wie sein Vater. Der perfekte Staatsdiener: kaum draußen und schon sterben, dachte Bruno. Allerdings sah Brinkmann auch nicht gut aus. Blass, ein wenig gelblich, und er schien immer fetter zu werden. Selbst wenn sein Kopf mitmachen würde: bei seiner Figur – das konnte nicht gut sein für das Herz.

Wie nahe sie dem Vater gewesen war in den letzten Wochen vor seinem Tod. Die Mutter. Er muss sie fast physisch neben sich gespürt haben. Wie einen Geist oder einen Engel. Und bald waren sie wieder zusammen. In derselben Erde. Im Tod vereint, wenn man daran glaubte. Es hatte keine neue Frau gegeben im Leben seines Vaters, nachdem seine Mutter ermordet worden war. Nur eine lockere Verbindung mit einer Kollegin. Das war über ein paar Jahre gegangen. Doch bei ihnen eingezogen war sie nie. Hatte sie Herta geheißen oder Helga? Bruno hatte ihren Namen vergessen. Soweit er sich erinnerte, war sie irgendwann zum BKA gewechselt.

Er muss sehr einsam gewesen sein, dachte Bruno. Hat sich in seine Arbeit gestürzt. Das war seine Therapie. Was ihn, Bruno, betraf, war die Schwester seines Vaters eingesprungen – Tante Susanne. Und deren Mann, Onkel Werner. Sie waren kinderlos. Onkel Werner war Briefträger gewesen. Die beiden hatten ihn mächtig verwöhnt. Dieser Junge, ohne Mutter ... Tante Susanne und Onkel Werner gab es auch nicht mehr. Vor ein paar Jahren waren sie kurz hintereinander gestorben. Wie das bei alten Ehepaaren oft passiert.

Jetzt sprach Brinkmann. Er war verschwitzt. Seine Gesten wirkten fahrig. Bruno hatte den Abgang des Pfarrers verpasst. Er war in Gedanken gewesen. Was Brinkmann sagte, ging vollkommen an ihm vorbei. Er konnte sich nicht darauf konzentrieren. Und er gab sich auch keine Mühe. Er wollte nur noch raus an die frische Luft. Raus aus dieser dunklen, kalten Höhle. Er wollte, dass es endlich vorbei war.

Rosen wurden in das offene Grab geworfen. Rote und gelbe. Es regnete nicht mehr. Die Sonne schien auch nicht. Ein paar Amseln kreischten in den Birken. Das hörte man trotz des Bläserquintetts der Polizei. Was spielten sie da? Bruno sah hoch in den grauen Himmel über den Zweigen, dann hinunter ins Grab.

Es war sein Vater gewesen, der ihn damals zur Polizei gebracht hatte. Sein Auftritt in der Zelle in Bochum war ihm unvergesslich. Bruno konnte sich daran erinnern, als ob es gestern gewesen wäre. Der verlorene Sohn, dem sein Studium irgendwie aus dem Ruder gelaufen war. Wie auch sonst noch so einiges. Eigentlich fast alles. Bruno war damals am Tiefpunkt gewesen. Er hatte nur noch in den Tag hinein gelebt. Es hätte böse ausgehen können. Es war an sich nichts Weltbewegendes, was ihn in diese Zelle gebracht hatte. Eine Dummheit. Die paar Gramm Haschisch, die er mit einem Freund über die holländische Grenze geschmuggelt hatte. Das hatten sie getan, weil irgendein Pilz ihnen die Marihuanapflanzen in der WG massakriert hatte. Deren traurige Überreste hatten die Bullen dann natürlich auch noch gefunden. Und damals nahm man diese Geschichten noch sehr ernst.

Dann wurde die Tür aufgesperrt, und sein Vater stand vor ihm. Sofort hatte sich Bruno wie ein kleiner Junge gefühlt.

Bullen. Und jetzt war er selbst einer. Er hätte sich nie träumen lassen, dass es dazu kommen würde. Aber damals hatte es auf der Hand gelegen. Es war ein Weg gewesen. Eine Möglichkeit, wieder festen Boden unter die Füße zu bekommen.

Und heute? Es war sein Beruf. Er war Polizist. Aber er konnte sich auch etwas anderes vorstellen. Vielleicht war der Tod seines Vater ein Anlass, darüber nachzudenken. In ein paar Jahren wäre er wahrscheinlich zu alt dafür, mit etwas Neuem zu beginnen.

Bruno sah Brockmann zu, wie er eine rote Rose ins Grab

warf. Eine Schaufel mit Erde hinterher. Brockmann wirkte vollkommen fertig. Der Tod von Brunos Vater schien ihm wirklich an die Nieren zu gehen. Brockmann trauerte. Er hatte Mühe, seine Tränen zurückzuhalten. Und Brockmann bekam auch kein Wort heraus, als er auf Bruno zuging und ihm die Hand schüttelte. Brunos Vater und Brockmann hatten lange Jahre zusammengearbeitet. Brockmann war einer der wenigen gewesen, mit denen sein Vater auch privat etwas unternommen hatte. Brockmann hatte ihn ab und zu im Altersheim besucht. Das hatte Bruno von einer Pflegerin erfahren. Brockmann selbst hatte ihm davon nie etwas erzählt. Die beiden müssen richtig gute Freunde gewesen sein, dachte Bruno. Das war ihm nicht bewusst gewesen.

Das Bläserquintett machte Pause. Die Gruppe vor dem Grab wurde zusehends kleiner. Jetzt hörte man, wie laut das Zwitschern der Amseln in den Birken war.

Bruno sah Brockmann nach, der sich schnellen Schrittes vom Grab entfernte.

15

Das Zittern. Der Durst. Die brutalen Kopfschmerzen. Er hielt es hier drinnen nicht mehr aus! Schiller hatte außerdem den Eindruck, dass sein Atem nach Aceton roch – wie überreife Äpfel oder wie Nagellack.

In seiner Erinnerung gab es viel Schwarz. Der Filmriss, nachdem er das Bewusstsein verloren hatte. Aber nicht durchgehend. Es gab helle Stellen in dem Schwarz, lichte Momente. Er konnte nicht die ganze Zeit über ohnmächtig gewesen sein. Das Knacken und Prasseln des Feuers in Joachims Wohnzimmer. Die Violinklänge der Symphonie von Mozart. Dann Fahrgeräusche. Ruckeln. Das muss später gewesen sein, lange nachdem er den Whisky getrunken hatte. Augenblicke, in denen er wach gewesen war. Wenn auch nur für kurze Zeit.

Schiller versuchte verzweifelt, sich zu erinnern. Die kratzige Decke, auf der er gelegen hatte. Der Geruch nach toten Tieren. Die Decke. Das Ruckeln. Die Geräusche. Der Geruch. Dann war wieder alles schwarz. Aber wie lange? Bis er hier aufwachte? Da war doch noch etwas dazwischen.

Ein Gefühl von Panik stieg in ihm hoch. Es musste noch etwas in Joachims Wagen geschehen sein. Ein Blick. In die Nacht. Zweige. Gestrüpp, das vom Scheinwerfer beleuchtet wurde. Schiller hatte sich kurz aufgerichtet und hinausgesehen. Und dann? Er hatte in die Tasche seiner Jacke gegriffen. Aber warum? Zettel, Kugelschreiber. Er hatte Zettel aus einem Block gerissen. Er hatte seinen Kugelschreiber in der Hand gehabt. Und er hatte etwas auf die Zettel geschrieben. Das war keine Einbildung. Da war er sich sicher. Es musste tatsächlich passiert sein. So wie am Ende der Fahrt. Auch da musste er kurz zu sich gekommen sein. Der Kofferraum wurde geöffnet. Die kalte Nachtluft. Joachim, der an ihm herumzerrte. Ihn aus dem Wagen zog.

Und die Zettel. Er hatte sie auf den Boden fallen gelassen, als er über den Waldboden geschleift wurde. Mehrere Zettel. Was er darauf geschrieben hatte, wusste Schiller nicht mehr. Aber dass er sie fallen ließ. Schiller wischte sich kalten Schweiß von der Stirn. Er veränderte seine Haltung. Ein stechender Schmerz schoss durch seinen Körper. Er nahm ihm fast den Atem. Er konnte nicht sagen, woher der Schmerz kam. Im Brustbereich. Aber es war nicht das Herz. Er musste sich verletzt haben, als Joachim ihn aus seinem Auto hierhergebracht hatte. Prellungen. Vielleicht etwas gebrochen. Eine Rippe. Er stöhnte. Der Schmerz blieb. Schiller tastete mit einer Hand zur Wand. Fels. Gestein, das ihn umgab. Bis er eine scharfkantige Erhebung zu fassen kriegte. Er drückte fest zu. Gegen den Schmerz. Bis er langsam zurückging. Als er seine Hand wegnahm, fing das Zittern wieder an. Er leckte seine Hand ab. Sie schmeckte nach Blut. Aber der Schmerz war weg.

Eine Spur. Er hatte eine Spur hinterlassen. Diese Zettel – sie konnten nicht weit von dem Ort entfernt sein, wo er sich befand. Denn allzu weit konnte Joachim ihn nicht durch den Wald geschleppt haben. Die Zettel. Jemand musste sie finden! Es war seine letzte Hoffnung. Ein Strohhalm. Ein verdammter Strohhalm!

Weidlich riss das Garagentor auf. Er machte Licht. Die Neonröhren brauchten eine Weile, bis sie ihre volle Leuchtkraft erreichten. Vor ihnen stand der Geländewagen.

»Ich habe ihn etwas ausgebeult und die Stellen frisch lackiert. Sieht wieder aus wie neu«, sagte Weidlich.

»Gut.«

»Ist es im Wald passiert, Herr Westermann?«

»Ja. Ärgerlich.«

Vom Profil der Reifen her und was die Verschmutzung anging, hatte es nicht den Anschein gehabt, als ob Westermann in den letzten Tagen mit dem Wagen im Wald unterwegs gewesen wäre. Weidlich wunderte sich.

»Ein Stein. Eine Wurzel. Das passiert schnell«, sagte er dennoch.

Westermann ging nickend um seinen Wagen herum und begutachtete ihn. Auf der Höhe des rechten Kotflügels ging er in die Knie.

»Saubere Arbeit, Herr Weidlich.«

Er strich über das Metall.

»Die Reifen habe ich auch gewechselt, Herr Westermann. Wie Sie gesagt haben.«

Westermann richtete sich wieder auf.

»Sehr gut, Herr Weidlich.«

Es roch nach Motoröl und Staub. Die weiträumige Garage von Westermanns Chauffeur war voll ausgestattet. Eigentlich eine kleine Autowerkstatt. Weidlich hatte ein Händchen für Autos. Er führte oft die eine oder andere Reparatur für Bekannte aus. Auf diese Weise verdiente er sich ein kleines Zubrot.

»Ich glaube, jetzt sieht der Wagen wieder ganz ordentlich aus.«

Westermann griff in die Innentasche seines dunkelgrauen Jacketts.

»Sehr gut, Herr Weidlich«, wiederholte Westermann. »Was bin ich Ihnen schuldig?«

Es gehörte zu den Gepflogenheiten zwischen den beiden Männern, dass Weidlich auf diese Frage nicht einging und keinen Preis nannte. Dass er seinem Chef anbot, ihm nichts dafür geben zu müssen. Dass er sagte, er sehe diese kleinen Extradienste als eine Selbstverständlichkeit an und gehe ihm bezüglich seiner Autos immer gerne zur Hand.

Westermann hielt ihm drei Hundert-Euro-Scheine hin.

»Das ist doch nicht nötig, Herr Westermann.«

Weidlich zierte sich.

»Sie nehmen das, Herr Weidlich. Sie haben sich die Mühe gemacht. Und ich schätze Ihre Arbeit.«

Weidlich steckte die Scheine schnell in die Tasche seines Overalls und bedankte sich. Westermann war großzügig.

»Wie geht es Ihrer Frau, Herr Weidlich? Und der Tochter?«

Westermann sah sich in der Garage um.

»Alles bestens, Herr Westermann. Die Tochter ist natürlich sehr aufgeregt, so kurz vor der Hochzeit.«

»Das ist verständlich«, sagte Westermann. »Ich wünsche ihr und Ihnen von Herzen alles Gute!«

Weidlich bedankte sich und hielt Westermann die Tür des Geländewagens auf.

»Wir sehen uns dann morgen um drei Uhr in der Frühe. Zum Flughafen.«

Ihre Blicke trafen sich.

»Sie sind bis nächsten Freitag in Shanghai?«, fragte Weidlich.

»Korrekt«, antwortete Westermann. »Das wird eine sehr anstrengende Woche werden.«

Er setzte sich hinters Steuer.

»Wenn man seine Arbeit gut machen will, ist das immer mit viel Mühe verbunden«, sagte Weidlich.

Westermann ließ den Motor an.

»Bis morgen, Herr Weidlich!«

Weidlich schlug die Wagentür zu. Westermann legte den Rückwärtsgang ein und rollte langsam aus der Garage.

16

Er betrachtete das Glas Whisky in seiner Hand. Seine Hand war völlig ruhig.

Draußen war es noch dunkel. Wo blieb Weidlich? Es wurde langsam Zeit. Westermann nahm einen Schluck Whisky. Spürte das Brennen im Hals. Die Speiseröhre hinunter. Im Magen. Er fing früh an mit dem Trinken. Aber er konnte im Flugzeug schlafen. Auf dein Wohl, Schiller, dachte er. Mit dieser Reaktion hast du nicht gerechnet. Das hättest du dir nicht träumen lassen, dass es so kommt. Dass ich zurückschlagen könnte. Eines Tages. Dass ich es tun würde. Weil du dumm bist, Schiller. So unglaublich dumm. Und gierig. Dabei ging es nur um eines: Auge um Auge, Zahn um Zahn. Das hättest du wissen müssen, Schiller.

Mit dem anderen hatte er kurzen Prozess gemacht. Den war er los. Eine Randfigur. Das Pickelgesicht. Genauso gierig. Genauso dumm. Wie Schiller. Angriff war die beste Verteidigung. Vor allem, wenn man mit dem Rücken zur Wand stand.

Westermann stellte das Glas zurück auf den Tisch. Es war leer. Die Eiswürfel darin klirrten. Wo war Weidlich? Er hatte keine Lust auf Shanghai. Keine Lust auf die ganzen Leute. Die Delegation. Aber es war wahrscheinlich besser so. Auf diese Weise war er aus der Schusslinie – zumindest für ein paar Tage. Wobei kein Mensch ihn bezüglich Schillers Verschwinden auf der Rechnung hatte. Warum auch? Da war er sich sicher. Und der andere, das war ein Unfall. Sonst nichts. So etwas passierte jeden Tag. Und du, Schiller, du bist sehr gut aufgehoben, wo du jetzt bist. Shanghai. Eine Woche ist eine lange Zeit. Eine verdammt lange Zeit, in deiner Situation. Die ich beenden kann. Wann immer ich will. Aber Unkraut vergeht nicht. Du wirst schon noch eine Woche durchhalten da unten.

Und wenn Schiller dort unten vorzeitig schlappmachen würde? Auch das wäre eine Lösung.

Er stand am Fenster und schaute hinaus. Die Dunkelheit wich dem anbrechenden Tag. Die Wiese lag nass und grau vor ihm. Wo blieb Weidlich?

Er hörte ihre Schritte. Bestimmt, gleichmäßig. Ihre Absätze auf dem Marmorboden klangen wie das Ticken einer Uhr. Meine Gefährtin, dachte er.

»Bist du schon auf oder noch wach?«

Er drehte sich nicht zu ihr um. Er hatte das Bild vor sich, wie sie da stand, an den Rahmen der Tür gelehnt. Ihre kalten, kleinen Augen. Ihr Puppengesicht. Das rabenschwarze Haar, das sie sich beim Reden aus dem Gesicht strich. Er musste es nicht sehen.

»Ich warte auf Weidlich. Ich fliege in drei Stunden nach Shanghai.«

Man hörte ein Auto. Das musste er sein.

»Wie lange?«

Er roch sie jetzt. Ihr Parfüm. Den kalten Rauch. Wo trieb sie sich herum? Mit wem? Es spielte keine Rolle. Solange sie sich an die Regeln hielt. Und das tat sie. Vera war berechenbar. Also klug, auf ihre Weise.

»Freitag nächster Woche bin ich zurück.«

Man hörte die Reifen des Dienstwagens auf dem Kies in der Einfahrt knirschen. Westermann drehte sich um. Es war genau das Bild, das er von ihr im Kopf gehabt hatte.

»Viel Spaß!«

Er nickte nur. Ihre Blicke trafen sich.

»Ich muss los.«

Man sieht ihr das Alter an, dachte er. Es ließ sich nicht mehr verstecken. Aus seiner einst schönen Hure war eine alte Hure geworden.

»Beschissen wenig«, erwiderte Bruno auf Siegrists Frage, was sie bezüglich Jo Schiller bisher hatten. Beschissen wenig bis fast nichts, dachte er. Eigentlich hatten sie überhaupt nichts. Immer nur neue Fragen. Keine Antworten. Es war frustrierend. Sie tappten vollkommen im Dunkeln.

»Der Mann muss doch irgendwo sein«, meinte Siegrist.

Er spielte dabei mit einem Kugelschreiber auf dem Tisch herum.

»Die Frage ist bloß wo«, erwiderte Bruno. »Und vor allem auch, in welchem Zustand Jo Schiller sich befindet. Ob er überhaupt noch am Leben ist.«

Eine der Neonröhren flackerte. Bruno begann mit einer Zusammenfassung der Ermittlungsansätze, denen sie bisher nachgegangen waren.

Da war vor allem Schillers luxuriöser Lebenswandel, der sich in keiner Weise mit den Summen deckte, die auf sein Konto eingingen.

»Schiller muss eine Menge Geld haben, oder es gibt jemanden, der ihm ständig Geld gibt oder gegeben hat.«

»Vielleicht hat er geerbt«, meinte Siegrist.

»In der Wohnung war jedenfalls nichts«, warf Brockmann ein. »Kein Sparstrumpf, kein prall gefüllter Tresor. So gut wie kein Bargeld«, fügte er hinzu.

»Sein Computer hat diesbezüglich bisher auch nichts gebracht«, meinte Lady Di. »Geschweige denn, dass da irgendetwas anderes Sensationelles drauf wäre. Nur seine Kritiken, die er in den vergangenen Jahren für den *Tag* geschrieben hat. Einige davon waren nicht sehr nett. Da es so viele sind, gehe ich davon aus, dass wirklich alle Artikel, die er geschrieben hat, auf seiner Festplatte sind. Aber ganz durch bin ich mit seinen Ergüssen noch nicht.«

Bruno wurde auf einmal bewusst, wie müde er war.

»Für die netteren Kritiken hat er sich wohl schmieren lassen. Aber auch das kann ihm nicht so viel Geld eingebracht haben«, sagte Bruno.

»Dafür eine Menge Leute, die ihn nicht mögen«, fuhr Siegrist dazwischen.

»Bestimmt gibt es da ein paar«, pflichtete Bruno ihm bei. »Aber es muss auch den einen oder anderen geben, der ihn ziemlich gut versorgt hat in den letzten Jahren. Ob er das tat, weil er ihn mochte oder aus irgendwelchen anderen Gründen, wissen wir nicht. Auf jeden Fall muss er sehr viel Geld in Schiller investiert haben.«

Bruno sah, wie Siegrist genervt das Gesicht verzog. Er spielte wieder mit seinem Kugelschreiber.

»Und dann seine Gratis-Penthousewohnung. Schiller hat beste Beziehungen. Was in die Vergangenheit führt. In die Zeit, als er noch Manager des Harzberg-Centers war. Da sind ja wohl ein paar krumme Sachen gelaufen. Eine Menge Geld ist verschwunden. Diesbezüglich steht auch ein Verfahren an. Und hierbei taucht der Name des Abgeordneten Joachim Westermann auf. Es geht um die Rolle, die er in der Geschichte gespielt hat, und …«

Bruno machte eine Pause.

»Und?«

Bruno warf Siegrist einen kurzen Blick zu.

»Schiller wäre in dem Verfahren gegen Westermann ein wichtiger Zeuge.«

»Gewagte Hypothesen, Bruno«, kommentierte Siegrist.

»Das finde ich nicht.«

»Ich schon. Ich finde, dass du dich zu sehr an dieser alten Geschichte festbeißt.«

Bruno war erschöpft. Die Beerdigung seines Vaters. Die plötzliche Rückkehr aus Kuba. Die Geschichte mit Hanna. Warum hatte er sich nicht einfach ein paar Tage frei genommen? Warum tat er sich diesen ganzen Mist hier an?

»Was war mit diesem Freund, Andrea?«

Lady Di lächelte Siegrist breit an. Ihr Lächeln schien ihm unangenehm zu sein, und er wandte seinen Blick ab.

»Maurice?«

»Ja«, erwiderte Siegrist ungeduldig.

»Das ist ein ganz Süßer! Dieser Maurice!«

Brockmann schmunzelte.

»Und?«

»Er hat ein Alibi.«

»Wasserdicht?«

»Absolut wasserdicht. Maurice stand in dieser Nacht bis fünf Uhr morgens hinter der Bar eines Sauna-Clubs. Viele Zeugen. Der jobbt da.«

»Hinter der Bar gestanden oder auf der Bar gelegen?«, brummelte Brockmann.

»Saunieren macht durstig, Herr Kollege.«

Siegrist nickte. Er schien zu überlegen.

»Ich würde mir diese Artikel von Schiller genauer vornehmen. Vielleicht ist jemand dabei, der einen Grund hat, sich an ihm zu rächen. Es laufen ja eine Menge Verrückte da draußen herum.«

Jawohl, genau so ist es, dachte Bruno. Jede Menge Verrückte laufen herum. Siegrist kotzte ihn nur noch an. Mit seiner Angst vor dem System. Seiner Feigheit. Seinem billigen Opportunismus. Politik, ein Landtagsabgeordneter: Das ging natürlich gar nicht! Es kann nicht sein, was nicht sein darf. Man könnte natürlich auch mal schauen, ob sich Schillers Schuhgröße urplötzlich verändert hatte. Das war ein sicherer Hinweis darauf, dass er Kontakt zu Außerirdischen hatte. Und von denen war Schiller entführt worden. Mein Gott, warum tat er sich das an?

»Jedenfalls ist das Blut auf den Taschentüchern, die wir am Tatort gefunden haben, definitiv von Schiller«, sagte Brockmann.

Siegrist machte ein Gesicht, als würde ihm jemand auf dem Fuß stehen. Was kann in dieser Nacht da oben im Industriegebiet passiert sein?, überlegte Bruno.

»Schwer verletzt oder gar umgebracht wurde der Mann dort oben jedenfalls nicht. Dafür ist es zu wenig Blut.«

»Ein toter Pudel reicht ja wohl«, kommentierte die Perreira.

Brockmann nickte ihr zu. Das Flackern der Neonröhre nervte Bruno. Es hörte nicht auf.

»Eine Auseinandersetzung. Ein Streit«, begann Siegrist.

Brockmann kramte in seinen Unterlagen.

»Und der Wagen?«, fragte Bruno dazwischen.

»Die Reifenspuren sind von einem Geländewagen. Gängiges Modell. Gibt es tausendfach«, antwortete Brockmann.

»Bleiben nur die Spuren«, sagte Lady Di.

»Singular, Frau Kollegin. Eine Spur. Auf dem Körper des toten Pudels haben wir Fingerabdrücke gefunden. Die dürften wohl von demjenigen stammen, der das Tierchen abgemurkst hat. Von den übrigen Beteiligten haben wir nur Fußabdrücke und Fasern.«

»Das ist nicht viel«, kommentierte Siegrist.

»Das hat auch niemand behauptet«, gab Brockmann zurück.

»Ich gebe die Fingerabdrücke jedenfalls gleich ins System«, sagte Lady Di. »Vielleicht haben wir Glück.«

Brockmann grinste sie an.

»Vielleicht«, kommentierte Bruno.

»Wenn der Kerl schon 30 oder 40 Pudel massakriert hat, dann sind seine Fingerabdrücke auf jeden Fall irgendwo gespeichert«, sagte Brockmann.

»Da macht man keine Witze drüber, Brockmann!«, fauchte ihn die Perreira an.

Die Neonröhre hatte aufgehört zu flackern. Endlich, dachte Bruno.

Sie ließ sich langsam in die Wanne gleiten. Die Wärme des Wassers breitete sich blitzschnell in ihr aus. Sie liebte es. Die Wärme und der Geruch waren wunderbar. Sie schloss die Augen. Horchte auf die Stille im Haus. Es gab nur das Knistern des Schaums. Ganz dicht an ihren Ohren. Es hörte sich an, als würden die Schaumbläschen in ihrem Kopf zerplatzen.

Sie würde Joachim nicht begegnen müssen. Eine Woche lang. Sie spürte, wie eine Last von ihr genommen wurde. Eine ganze Woche lang. Aber warum? Es hatte sich nichts verändert zwischen ihnen. Warum empfand sie das Zusammenleben mit ihm in der letzten Zeit als so deprimierend? Wobei sie ja gar nicht zusammenlebten. Sie lebten nur nebeneinander her. Sie sahen sich kaum. Sie sprachen nicht miteinander. Jeder ging seine eigenen Wege. Sie hatte ihre Freiheiten. Sie hatte Geld. Ein schönes Haus. Ein schickes Auto. Sie hatte alles, was sie brauchte. Sie lebte in einem goldenen Käfig.

Sie rieb ihre Brüste mit Schaum ein. Sie waren immer noch schön. Ihre Brüste. Fast perfekt. Und auch der Rest. Sie war eine schöne Frau. Sie hatte sich gut gehalten. Sie machte immer noch etwas her. Sie war gut für Joachim. Gut für die Rolle, die sie zu spielen hatte. Um den Schein zu wahren. Dafür hätte er keine Bessere finden können. Um mehr ging es nicht. Theater spielen. Nur Theater spielen.

Joachim ließ sie in Ruhe. Und sie ihn. Sie hatte keine Ahnung, was er machte. Was er dachte. Wie er sich fühlte. Es war alles tot zwischen ihnen. Schon seit langem. Eigentlich seit immer. Sie waren zwei Fremde. Er arbeitete. Er machte seine Politik. Und sie war seine Frau. Seine Ehefrau. Sie war es, die den

Schein aufrechterhielt. Und solange sie mitspielte, bekam sie alles, was sie wollte. Aber war es das? Wollte sie das wirklich? Was war das für ein Leben? Dieses Immer-weiter-Machen. Dieses Stur-geradeaus-Fahren. An einer Abzweigung nach der anderen vorbeifahren. Niemals abbiegen. Immer weiter. Und währenddessen wurde man alt und krank, und irgendwann war man tot, und alles war vorbei. War es das wert? Immer weiter? Wozu? Nur weil es bequem war? Weil man sich daran gewöhnt hatte? Weil man es schon immer so gemacht hatte? Immer stur geradeaus. Das war so kalt, so leer, so langweilig. Es war unmenschlich. Destruktiv. Die Abzweigungen waren doch das Leben.

Bruno hatte Lady Di nicht bemerkt. Er hatte auf die Berichte gestarrt, die auf seinem Tisch lagen, und an nichts gedacht.

»Dir geht's nicht so gut, oder?«

Er sah sie an. Hatte er wirklich gerade an nichts gedacht? Oder waren nur unglaublich viele Szenen vor ihm abgelaufen? Die er nicht mehr hatte stoppen können?

»Ich bin wahnsinnig müde«, sagte er.

Sie fuhr sich mit der Hand durchs Haar.

»Das ist völlig normal, Bruno.«

Sie machte einen Schritt auf ihn zu. Sie strich kurz über die Tischplatte.

»Das braucht alles Zeit. Das überfährt einen. Ich weiß das.«

Bruno erwiderte nichts. Sah sie nur an.

Sie lächelte. »Warum nimmst du dir nicht ein paar Tage frei?«

»Wir haben einen Fall.«

Sie atmete langsam ein.

»Zu Hause würde ich doch nur die Wände anstarren. Da würde ich durchdrehen«, sagte er. »Hier habe ich wenigstens was zu tun.«

Er griff in die Unterlagen vor sich auf dem Tisch und hob ein paar davon hoch. Dann ließ er sie wieder auf den Tisch fallen.

»Wir haben einen neuen Vermissten. Ist eben reingekommen«, sagte sie.

»Der hat ja hoffentlich nichts mit uns zu tun«, erwiderte Bruno.

Lady Di rieb eigenartig die Hände aneinander und schaute an ihm vorbei aus dem Fenster.

»Ein Jugendlicher. Seit gestern Nacht verschwunden.«

Bruno drehte sich auf seinem Stuhl um.

Jetzt starrten sie beide aus dem Fenster. In den grauen, kalten April.

»Was machen die Fingerabdrücke?«

»Ich setze mich gleich dran«, antwortete sie.

17

»Alle Vögel sind schon da, alle Vögel, alle …«

Mein Gott, wo ist Ivan?, schoss es Katharina Kusch plötzlich durch den Kopf. Sie erhob sich so schnell aus dem Singkreis, dass die Kinder um sie herum erschrocken zusammenzuckten.

»Wo ist Ivan?«

Die Kinder schauten sie nur mit großen Augen an. Sie betrachtete eines nach dem anderen, ihre von der Kälte geröteten Gesichter. Ihr Blick blieb bei Teresa hängen. Sie schüttelte den Kopf.

»Ich weiß nicht«, piepste sie.

»Vielleicht im Bauwagen«, sagte Katharina Kusch und marschierte mit schnellen Schritten darauf zu.

»Ich weiß nicht«, piepste Teresa nun etwas lauter.

Katharina Kusch riss die Tür des Bauwagens auf. Ein Geruch von Feuchtigkeit und Schweiß schlug ihr entgegen. Das Feuer war heruntergebrannt. Sie musste Holz nachlegen. Sie hörte ihr Herz klopfen.

»Teresa weiß nicht«, hörte sie die anderen Kinder hinter sich tuscheln.

Der Bauwagen war leer. Sie ging zu den Kindern zurück, die sie anstarrten, als wollte sie eines von ihnen auffressen. Wie konnte sie nur so unaufmerksam sein? Ivan hatte nicht mitgesungen, er war nicht bei ihnen, und sie hatte es nicht bemerkt.

»Ihr bleibt alle sitzen«, zischte sie den Kindern zu. »Ihr bleibt zusammen!«

Sie nickten und tuschelten wieder. Katharina Kusch ging ein

Stück den Weg entlang, der zu dem Bauwagen auf der Waldlichtung führte. Wo war Ivan?

»Ivan, Ivan!«, rief sie.

Der Wald warf ihre Rufe in kurzen, zerhackten Echos zurück.

»Ivan! Ivan!«

Scheißwald, dachte sie. Im Gebüsch neben ihr kreischten Vögel auf. Scharrten und raschelten. Ihre Stimme war heiser.

»Ivan! Ivan!«

»Ja.«

Plötzlich stand er vor ihr auf dem schmalen Weg. Wie ein Geist. Wie hingezaubert. Sie starrte ihn nur an.

»Wo warst du, Ivan?«

Menschenskind, dachte sie atemlos, das macht mich alles noch verrückt hier.

»Pipi«, sagte er.

»Pipi?«

Ivan nickte. Katharina Kusch nahm ihn erleichtert in den Arm. Ivan zitterte. Sic griff in etwas Feuchtes hinter seinem Rücken. Sie zog die Arme zurück. Ivan schaute sie verdattert an. Was hatte er da für ein Tuch um?

Es war ein schwarzweißes Palästinensertuch.

»Wo hast du das her?«

Sie zeigte auf das Tuch.

»Gefunden.«

Ihre Hand war klebrig.

»Wo?«

»Im Wald. Da schläft ein Mann.«

Ivan zeigte in den Wald.

»Dann hast du es ihm weggenommen?«, fragte sie.

Ivan schüttelte den Kopf. Das Tuch war nass und verdreckt.

»Der Mann schläft ganz fest«, sagte er.

»Gib mir das Tuch«, fuhr sie ihn an.

Ivan schüttelte den Kopf.

»Hab ich doch gefunden«, gab er weinerlich zurück.

»Nein, das hast du nicht gefunden, Ivan. Das Tuch gehört dem Mann. Das ist sein Tuch. Und wenn er aufwacht, wird er es suchen. Du hast es ihm weggenommen. Gib es mir, Ivan!«

Ivan machte einen Schritt zurück.

Da war Blut auf dem Tuch, kam es ihr plötzlich. Das war doch Blut!

»Der Mann schläft ganz, ganz fest. Wacht nicht mehr auf«, sagte Ivan.

Seine Stimme klang weinerlich. Katharina schaute auf ihre rechte Hand. Sie war voller Blut.

Bruno hatte sich gewundert, dass Siegrist ihn dabeihaben wollte. Normalerweise machte er die Besprechungen mit den Staatsanwälten alleine. Es war seine Geschichte.

»Christian Dorinth« las Bruno auf dem Türschild vor ihnen. Siegrist klopfte. Etwas zaghaft, fand Bruno. Siegrist machte ein Gesicht dabei wie ein Schüler, der beim Rektor antreten muss. Kein Geräusch. Nichts rührte sich. Durchs offene Treppenhaus hörte man jemanden husten. Siegrist klopfte erneut. Dann hörten sie ein »Ja«, das sich kaum von dem Husten im Treppenhaus unterschied, und traten ein.

Dorinth war in seinem Büro zuerst überhaupt nicht zu erkennen, so verqualmt war der Raum. Brunos erster Impuls war, zu einem der Fenster zu gehen und es aufzureißen. Nur frische Luft! Sogar die Vorhänge waren zugezogen. Wie konnte man so arbeiten? Aus dem Zigarettenqualm tauchte Dorinth plötzlich auf wie ein Geist, und sie gaben einander die Hand. Die Hand des Staatsanwalts war eiskalt. Wie bei einer Leiche, dachte Bruno.

Nach ein paar Höflichkeiten und dem üblichen Smalltalk – Siegrist fragte Dorinth nach seinem Bandscheibenvorfall, den dieser im Herbst letzten Jahres gehabt hatte – begann Bruno, dem Staatsanwalt den Stand der Ermittlungen bezüglich des Verschwindens von Jo Schiller darzulegen. Es wunderte Bruno, dass sich Siegrist zurückhielt. Ihn in dieser Sache so vorschob. Konnte er Dorinth nicht leiden? Oder hatte er Angst, dass die Zigarettendämpfe seine Lunge verätzen würden, sobald er den Mund aufmachte?

»Das ist eine sehr sonderbare Geschichte mit Schiller«, kommentierte Dorinth, als Bruno geendet hatte. »Vor allem der Zeitpunkt«, fügte Dorinth nachdenklich hinzu.

Bruno hatte Punkt für Punkt dargelegt, in welche Richtungen sie bisher ermittelt hatten. Er hatte sämtliche Widersprüche in Schillers Biografie erwähnt.

Als der Name Westermann fiel, war Siegrist zusammengezuckt und hatte ein Gesicht gemacht, als hätte ihm der Staatsanwalt gerade mitgeteilt, dass er ihn von dem Fall abziehen würde. »Chapeau, dass Sie so schnell auf Westermann gekommen sind, Herr Kolb. Gute Arbeit!«, lobte Dorinth.

Siegrist rutschte unsicher in seinem Stuhl zurück.

»Leider haben wir nichts Konkretes. Wir stochern nur im Nebel herum«, fügte er hinzu.

Dorinth nahm sich eine Zigarette aus der Schachtel, die neben ihm auf dem Schreibtisch lag, und steckte sie an. Auf einer Ablage hinter Dorinths Schreibtisch sah Bruno neben ein paar Aktenordnern eine angebrochene Stange Zigaretten derselben Marke.

»Wirklich konkret ist nur der tote Pudel. Schillers Hund«, sagte Bruno.

Dorinth warf ihm einen Blick zu und hüllte ihn dann in eine graue Rauchwolke ein.

»Ich glaube nicht, dass Westermann jetzt Hunde massakriert«, meinte Dorinth.

»Sicher nicht«, pflichtete Siegrist bei.

Brunos Augen tränten vom Zigarettenqualm.

»Ich glaube auch nicht, dass Westermann in der Geschichte eine Rolle spielt …«, setzte Siegrist an.

»Warum nicht?«, fragte Dorinth.

Siegrist war schlagartig still.

»Der Zeitpunkt, Herr Siegrist. Dass Jo Schiller gerade jetzt verschwindet, das ist schon sehr sonderbar.«

Bruno warf Siegrist einen Blick zu. Eifriges Nicken jetzt.

»Zumal ein neues Verfahren gegen Westermann bezüglich des Harzberg-Centers im Raum steht. Da geht es immerhin um mehrere 100.000 Euro, die verschwunden sind. Natürlich wäre Jo Schiller ein wichtiger Zeuge.«

»Aber es ist doch noch nicht einmal sicher, ob es überhaupt zu einem Verfahren gegen Westermann kommen wird«, hakte Siegrist verbissen nach.

Es kann eben nicht sein, was nicht sein darf, dachte Bruno. So ging es in Siegrists Kopf zu. Daran war nichts zu ändern.

»Die Wahrscheinlichkeit, dass es zu dem Verfahren gegen Westermann kommen wird, ist jedenfalls nicht gerade klein«, entgegnete Dorinth.

Er zog an seiner Zigarette.

»Ich habe großen Respekt vor dem Kollegen, dass er diese Sache durchziehen will. Das ist, als ob man in einem Minenfeld Kartoffeln ernten würde. Denn dass Joachim Westermann und seine politischen Freunde Einfluss auf die Arbeit der Justiz haben, ist leider nicht zu leugnen. Das habe ich vor nicht allzu langer Zeit ja am eigenen Leib erfahren müssen. Bei mir sind die Minen hochgegangen! Ich habe mir bei der Geschichte damals mehr als nur eine blutige Nase geholt.«

Dorinth drückte ziemlich brutal seine Zigarette aus. Weil der Aschenbecher so voll war, verteilten sich graue Aschehäufchen kreisförmig auf dem Schreibtisch.

»Ich hoffe, der Kollege hat mehr Glück!«

Seine Hand bewegte sich wieder auf die Zigarettenschachtel

zu. Im letzten Moment fasste Dorinth jedoch daran vorbei und griff nach einer Rolle mit Pfefferminzbonbons.

»Man müsste mit Westermann sprechen«, warf Bruno ein.

Dorinth fummelte sich ein Bonbon heraus und grinste ihn an.

»Müsste man, Herr Kolb, sicher«, setzte er an.

Er stopfte sich das Bonbon in den Mund.

»Aber ob man das kann, das steht auf einem ganz anderen Blatt. Wie Sie selbst gesagt haben, Herr Kolb. Wir haben nichts Konkretes gegen Westermann in der Hand. Nur Vermutungen. Leider!«

Dorinth zerkaute das Pfefferminzbonbon.

»Zudem beginnt in sechs Wochen die heiße Phase des Landtagswahlkampfes. Unsere Chancen, jetzt an Westermann heranzukommen, sind äußerst gering. Es sei denn, er macht wirklich einen Fehler«, sagte Dorinth kauend.

Ein klitzekleiner Hauch Pfefferminz drang Bruno in die Nase. Aber nur für den Bruchteil einer Sekunde, dann legte sich der beißende Zigarettenqualm sofort wieder auf seine Schleimhäute.

Holzinger konnte die Leiche riechen, ehe er sie sah. Vögel zwitscherten. Oben auf der Straße fuhr ein Auto vorbei. Wo war Ramsauer? Weiter oben an der Böschung wahrscheinlich. Er konnte ihn nicht sehen. Aber riechen konnte er ihn, denn Ramsauer rauchte. Der Zigarettenrauch überdeckte für einen Moment den Leichengeruch. Warum tat er sich das an hier unten? Im Gebüsch herumkriechen. Im Unterholz. Und Ramsauer schob eine ruhige Kugel. Er hatte die Kollegen verständigt. Gut. Aber warum war er nicht hier unten bei ihm? Immer ich, dachte Holzinger. Ich bin es, der sich den Arsch aufreißt, während der junge Kollege auf locker macht.

Was Holzinger zuerst in dem Gebüsch erkennen konnte, war eine Hand. Blutverschmiert. Die Finger voller Dreck. Blätter und Gras. Ein Arm. Als Holzinger die Zweige auseinanderbog, erstarrte er. Was er da vor sich hatte, war keine Leiche. Es war nur ein Arm. Mit der Hand. Überall Blut. Weiter hinten, tiefer im Gebüsch, drei, vier Meter entfernt lag der Rest.

Holzinger wischte sich über die Stirn. Sein Magen schnürte sich zusammen, ihm wurde übel.

»Ramsauer?«, rief er.

Keine Antwort. Dann wieder Zigarettenrauch. Oben an der Böschung tauchte Ramsauers Kopf auf.

»Kollegen sind unterwegs«, hörte er Ramsauer nuscheln. Holzinger zeigte auf die Leiche.

»Komm runter!«

Ramsauer nahm einen hastigen Zug von seiner Zigarette und schnippte sie dann ins Gras. Sie waren zu lange ein Team, als dass Ramsauer nicht klar war, dass das, was er gleich zu sehen bekommen würde, nicht schön war, dachte Holzinger. Überhaupt nicht schön. Es war grauenhaft!

Ramsauer kam die Böschung herunter. Eilig hatte er es nicht dabei.

Das Blut. Die Fliegen. Der Gestank. Holzinger drehte sich weg. Sein Magen rebellierte. Er wurde zu alt für so was. Er steckte es nicht mehr so einfach weg. Den Stress, den Druck. Und immer wieder diese Schocker. Wie lange liegt der schon da?, überlegte er. Der Gestank war furchtbar. Überall lagen Teile eines Mopeds herum.

Warum rauchst du jetzt nicht, Ramsauer?, dachte Holzinger. Jetzt würde es Sinn machen. Aufhören wäre das Beste, dachte Holzinger dann. Endlich Schluss machen mit der ganzen Mühle. Aber die ziehen dir so viel ab, wenn du früher gehst. Die wollen, dass du immer weitermachst. Dass du dich kaputtmachst. Am besten ein halbes Jahr Rente und dann abkratzen. Aus und vorbei. Dann geht ihre Rechnung auf.

»Was gibt's, Holzing…?«

Ramsauer verschluckte die letzte Silbe. Holzinger musste nicht darauf zeigen. Ramsauer sah es sofort.

Das Telefon riss Bruno aus seiner Erstarrung. Wie lange hatte er einfach so vor sich hin auf den Schreibtisch gestarrt, auf die paar Akten, den halb vollen Becher Kaffee daneben? Hinter ihm klatschte der Regen gegen die Scheibe. Scheiß April, dachte er und hob ab.

Am anderen Ende der Leitung war Carola Kaltenbrunner – die Kulturredakteurin vom *Tag*. Ihre Stimme klang belegt. Sie wirkte durcheinander.

Während sie sich nach Schiller erkundigte und ob sie bereits eine Spur hätten, stellte Bruno sich ihr verglastes Büro vor – das Affengehege. Im Hintergrund waren Schritte und Stimmen zu hören.

Natürlich musste er Carola Kaltenbrunner bezüglich Schiller enttäuschen. Es hatte sich ja noch nichts getan. Danach schwieg sie für Sekunden, und die Schritte und Stimmen im Hintergrund entfernten sich.

»Ich weiß nicht, ob das eine Bedeutung hat, Herr Kolb«, fing sie wieder an, »ob das wichtig sein könnte. Aber mein Exmann ist so komisch in letzter Zeit.«

Was soll das jetzt, dachte Bruno. Wollte sie ihn jetzt mit ihren Beziehungsproblemen zutexten?

»Was hat Ihr Exmann mit Schiller zu tun?«, frage er.

Er griff nach dem Kaffeebecher.

»Schiller ist ein rotes Tuch für ihn. Er hat sich in einen völlig skurrilen Hass gegen ihn hineingesteigert. Das ist in der letzten Zeit immer schlimmer geworden.«

Die kalte Brühe schmeckte nach allem Möglichen, nur nicht nach Kaffee.

»Das höre ich zum ersten Mal, Frau Kaltenbrunner«, sagte Bruno.

»Ich weiß«, erwiderte sie. »Ich hätte schon früher damit rausrücken sollen. Aber ich habe es zuerst nicht ernst genommen. Stefan ist einfach wild unterwegs. Aber inzwischen ... Mir geht es nicht mehr aus dem Kopf, dass Stefan vielleicht etwas mit Schillers Verschwinden zu tun haben könnte. Ich traue es ihm eigentlich nicht zu. Aber ich musste das jetzt einfach loswerden.«

»Ist Ihr Exmann auch ein Künstler?«, frage Bruno.

Carola Kaltenbrunner kicherte kurz.

»Na ja, das glaubt er zumindest«, erwiderte sie. »Aber das Einzige, was er in der letzten Zeit auf die Reihe gekriegt hat, ist seine komische Performance.«

»Was für eine komische Performance?«

Ihre Stimme wurde merklich leiser. »›Köpft den Schiller‹. Stefan macht diese Performance alle paar Wochen im *Pulp Fiction*.«

Carola Kaltenbrunner gab ihm die Daten durch. Bruno schrieb mit. Zufälligerweise war gerade heute Abend eine dieser Performances. »Köpft den Schiller« – warum erzählte sie das ihm erst jetzt? Wozu hatte er sich überhaupt die Mühe gemacht, zu ihr ins Büro zu fahren? Beim Namen ihres Exmannes stutzte Bruno.

»Sie haben den Namen Ihres Exmannes behalten?«

»Ja, das habe ich.«

Sie machte eine kurze Pause.

»Ich bin eine geborene Fleisch, Herr Kolb – Carola Fleisch. Mein Bedürfnis, diesen Namen am Ende als Dankeschön für meine gescheiterte Ehe zurückzuhaben, hielt sich ziemlich in Grenzen. Das ist doch verständlich, oder?«

Bruno bejahte.

»Gehen Sie zu der Performance heute Abend?«, fragte er Carola Kaltenbrunner.

»Um Gottes willen – was soll ich da?«, gab sie gereizt zurück.

Auf dem Gang passte ihn Lady Di ab. Sie war blass. Müde. Aber er selbst sah wahrscheinlich noch schlimmer aus.

»Ich habe Neuigkeiten«, sagte sie.

»Hoffentlich positive«, gab Bruno zurück.

Lady Di verzog das Gesicht, als würde es sie in der Nase kratzen.

»Das wird sich zeigen. Aber die Hoffnung stirbt zuletzt.«

Bruno nickte nur.

»Ich war nochmals dort oben im Industriegebiet unterwegs. Mir ist eingefallen, dass viele von diesen Firmen doch Überwachungskameras haben. Im Außenbereich.«

»Und hatten sie?«

Warum war er darauf nicht selbst gekommen?

»Sie hatten«, erwiderte Lady Di. »Ich hab ein paar Bänder mitgenommen und werde mir nachher einen gemütlichen Fernsehabend machen. Vielleicht haben wir Glück.«

Ein Lächeln huschte über ihr Gesicht. Sie kann schön lächeln, dachte Bruno.

»Du bist gut, Andrea«, sagte er.

Sie fuhr sich etwas verlegen durch die Haare.

»Sehr gut.«

»Danke.«

Irgendwo hinter ihnen im Gang hörte man eine Tür. Dann Schritte. Trockenes Husten.

»Unsere Ermittlungsgruppe ist irgendwie amputiert. Kommt mir so vor. Ich stehe ja völlig neben mir.«

Die Schritte verschwanden in Richtung Toilette am Ende des Ganges.

»Du bist angeschlagen, Bruno. Das ist doch klar. Aber wir sind ein Team«, sagte Lady Di.

»Angezählt. Wie ein Boxer. Der gerade so die Runde überstanden hat und jetzt in der Ecke sitzt und sich fragt, ob er noch mal aufstehen soll.«

Lady Di grinste.

»Du stehst schon wieder auf, Bruno. Du bist ein Kämpfer.«

»Findest du?«

Sie nickte.

»Ich bin mir da manchmal nicht so sicher.«

Die Schritte kamen zurück, und man hörte das Rauschen einer Klospülung.

»Und was wir hier machen, das ist ein Mannschaftsspiel, kein Boxkampf.«

Bruno nickte. Lady Di ist eine großartige Kollegin, dachte er.

»Du gehst jetzt nach Hause und schläfst dich ordentlich aus, damit du morgen fit für die Vernehmung bist«, sagte sie.

Irgendwo klingelte ein Handy.

»Welche Vernehmung?«, fragte Bruno.

»Eine der Spuren im Industriegebiet konnte ich zuordnen. Es ist ein vorbestrafter Jugendlicher. Ich habe ihn für morgen Vormittag um 11 Uhr einbestellt.«

Ist das endlich eine Tür?, dachte Bruno. Eine Tür, hinter der sich nicht nur ein leerer, staubiger Raum befindet, sondern endlich ein Gang? Ein Licht am Ende des Tunnels?

»Klingt sehr gut«, sagte Bruno.

Sie lächelte. Es irritierte ihn, dass er keine Spur von Freude über diese Neuigkeit empfand. Dass sie ihn nicht aufbaute, seine Neugierde, seinen Jagdtrieb nicht weckte. Er fühlte nichts. Nur Leere.

»Aber ob es mit dem Ausschlafen klappt, weiß ich noch nicht«, sagte er. »Ich gehe nachher ins *Pulp Fiction.*«

»Oh je, Bruno. Was hast du denn da vor? Willst du dich besaufen?«, kommentierte sie.

Bruno schüttelte den Kopf.

»Im *Pulp Fiction* gibt es heute Abend eine Performance. Sie findet wohl alle paar Wochen statt. Die führt ein gewisser Stefan Kaltenbrunner auf.«

»Kenne ich nicht.«

»Ich auch nicht. Noch nicht. Dieser Kaltenbrunner ist der Exmann der Kulturredakteurin vom *Tag* – also der Chefin von Schiller. Der muss wohl ein ziemlich unangenehmer Typ sein.«

»Und was führt dieser Kaltenbrunner im *Pulp Fiction* auf?«

»Seine Performance heißt: ›Köpft den Schiller!‹ Das ist wohl irgendwas mit Puppen.«

»Mit Puppen«, wiederholte Lady Di nur und machte ein verwundertes Gesicht.

18

Das *Pulp Fiction* war gut gefüllt. Und die Leute auch, dachte Bruno. Er hatte sich einen Platz am Rand der Bar gesucht, von wo aus er einen guten Blick auf die kleine Bühne hatte. Vor sich ein Export vom Fass, das wie Pisse schmeckte. Mehr als einen Schluck von dem Gesöff hatte er bisher nicht runtergekriegt. Das Geschrei, die Stimmen, das Gelächter dröhnten in seinem Kopf. Zudem musste er aufs Klo, hatte aber keine Lust aufzustehen. Sein Platz würde besetzt sein, wenn er wieder zurückkam.

Kaltenbrunner legte sich derweil ins Zeug. Sein blödsinniger Auftritt schien seinen Höhepunkt zu erreichen.

»So, du ...!«, krakeelte er.

Er, die Bühne und eine Handpuppe, die offenbar Schiller darstellen sollte, flimmerten in einem Stroboskoplicht, so dass man kaum hinsehen konnte, ohne Kopfweh zu bekommen.

»So, jetzt ...!«

Ein grauer Schwall Trockennebel fiel jetzt von der Decke herab und hüllte Kaltenbrunner ein.

»Köpfen, köpfen!«, brüllte das Publikum.

Jemand drängte sich an Bruno vorbei zur Theke. Ein deutlicher Geruch nach dem Bier, das sie hier ausschenkten, vermischt mit Schweiß und Zigarettenrauch, drang in seine Nase.

»Zwei Bier!«, rief der Typ dem Mann hinter der Bar zu.

Bruno rutschte auf seinem Barhocker etwas zur Seite. Aber die Schulter des Typen rieb sich trotzdem weiter an ihm.

»Köpfen, köpfen«, brüllte das Publikum.

Kaltenbrunner hatte die Puppe auf eine Art Pfahl gesetzt. Ihr Kopf hing ein wenig nach vorne herunter.

»So, jetzt …!«, fing er wieder an und stolzierte um die aufgespießte Handpuppe herum. Neben ihm donnerte der Barmann die beiden Biere auf die Theke.

»Mensch, Bruno! Hallo!«, sagte der Typ jetzt neben ihm.

Bruno drehte sich nach ihm um. Es war Bernd Grau, der Leiter der Schreibgruppe in der Volkshochschule, an der er teilgenommen hatte. Den letzten Termin hatte er verpasst, weil er mit Hanna nach Kuba geflogen war.

»Jetzt wird's ernst«, sagte Bernd und deutete mit dem Kopf zur Bühne.

Bruno nickte. Bernd lallte bereits. Bernd Grau war blau. Reimt sich, dachte Bruno.

»Jetzt kommt der Kopf ab!«

Ob Bernd Grau weiß, dass Schiller vermisst wird?, überlegte Bruno. Wahrscheinlich schon, aber das war hier ja völlig egal. Bernd zahlte.

»Was macht deine Geschichte?«

Er nahm eines der beiden Biere und reichte es hinter sich. Es war Saskia. Auch aus der Schreibgruppe. Sie grinste Bruno an.

»Bin noch nicht so richtig weitergekommen«, antwortete Bruno.

Er hatte Mühe, seinen Blick von Saskias Oberweite abzuwenden. Ihr enges T-Shirt war zum Zerreißen gespannt.

»Schade«, sagte Bernd Grau. »Die Geschichte war gut.«

Waren die beiden ein Paar? Schien so. Und beide waren mächtig angetrunken.

»Köpfen, köpfen!«, brüllte das Publikum wieder.

Und auch Saskia. Kaltenbrunner hatte jetzt eine Miniaturaxt aus Plastik mit einem giftgrünen Stil und einem gelben Keil in der Hand und fuchtelte der Puppe damit vor dem Gesicht herum. Kinderspielzeug, dachte Bruno. Es lief ihm kalt den Rücken herunter. Von Hinrichtungen hatte er seit seinem letzten Fall eigentlich genug.

»Bis später!«, rief Bernd Grau ihm zu.

Er balancierte das zweite Bier nahe an seinem Gesicht vorbei und verschwand dann wieder in Richtung Bühne.

»So, jetzt! Du … Böser!«

Die Leute vor der Bühne grölten. Kaltenbrunner begann mit seiner Kinderaxt den Kopf der Puppe zu streicheln.

»Jetzt wird Kalti dich köpfen, Schiller!«

Bruno nahm einen Schluck Bier. Das hier konnte man nur mit Bier ertragen, egal, wie es schmeckte.

»Köpfen, köpfen!«, schrien alle.

Das ist ja ekelhaft, dachte Bruno und stellte das Glas auf die Theke zurück.

»Köpfen, köpfen!«

Superspannend, dachte Lady Di. Sie hatte die Beine auf den Schreibtisch gelegt und schaute auf den Bildschirm. Das würde ein langer Abend werden. Seit bestimmt 20 Minuten sah man ein graues Metalltor im Regen. Dahinter ein nasses Stück Straße. Die Umrisse einer Straßenlaterne. Das Licht war schummrig. Wie die Anfangsszene aus einem Horrorfilm. Nur dass absolut nichts passierte. Sie griff nach der Coladose neben sich und trank. Fast leer. Sie würde noch eine zweite brauchen. Auch die Tafel Schokolade hatte sie schon weggefuttert.

Natürlich konnte sie auch vorspulen, das Band aus der Überwachungskamera schneller laufen lassen. Aber das wiederum war ihr jetzt zu hektisch. Sie hatte keine Lust dazu. Zu Hause wartete sowieso niemand auf sie. Nur die Katze. Und die hatte genug zu fressen.

Lady Di verlagerte ihre Sitzposition ein wenig und rutschte auf ihrem Stuhl nach vorne. Vor ihr auf dem Bildschirm nur der Regen. Das graue Tor. Die Straße im Hintergrund. Auf die kam es an. Wenn sie Glück hatte. Sie genoss die Ruhe und das Alleinsein im Moment. Zudem hatte das Betrachten des Bandes etwas Meditatives. Es war entspannend. Dafür jetteten andere weiß Gott wohin. Trotzdem – ein Dose Cola würde sie noch brauchen, und es war sicher auch noch eine Tafel Schokolade im Automaten. Oder Erdnüsse. Oder Chips. Auch nicht schlecht. Dazu würde sie allerdings aufstehen müssen.

Der Kopf der Puppe war am Ende wirklich ab. Kaltenbrunner hatte mit einer Menge Filmblut auf der Bühne herumgespritzt. Nachdem er mit seiner Performance fertig war, hatten sie die Musik aufgedreht. Irgendeine 1980er-Jahre-Mucke – und zwar volle Lautstärke, so dass man die Vibrationen der Bässe spüren konnte, wenn man die Hand auf die Theke legte. Bruno hatte dem Mann hinter der Bar gesagt, dass er wiederkommen würde und dass er sein Bier stehen lassen sollte. Der Mann hatte gegrinst und genickt. Warum ist mir die Pissbrühe auf einmal so wichtig?, fragte Bruno sich, als er sich durch die Tanzenden zu einer schmalen Tür neben der Bühne drängelte. Zwischen den zuckenden Körpern sah er für einen Moment Bernd Graus entrücktes Gesicht und dann auch Saskia.

»Nenn mich Kalti«, hatte Kaltenbrunner zu ihm gesagt. In der verqualmten Garderobe. Er war gerade dabei gewesen, den Kopf der Puppe wieder am Körper zu befestigen. Das Filmblut musste er zuvor abgewischt haben. Bruno fand den Mann sofort unsympathisch. Aber er hatte sich zusammengerissen. Auf die Frage, ob er es witzig finde, was er da mache, und ob ihm klar sei, dass seit Tagen nach Schiller gesucht wurde, hatte Kaltenbrunner ihn nur dumm angegrinst und an seiner Zigarette gezogen. Dann hatte er über Kunst gefaselt. Dass die manchmal weh tun müsse. Aber für die Zeit, die in Frage kam, hatte Kaltenbrunner ein Alibi. Man musste es überprüfen, aber es hatte stichhaltig geklungen. Bruno traute es »Kalti« nicht zu, dass der etwas mit Schillers Verschwinden zu tun hatte. Er war einfach nur ein Vollidiot.

Um dich habe ich gekämpft, dachte Bruno, und er starrte auf das fast leere Glas vor sich auf der Theke.

Sie spielten jetzt Police, »Every breath you take«.

Plötzlich sah sie den Hund. Ganz kurz nur. Er rannte auf dem Gehweg vor dem Tor vorbei. Aber sie war sich sicher. Das war ein Pudel gewesen. Und von der Zeit her. Das musste Schillers Pudel gewesen sein.

Sie hörte ein Geräusch. Wie helle Glocken. Haben diese Bänder sogar Ton?

»Guten Abend, Frau Wurster!«

Lady Di zuckte zusammen. Es war Frau Schuster, die Putzfrau. »Habe ich Sie erschreckt?«

»Na ja ...«, stotterte Lady Di.

Was sich wie helle Glocken angehört hatte, war Frau Schusters Putzwagen. Aufgrund ihrer schwarzen Hautfarbe sah Lady Di zuerst nur ihre Putzfrauenuniform. Ohne Kopf und ohne Hände.

»Sie haben sie«, sagte Frau Schuster.

»Wie bitte?«

Frau Schuster lächelte.

»Die Traubennuss.«

Lady Di starrte auf die Verpackung der Schokolade.

»Ist leider leer«, sagte sie.

Frau Schuster kratzte sich am Kinn.

»Kein Glück heute Abend. Im Automaten gibt's auch keine mehr«, sagte Frau Schuster.

Lady Di wollte sie trösten, aber ihr fiel nichts ein.

»Es gibt nur noch Vollmilch und Marzipan«, sagte Frau Schuster wie zu sich selbst.

»Vollmilch ist gut«, sagte Lady Di.

»Vollmilch macht dick«, erwiderte Frau Schuster.

Na ja, dachte Lady Di, Vollmilch macht bestimmt nicht dicker als Traubennuss. Aber sie sagte nichts. Frau Schuster deutete mit dem Kopf auf den Bildschirm.

»Erinnert mich irgendwie an Duisburg.«

Lady Di nickte. Wie kam Frau Schuster plötzlich auf Duisburg? Hatte sie da mal gelebt? Sie wusste nur, dass Frau Schuster in Deutschland geboren worden war. Das konnte natürlich auch in Duisburg gewesen sein, aber sie hatte keine Ahnung.

»Ziemlich trist«, meinte Frau Schuster.

Sie kam näher, und dann starrten sie beide auf den Bildschirm. Wieder schoss der Pudel auf dem Gehweg hinter dem Tor vorbei.

»Eine Ratte«, meinte Frau Schuster.

»Nein. Ein Pudel«, gab Lady Di zurück.

»Sind Sie sicher?«

Lady Di nickte.

»Das ist ja so was von trist. Das könnte Duisburg sein«, meinte Frau Schuster wieder.

»Sieht doch aus wie überall«, sagte Lady Di.

»Ja – oder wie Duisburg«, bekräftigte Frau Schuster.

Trinke ich diese Pissbrühe jetzt, oder trinke ich sie nicht?, überlegte Bruno. Er hielt sein Glas in die Höhe.

Sie stand schon eine Weile neben ihm. Lehnte sich an die Bar. Ihre Blicke trafen sich.

»Cheers«, sagte sie und prostete ihm zu.

Sie hatte ein markant geschnittenes Gesicht. Dunkle Augen. Schwarze Haare. Bruno lächelte. Sie lächelte nicht. Aber sie fixierte ihn weiter.

»Das kann man nicht trinken«, sagte er nur und deutete mit dem Kopf auf sein Glas.

Sie richtete sich ein wenig auf.

Tolle Figur, dachte er. Sie passte nicht richtig hierher. Sie hatte etwas Nobles, Elegantes und etwas sehr Erotisches.

»Soll das Bier sein?«

Bruno nickte. Aus den Boxen polterte jetzt Depeche Mode.

»Das ist besser. Gin Tonic«, sagte sie.

Die Tanzfläche verwandelte sich in ein Gewirr aus Armen und Köpfen. Bruno sah den Pool des Hotels auf Kuba vor sich. Hanna und Pia. Ihr merkwürdiger Urlaub. Wann kam Hanna eigentlich zurück? Übermorgen? In vier Tagen? Bruno orderte beim Barmann zwei Gin Tonic. Der Barmann ließ sich damit alle Zeit der Welt.

Das Klirren der Gläser ging in der Musik unter.

»Öfter hier?«

Sie schüttelte den Kopf. Ihre Augen, dachte Bruno.

»Und du?«

»Sehr selten.«

Das »Du« irritierte ihn. Sie war bestimmt zehn Jahre älter als er. Aber »Sie« zu sagen wäre ihm jetzt auch nicht passend vorgekommen.

Dann redeten sie. Soweit man das bei dem Lärm Reden nennen konnte. Eigentlich flirteten sie. Nicht nur er, sondern auch sie flirtete. Sie hieß Vera. Es ging alles ziemlich schnell. Er wunderte sich, dass ihm das Flirten mit ihr so leicht fiel. Es war so selbstverständlich. So natürlich. Als würde er sie schon ewig kennen.

»Love Cats« von Cure lief. Ein guter Song. Mehrere Leute drängten nun an die Bar, um etwas zu bestellen. Vera rückte näher an ihn heran. Ihre Schultern berührten sich. Sie roch gut, und sie hatte einen wunderschönen Mund. Sie standen jetzt Schulter an Schulter. Ob sie Schiller kenne, fragte er sie. Sie schüttelte den Kopf und strich sich das schwarze Haar aus dem Gesicht. Vielleicht war etwas in ihrem Blick, in ihrer Gestik, in der Art, wie sie nach ihrem Glas fasste und einen

Schluck nahm. Sie lügt, dachte er plötzlich. Ein Gefühl. Ein Instinkt. Keine Ahnung. Sie kennt Schiller. Und zwar sehr gut. Sie war keine Künstlerin, die Schiller irgendwann einmal in einer seiner Kritiken runtergeputzt hatte. Warum log sie ihn an? Als Vera das Glas wieder auf die Theke stellte, strich er wie beiläufig über ihre Hand. Sie sah ihn nur mit ihren großen Augen an. Ein kurzes Lächeln strich über ihre Lippen. Dann zog sie ihre Hand langsam zurück, fuhr ihm dabei über den Unterarm und strich sich eine Haarsträhne aus dem Gesicht. Stromschläge. Nadeln. Bruno hatte eine Gänsehaut am ganzen Körper. Es war alles so leicht. Sie machte ihn unheimlich an.

19

In der Bordküche klapperte Geschirr. Die Maschine hob ruckartig ab, und Westermann wurde in seinen Sitz gedrückt. Dann kippte die Landschaft draußen weg, und die Maschine stieg. Felder, Wald, Autobahn. Im Hintergrund Hochhäuser. Die Maschine stieg weiter. Zehn Minuten, dachte er. Dann ist es besser. Er hasste Fliegen. Aber wenn sie einmal oben war, fühlte er sich besser. Kohlmeyer zwinkerte ihm zu. Sein fettes, aufgedunsenes Gesicht. Wie eine Made im Speck, dachte Westermann. Und das war er ja auch. Kohlmeyer machte seinen Schnitt. Immer. Er hatte sich sofort ein Glas Sekt genehmigt, kaum dass sie die Plätze eingenommen hatten. Und wie er die Stewardess dabei angeglotzt hatte! Er hatte die Frau schier ausgezogen mit seinen kleinen, gierigen Schweinsaugen. Jetzt tauchten erste Wolken vor dem Fenster auf. Das Flugzeug ruckelte. Gleich ist es vorbei, dachte Westermann. Gleich sind wir oben.

»Haben's Angst, Herr Westermann?«, fragte Kohlmeyer frech und grinste.

Er schüttelte den Kopf. Warum musste er ausgerechnet neben ihm sitzen?

»Runter kommen sie immer«, sagte Kohlmeyer und blickte hinaus.

Bruno schloss die Tür zu seiner Wohnung auf. Von unten war leise Musik zu hören. Gespräche. Gelächter. Er kannte das Lied, kam aber nicht darauf, was es war. Vielleicht sollte er seinen Mietern in der Studenten-WG unten mal »Hallo« sagen. Sich aus Kuba zurückmelden. Aber sie hatten bestimmt schon mitbekommen, dass er wieder da war. Und jetzt hatte er keine Lust. Es war kurz nach Mitternacht. Es wäre unpassend, um diese Zeit bei ihnen aufzukreuzen. Morgen, dachte Bruno. Er hatte sich ziemlich verplaudert mit Vera im *Pulp Fiction*. Was für eine Frau! Nicht seine Altersklasse eigentlich. Aber was spielte das für eine Rolle? Das Flirten mit ihr hatte ihm gutgetan. Vielleicht wurde mehr daraus. Auch wenn Veras Aufbruch sehr abrupt gewesen war. Er tastete in seiner Hosentasche nach dem Zettel mit ihrer Handynummer.

Bruno machte kein Licht im Gang. Er tastete sich im Dunkeln in die Küche. Das war eine Gewohnheit. Dann die Explosion. Gleißend hell. Er kniff die Augen zusammen. Du musst endlich Lampenschirme kaufen, dachte er. So war das unmöglich. Es dauerte eine Weile, bis seine Augen sich an das grelle Licht gewöhnten und er wieder alles normal sehen konnte. Der Tisch, auf dem noch die beiden Plastiktüten mit den Sachen seines Vaters aus dem Altersheim standen. Die Spüle, der Herd, der Kühlschrank. Die Fruchtfliegen. Er zählte drei auf der Küchenschranktür. Eine vierte spazierte auf der Fensterscheibe langsam nach oben. Draußen war die Dunkelheit. Ein paar Lichter. Darüber waren Wolken zu erkennen, zwischen denen gerade der Mond hervortrat. Zunehmend oder abnehmend? Es gab da einen Trick, um sagen zu können, ob der Mond zu- oder abnahm. Doch Bruno hatte ihn vergessen. Vier Fruchtfliegen haben also das Massaker überlebt, dachte er. Von mindestens 50. Der faulige Geruch war verschwunden. Der Kühlschrank war leer. Er hatte noch keine Zeit gehabt einzukaufen, seit er aus Kuba zurück war. Gegessen hatte er in seiner Küche auch noch nichts. Immer nur irgendwo und auf die Schnelle. Etwas vom Bäcker, Döner, Pizza im Büro. Viel zu viel Kaffee dazu. Das war nicht gesund.

Bruno betrachtete die beiden Plastiktüten auf dem Tisch und überlegte, ob er sie auf den Speicher bringen sollte. Es war doch bizarr, die Hinterlassenschaften eines Toten in der Küche aufzubewahren. Quasi aufzubahren. Aber er konnte sich nicht dazu durchringen. Außerdem wollte er die Sachen noch einmal durchsehen. Aber nicht jetzt.

In den Wald hast du mich gebracht, Joachim. Mein Joachim. Mein lieber Joachim. Liebster Joachim. Aber das ist lange her. So lange her. Du hast mich in eine Höhle geschleppt. In ein Verlies aus Stein und Dunkelheit. Ich friere. Es ist so kalt hier. So kalt, Joachim. Warum hast du das getan? Weil ich hier drin verrecken soll. Wie Abel. Der süße Abel. Der zu Tode kam durch die Hand seines Bruders. Durch dich, Joachim. Kain. Du bist Kain, Joachim. Du hast deinen Bruder getötet. Aber dann sage ich: Sesam öffne dich. Sesam öffne dich.

Wieder musste sich Schiller übergeben. Das eigene Stöhnen und Röcheln dröhnte in seinem Kopf. Es vermischte sich mit dem Pochen seines Herzens. Mehr ein Rasen als ein Klopfen. Das Herz. Noch schlug es. In seinem Magen konnte nichts mehr sein. Nicht einmal Magensaft. Nur Luft. Das Erbrochene roch auch nicht. Oder seine Nase war längst abgestorben von dem Gestank um ihn herum. Pisse, Kot, Kotze, Schweiß. Das ist der Tod, dachte Schiller plötzlich. Der Tod war vor allem ein Geruch.

Als aus seinem Mund nichts mehr herauskam, überwältigte ihn wieder der Schwindel. Schiller schloss die Augen, doch der Schwindel blieb. Er hatte Schmerzen in der Brust. In den Beinen. Im Bauch. Die Schmerzen waren nicht mehr genau zu lokalisieren. Er horchte auf die Tropfen, die auf den Stein schlugen. Es klang, als wenn jemand ganz in seiner Nähe in die Hände klatschen würde. Immer wieder. Beifall, Applaus. Verneige dich, dachte er. Du musst dich verneigen. Aber vor wem?

Das Tropfen des Wassers. Der Schwindel nahm ab. Und dann kam wieder diese Müdigkeit. Sie überflutete ihn wie eine Welle am Strand. Sie wurde immer höher. Begrub ihn unter sich. Aber der Schlaf kam nicht. Er kam fast nie in den letzten Stunden. Oder waren es schon Tage? Hier existierte keine Zeit. Es fühlt sich nur wie Schlaf an, dachte er. In Wahrheit war es nur eine wahnsinnige Erschöpfung. Vielleicht war dies schon das Sterben. Schiller begann wieder stärker zu frieren. Wann hatte das angefangen mit dem Frieren? Er wusste es nicht. Wo er war, konnte es nicht kalt sein. Oder doch? Erfrieren soll ein schöner Tod sein, dachte er plötzlich. Die Kälte kam jetzt von innen. Das Zittern durchlief krampfartig seinen Körper. Für einen Moment schmeckte er den fauligen Geschmack von Erbrochenem. Dann blieb wieder nur die Dunkelheit, die Kälte, das Zittern.

Das heiße Bad tat ihm gut. Bruno hatte zum ersten Mal seit seiner Rückkehr das Gefühl, wirklich wieder angekommen zu sein. Mit dem Rotwein – das hatte er gelassen. Das widerliche Bier im *Pulp Fiction* und die beiden Gin Tonic mit Vera – das war keine gute Mischung. Er wollte keinen dicken Schädel morgen beim Verhör mit dem Jugendlichen. Was hieß da morgen, es war heute! Es war bereits nach ein Uhr. Er schob sich einen Badeschaumberg auf die Brust und blies hinein.

Als das Telefon läutete, dachte er zuerst, es wäre Hanna. So spät? Oder vielleicht Vera, er hatte ihr ja auch seine Nummer gegeben. Seine nassen Füße hinterließen kleine Seen auf dem Parkett. Bruno hob ab. Es war Lady Di.

Westermann tauchte auf aus einem unruhigen Schlaf in das monotone Dröhnen der Maschine. Trockener Mund, bleierne Müdigkeit, Gliederschmerzen. Wo waren sie? Wie lange hatte er geschlafen? Eine Stunde? Oder zwei? Wobei es mehr ein Dösen gewesen war, durchdrungen von staccatoartigen Traumfetzen. Auch Schiller war darin vorgekommen. Aber nicht der Schiller von heute, sondern der von damals. Es war alles lange her. Er musste etwas trinken. Kohlmeyers massiger Körper neben ihm war sonderbar verdreht. Er hielt ein Glas Champagner in der Hand und tuschelte mit Griesbach vom Bauernverband, der hinter ihm saß.

»So ein Arsch ist eine wunderbare Sache«, hörte er Kohlmeyer sagen.

»Ein Ärschchen aber auch«, kam es zurück.

Westermann sah auf den Bildschirm über seinem Sitzplatz. Auf einer Karte wurde angezeigt, wo sie sich befanden, nämlich über dem Kaspischen Meer.

»Also für mich ein Arsch. Eine Frau braucht einen richtigen Arsch.«

»Aber so ein Ärschchen, knackig, kompakt. Dass die Backen in die Hände passen. Da bin ich trotzdem mehr dafür.«

Westermann richtete sich auf. In seinem Rücken explodierte ein dumpfer Schmerz. Der Schmerz strahlte in die Arme aus, in die Beine, in den Kopf. Er schloss die Augen. Wie er das Fliegen hasste. Das lange Sitzen brachte ihn um.

»Also die Blonde, die hat einen richtigen Arsch!«

Der Schmerz in seinem Rücken ebbte langsam wieder ab. Westermann betrachtete das grelle Blau des Kaspischen Meeres auf dem Bildschirm. Noch nicht mal die Hälfte, dachte er. Immerhin war der Flug bisher ruhig gewesen. Keine Turbulenzen.

»Wo ist sie eigentlich? Die da ist ja wohl eher was für unseren zukünftigen Minister«, flüsterte Griesbach.

Aus den Augenwinkeln nahm Westermann Kohlmeyers feistes Grinsen war. Die beiden Männer schauten zu dem Steward hinüber. Er war schlank und groß gewachsen. Hatte eine makellose Haut. Nicht weiß. Dunkler. Eine Mischung. Ein wenig indisch vielleicht, dachte er.

»Die hat natürlich auch einen Arsch«, gab Kohlmeyer von sich. Er flüsterte jetzt auch.

»Jedem das seine«, kam es von Griesbach zurück.

»Jawohl! Der alte Kohl hat ja mal gesagt, wichtig ist, was hinten rauskommt. Und es gibt eben Zeitgenossen, die wollen genau da hinten rein.«

Griesbachs unterdrückter Lacher hörte sich an wie eine Katze, der man auf den Schwanz tritt.

»Der war gut, Kohlmeyer! Der war gut«, nuschelte Griesbach und zog dabei ausgiebig die Nase hoch.

»Glaubst du wirklich, dass Westermann es wird?«, fragte Kohlmeyer.

»Der wird's«, antwortete Griesbach. »Der wird's.«

In Brunos Wohnung lag der feuchte, seifige Geruch nach Badewasser. Das Licht, das der Computerbildschirm in den Raum warf, war kalt. Eisig.

Lady Di hatte ein sehr gutes Händchen gehabt mit diesen Überwachungskameras. Sie ist gut, dachte Bruno. Sie ist sehr, sehr gut.

Der Wagen war ein Mal zu sehen. Schiller war auf dem Beifahrersitz deutlich zu erkennen. Der Fahrer allerdings nicht. Aber vielleicht kann man die Sequenz vergrößern, hatte sie gemeint. Das Autokennzeichen dagegen war Fehlanzeige. Der Pudel sei ein paar Mal vor der Kamera vorbeigelaufen. Auch der Jugendliche, mit dem er sich morgen beschäftigen würde, war zu sehen. Die Uhr an der rechten oberen Ecke des Bildschirms zeigte an, dass »morgen« in knapp sieben Stunden war. Schlafen, dachte Bruno.

Die Suchmaschine hatte unter dem Namen »Westermann« unzählige Fotos gefunden. Bruno klickte sich aus der Homepage einer Bücherei, wo Westermann ein paar Kindern aus einem Buch vorlas. Besonders interessiert wirkten die Kinder nicht.

Zumindest wusste er jetzt, wie der Mann aussah. Mit wem sie es zu tun hatten. Bruno war sicher, dass der Politiker etwas mit dem Verschwinden von Jo Schiller zu tun hatte. Was genau, würde sich zeigen. Auf jeden Fall musste es eine enge Verbindung zwischen den beiden geben.

Bild für Bild. Bruno gähnte. Westermann bei einem Empfang der Industrie- und Handelskammer. Auf seiner Abgeordneten-Homepage. Bei der Betriebsbesichtigung von »Kohlmeyer Fleisch«, ein Schlachthof, im Hintergrund Haken, an denen Rinderhälften hingen. Westermann hat nicht die typische Politikervisage, dachte Bruno. Keines dieser feisten Gesichter, denen man schon auf 100 Meter Entfernung ansah, dass sie korrupt waren. Westermanns Gesicht wirkte eher fein. Fast kindlich. Der ewige kleine Junge. Diese Männer, die mit 60 noch so aussehen wie knapp über 30. Alterslos. Aber auch blass, bieder. Der Mann passte perfekt zu seiner Partei.

Das nächste Bild: ein Presseball. Westermann im Smoking. Dieses Mal zusammen mit seiner Frau. Bruno stockte der Atem. Ihre schwarzen Haare, ihr markantes Gesicht, ihr schöner Mund. Es war unglaublich! In diesem Abendkleid hatte sie kaum Ähnlichkeit mit der Frau, mit der er vor ein paar Stunden an der Bar im *Pulp Fiction* geflirtet hatte. Ihr Lächeln war eine Maske. Wie das Lächeln ihres Mannes. Lächeln für den Fotografen. Der Blitz hatte ihr Gesicht so überbelichtet, dass es den Teint einer Leiche hatte. Sie war ein wenig größer als Westermann. Bruno betrachtete Westermanns Arm, den er um sie gelegt hatte. Es sah komisch aus. Es sah aus, als würde er sie nicht berühren. Der Arm schien über ihren Schultern zu schweben. Bruno lud das Foto von Vera auf die Festplatte. Was hatte die Frau von Joachim Westermann bei Kaltenbrunners blödsinniger Performance »Köpft den Schiller« im *Pulp Fiction* verloren?

Er war viel näher an Westermann dran, als er geahnt hatte.

Oder Westermann an ihm? Jetzt war Westermann jedenfalls in Shanghai. Er leitete eine Wirtschaftsdelegation bis zum Ende der Woche. Auch über das hatte ihn die Suchmaschine informiert. Bis dahin waren es noch fünf Tage. Und er hatte Veras Telefonnummer.

Sesam öffne dich!

Er schlug mit der Hand gegen Stein. Wieder und wieder. Bis in der Hand ein stumpfer, tiefer Schmerz war. Nass und roh. Der sich fortsetzte in den Arm und die Schulter und in den Kopf.

Sesam öffne dich!

Was ich noch habe, ist dieser Schmerz, dachte Schiller. Nur diesen Schmerz.

Sesam öffnete sich nicht.

Stein, Dunkelheit, Feuchtigkeit, Moder. Ein Grab. Es ist ein Grab. Ein Wolf bist du, Joachim. Der böse Wolf. Der es gelockt hat, das Rotkäppchen. In sein schönes, großes Haus. Zu dem Feuer im Kamin. Vor das große Fenster. Zu den Geweihen an den Wänden. Mozart. Whisky. Ein böser Wolf bist du, Joachim. Aber Rotkäppchen ist selbst schuld. Es hätte nicht mitgehen müssen. Bleib auf dem Weg! Wie es die Großmutter gesagt hatte. Mitgegangen, mitgefangen, mitgehangen. Hätte es doch bloß auf die Großmutter gehört, das Rotkäppchen. Bleib auf dem Weg! Bleib auf dem Weg! Am Ende sind alle tot. Armes Rotkäppchen!

20

Es dauerte eine Weile, bis sich das Bild auf ihrem Monitor aufbaute. Klar, wenn man auf Computern arbeiten muss, die noch aus der Steinzeit stammen, dachte Bruno. Investiert wurde hier seit Jahren nicht mehr. Solange die Computer noch hochfuhren, war alles in Ordnung.

»Stunden später«, stöhnte Lady Di.

Ihr Büro war überheizt. Merkte sie es nicht, oder war sie so verfroren? Bruno wandte sich vom Monitor ab und sah hinaus. Gestern Abend hatte er noch mit Hanna gesprochen. Sie und Pia stiegen übermorgen in den Flieger zurück nach Deutschland. Kuba, Hanna – es kam ihm vor, als wäre das alles schon Jahre her.

Von Frühling war keine Spur. Draußen regnete es noch immer. Zwischen den dünnen Regenfäden surften ein paar Krähen.

Mit Hanna zu sprechen war ihm fremd vorgekommen. Vielleicht lag das auch an Vera. Er spürte eine leichte Gänsehaut. Joachim Westermanns Frau – es war so bizarr!

»Was die Filmqualität angeht, sind diese Kameras leider nicht sonderlich gut«, sagte Lady Di. »Die Ausschnitte kannst du nicht endlos vergrößern.«

»Vielleicht können auch nur wir das nicht?«, fragte Bruno.

Sie zuckte mit den Schultern und zeigte auf den Monitor. Der Nagel ihres Zeigefingers war orange lackiert und schien im Neonlicht zu schimmern.

»Aber immerhin.«

Sie zog hörbar die Luft ein.

»Der auf dem Beifahrersitz ist jedenfalls ganz klar Jo Schiller.«

Bruno betrachtete den vergrößerten Bildausschnitt aus dem Film der Überwachungskamera. Schiller im Profil. Relativ scharf. Sein Blick war geradeaus auf die Straße gerichtet. In seinem Gesicht erkannte man keinerlei Gefühlsausdruck. Kein Zeichen von Angst oder Wut, Verzweiflung, Freude oder Überraschung. Nur sein Gesicht im Profil – ohne jede Emotion.

»Ja, das ist er«, pflichtete er Lady Di bei.

Aber wer ist der andere? Zu wem bist du in den Wagen gestiegen, Schiller? Warum? Wohin hat dieser andere dich gebracht? Und was ist mit dir passiert?

Als er den Blick spürte, mit dem Lady Di ihn musterte, wandte er sich vom Monitor ab.

»Das ist doch schon eine ganze Menge. Immerhin muss es kurz vor seinem Verschwinden aufgenommen worden sein«, sagte sie.

Bruno nickte.

»Nicht dein Tag heute, was?«

»Nicht wirklich«, gab Bruno zurück.

»Der junge Mann sitzt schon unten.«

Sie strich sich eine Haarsträhne aus dem Gesicht und lächelte ihn an. Bruno erwiderte ihr Lächeln nicht.

»Gut.«

Sie wandte sich von ihm ab und widmete sich wieder den Aufnahmen.

Bruno sah aus dem Fenster. Die Krähen da draußen im Regen schienen jedenfalls Spaß zu haben.

Der Anruf aus Shanghai. Westermann hatte merkwürdig geklungen am Telefon. Anders als sonst. Nervös, ängstlich. Aber vielleicht hatte es nur an der Verbindung gelegen. Oder sie bildete es sich ein. Wunschdenken.

Seine täglichen Anrufe hier im Büro waren sowieso völlig unnötig. Die Termine, die Anfragen, die Korrespondenz. Es reichte doch, wenn er das am Montag bekam. Am Wochenende war er ja wieder in Deutschland. Noch fünf Tage.

Petra Scheicher betrachtete den Rest Espresso in ihrer Tasse, der jetzt vermutlich kalt war. Draußen war es auch kalt. Viel zu kalt. Von wegen Frühling. Nur Grau. Regen. Die kahlen Bäume. Ein paar Amseln. Die Stimmung passte perfekt zu den Todesanzeigen im *Tag*, die sie vor sich auf dem Schreibtisch liegen hatte.

So wichtig bist du nicht, Westermann, dachte sie. Das glaubst du nur. Ob du nach den Wahlen auf dem Sessel des Wirtschaftsministers Platz nehmen wirst, ist noch lange nicht ausgemacht.

Sie nahm den kleinen Löffel und rührte in der Tasse. Hatte der Vorsitzende etwa ihm gegenüber etwas von ihrem Gespräch durchsickern lassen? Konnte es sein, dass Westermann von ihren Nachforschungen über ihn Bescheid wusste? Hatte er deshalb so komisch geklungen am Telefon? Das konnte sie sich nicht vorstellen. So war der Alte nicht. Vor allem nicht so dumm. Er brauchte sie. Ihre Informationen. Sie war momentan seine beste Quelle. Dein Stern sinkt, Westermann, dachte sie. Ziemlich schnell sogar. Du wirst immer gefährlicher für die Partei. Du bist meine große Chance. Ich werde weiter an dem Ast sägen, auf dem du sitzt.

Petra Scheicher nahm den Löffel aus der Tasse. Ein dickflüssiger Tropfen Kaffeesatz klatschte auf eine der Todesanzeigen.

»Ich habe angeklopft«, sagte der Mann, der plötzlich in der Tür stand.

Seine Stimme zitterte. Um die Augen herum hatte er dunkle Ränder. Zu wenig Schlaf, zu viel geweint oder zu viel Alkohol. Die Zähne hatte er sich offenbar auch nicht geputzt.

Die Situation war Bruno unangenehm.

»Zu wem wollen Sie?«, fragte er.

»Ich habe angeklopft«, wiederholte der Mann nur.

Er war völlig durch den Wind. Wirkte total verzweifelt. Bruno drehte sich zu Lady Di um. Die zuckte nur mit den Schultern und warf ihm einen hilflosen Blick zu.

»Mein Sohn«, begann er.

Der Mann wirkte wie ein Tier, das man in die Enge getrieben hat.

»Oliver Schöner ...«

Er rang um Fassung.

»Mein Sohn, der tödlich verunglückt ist ...«

Lady Di stand auf und ging zu dem Mann hin.

»Jetzt setzen Sie sich erst mal«, sagte sie.

Sie schob ihn zu dem Besucherstuhl vor ihrem Schreibtisch.

»Es war kein Unfall«, sagte der Mann.

Die Ausdünstungen des Mannes vermischten sich mit der trockenen Heizungsluft. Die Luft war zum Schneiden.

»Ich möchte Anzeige erstatten.«

Lady Di blieb völlig gelassen.

»Wen möchten Sie anzeigen?«, fragte sie.

»Joachim Westermann.«

Schon wieder, dachte Bruno: Joachim Westermann.

»Er war vor zwei Tagen bei uns. Ich hab ihn zuerst nicht erkannt. Aber inzwischen weiß ich, dass es der Westermann war. Er wollte zu Oliver. Er hat sich als Polizist ausgegeben.«

»Als Polizist?«, wiederholte Bruno ungläubig.

Der Mann drehte sich zu ihm um und nickte. Seine Augen füllten sich mit Tränen.

»Es war kein Unfall.«

Der Mann stützte sich mit den Ellbogen auf der Tischplatte ab. Er vergrub das Gesicht in den Händen und begann zu schluchzen.

»Oliver ist tot«, weinte er.

»Beruhigen Sie sich«, sagte Lady Di.

»Sind Sie sicher, dass es Joachim Westermann war?«, fragte Bruno.

Der Mann sah auf und warf ihm einen verzweifelten Blick zu. »Es war Westermann.«

»Das wäre Amtsanmaßung«, sagte Lady Di in ruhigem Ton.

»Er hat gesagt, dass er Polizist ist. Mir kam das gleich komisch vor. Mir kam er auch bekannt vor. Aber ich kam nicht drauf, wer es war. Erst später.«

Ein Heulkrampf schüttelte ihn. »Was wollte der von Oliver?«

Der Mann schrie fast.

Bruno wurde es zu viel.

Er verließ den Raum und ging zum Verhör mit dem Jugendlichen. Immer wieder Westermann. Und so eine Anzeige – wegen Amtsanmaßung – war leider nicht sehr viel. So kamen sie nicht an den Mann ran. Ein Abgeordneter, und so kurz vor den Wahlen: Siegrist wird am Rad drehen, wenn er von der Anzeige erfährt. Es ist zum Kotzen, dachte Bruno.

Mit einer Serviette wischte Petra Scheicher vorsichtig den Kaffeesatz von der Todesanzeige. Damit die Zeitung nicht riss. So jung, dachte sie. Dann stutzte sie. Es war nicht nur die Straße. Auch die Hausnummer schien zu stimmen. Sie warf die Serviette in den Papierkorb und griff nach dem Stapel mit ihren Notizzetteln auf dem Schreibtisch.

»Sehr komisch«, sagte sie laut.

Es war die Adresse, wo man Westermanns Handy geortet hatte. Das er ja angeblich verloren hatte. Was aber nicht gestimmt hatte. Es war überhaupt nicht sein Handy gewesen. Das Handy hatte Jo Schiller gehört. Seinem alten Spezi. Derselbe Schiller, der Manager des Harzberg-Centers gewesen war. Ein

Westermann-Projekt. Zu Schillers Zeit dort war Geld auf geheimnisvolle Weise verschwunden. Viel Geld. Sie war sich ziemlich sicher, dass sich Westermann und Schiller das Geld damals in ihre Taschen gesteckt hatten. Teamwork. Eine Hand wäscht die andere. Und jetzt war Schiller verschwunden. Wie lange eigentlich schon? Gab es da etwas Neues? Und der Prozess. Gegen Westermann. Mit Schiller als Zeuge. Wenn Schiller jemals wieder auftauchte? Dass es zu dem Prozess kommen würde, war ziemlich wahrscheinlich. Sehr ungeschickt, so kurz vor der Wahl. Ganz schlechtes Timing, Herr Westermann. Aber natürlich wird der Alte dafür sorgen, dass das Verfahren gegen dich erst nach den Wahlen über die Bühne geht. Wenn überhaupt. Denn ohne Schiller als Zeuge – was brachte das? Und jetzt dieser tote Jugendliche. Oliver Schöner. Ein Unfall. Ein Vater trauert. Eine Berufsschulklasse trauert. Malerinnung. Die Mutter schien es nicht mehr zu geben. Es war die Adresse, wo sich das Handy befand, auf das Westermann so scharf gewesen war. War es Zufall? Oder hatte Westermann mehr mit dem Unfall zu tun? Ging er so weit? Lief er jetzt Amok?

Natürlich konnte das alles Zufall sein. Aber das glaubte sie nicht. Sie musste an die Leute rankommen. An den Vater des Jugendlichen. Die Polizei. Sie brauchte den aktuellen Stand der Ermittlungen. Was wusste die Polizei über den Unfall von Oliver Schöner?

Petra Scheicher schaute auf die Uhr. Es war kurz nach zwölf. Hunger hatte sie nicht. Ich habe zu tun, dachte sie. Ich habe sehr viel zu tun. Auch Weidlich, dem Chauffeur, würde sie auf den Zahn fühlen. Denn die Sache stank. Es waren zu viele Zufälle auf einmal.

Zwei stumpfe, übermüdete Augen starrten ihn an. Die abgestandene Luft im Verhörzimmer mischte sich mit der Alkoholfahne und dem Schweißgeruch seines Gegenübers.

Bruno drückte den Startknopf des Aufnahmegeräts. Da müsste doch eine Dusche drin sein, wenn man einen Termin bei der Polizei hat. Das Band lief. Dann besprach er es. Nach Vorschrift.

»Du kannst anfangen«, sagte Bruno.

»Womit?«

Bruno schob das Mikrofon zu Sergei.

»Was ist in der Nacht da oben im Industriegebiet passiert?«

Wie er das hier hasste! Verhöre. Diesen Raum. Typen wie Sergei Wilhelm.

»Keine Ahnung.«

Auch so ein Kandidat, dachte Bruno. Eine endlose Latte an Vorstrafen: Betrug, Körperverletzung, Diebstahl, Fahren ohne Führerschein, Verstoß gegen das Betäubungsmittelgesetz und so weiter und so weiter.

»Willst du mich verarschen?«

Bruno sah von der Akte auf. Sergei war noch nicht einmal 18. Und unter Bewährung stand er auch noch. Die stumpfen Augen starrten ihn an. Frech starrten sie. Cool sollte das aussehen. Du kannst mir gar nichts, sollte das heißen. Er sagte es aber nicht.

»Ich weiß nicht, was ich hier soll.«

Sergeis Stimme war heiser. Blechern. Er starrte Bruno weiter an. Veränderte dabei ein wenig seine Sitzposition.

»Und das hier?«

Bruno legte drei Fotos von Schillers totem Pudel vor Sergei. Die Fotos waren nicht schön. Sergei warf nur einen kurzen Blick darauf. Seine Körperhaltung verkrampfte sich. Er begann zu schwitzen. Er starrte jetzt auf seine Hände. Wich Brunos Blick aus.

»Das war mal ein Hund«, sagte Bruno.

Sergei reagierte zuerst nicht.

»Kann sein«, kam es dann.

Bruno blätterte in den Akten.

»Du stehst unter Bewährung.«

Sergei nickte.

An der Decke über seinem Kopf war ein grünlicher Fleck zu sehen. Wahrscheinlich Schimmel, dachte Bruno.

»Davor gab's auch schon mal Bewährung.«

Besonders schön hier unten war die Heizung. Von den schmalen, hohen Röhren war die weiße Farbe inzwischen vollständig abgesplittert.

»Das geht nicht immer so weiter.«

Wieder kam nur ein Nicken.

Sergei rutschte unruhig auf dem Stuhl herum. Sein stumpfer Blick wanderten jetzt durch den Raum. Gehetzt. Bruno sagte nichts. Er ließ das Schweigen wirken. Auf dem Gang draußen waren Schritte zu hören. Gedämpft hörte man auch den Verkehr der Straße.

»Wer war noch dabei in der Nacht?«

Sergei schien froh zu sein, dass Bruno etwas sagte. Aber zuerst druckste er noch ein wenig herum.

»Oliver«, kam es dann.

»Oliver wer?«

Kurzes Schweigen.

»Schöner.«

Lady Di sah den Aktenvermerk. Sie hatte so etwas befürchtet. Aber jetzt war es sicher: Dieser Oliver Schöner war nicht einfach so von der Straße abgekommen. Kein Alkohol. Keine überhöhte Geschwindigkeit. Es war ein anderes Fahrzeug an dem Unfall beteiligt gewesen. Jemand hatte den Unfall absichtlich verursacht und sich dann aus dem Staub gemacht.

Sie rief Bruno im Verhörzimmer an und gab ihm Bescheid.

Bruno legte den Telefonhörer auf.

»Er ist tot«, sagte er zu Sergei.

»Oliver?«

Bruno nickte.

Davon hatte Sergei nichts gewusst. Er verlor die Fassung. Verschüttete die Hälfte des Kaffees, den Bruno ihm hatte kommen lassen, auf den Tisch. Aber er redete. Er redete wie ein Wasserfall. Als Bruno ihm ein Foto von Schiller vorlegte, erkannte er ihn. Er war total fertig.

Ihm auch ein Foto von Joachim Westermann zu zeigen war Instinkt gewesen. Bauchgefühl. Mehr nicht.

»Das war der andere Mann«, sagte Sergei sofort.

»Sicher?«

»Ganz sicher.«

Die Spuren vom Tatort bekamen damit ein Gesicht. Schiller, Westermann, Sergei und Oliver, die die beiden beobachtet hatten, und der Pudel. Stück für Stück setzten sich die Ereignisse jener Nacht im Industriegebiet zu etwas Ganzem zusammen. Der heftige Streit zwischen Westermann und Schiller. Die Handgreiflichkeiten. Dann stieg Schiller zu Westermann ins Auto, und die beiden fuhren weg. Seitdem war Schiller verschwunden. Und Oliver war tot. Es war kein Unfall gewesen, sondern fahrlässige Tötung. Mindestens. Vorher hatte Westermann versucht, an Oliver heranzukommen. Er hatte sich als Polizist ausgegeben. Aber warum? Etwas fehlt, dachte Bruno. Wo war die Verbindung zwischen Westermann und Oliver?

Lady Di spulte das Band noch einmal zurück. Wieder Oliver. Man sah ihn nur ganz kurz. Wenige Sekunden. Er lief ins Blickfeld der Kamera. Dann bückte er sich. Sie stoppte den Film. Sie versuchte, das Standbild zu vergrößern. Es brachte nichts. Das Bild wurde unscharf. Man konnte nicht erkennen, wonach Oliver sich bückte. Sie ließ den Film weiterlaufen.

Jetzt sah man, dass Oliver etwas vom Boden aufhob. Was war es? Was hatte er gefunden? Es war der einzige Moment, in dem man den Jungen im Profil sah. Dann drehte er der Kamera den Rücken zu und verschwand aus ihrem Blickfeld.

Bruno lehnte sich in seinen Stuhl zurück und verschränkte die Arme hinter dem Kopf. Ein Handy, überlegte er. War das alles? War das die Verbindung zwischen dem toten Jungen und Joachim Westermann?

Zusammen mit Sergei hatten sie die Filmsequenz aus der Überwachungskamera angeschaut. Sergei erzählte, dass Oliver am Tatort ein Handy gefunden hatte.

»Ein Handy«, sagte Bruno laut vor sich hin.

Jeder »normale« Verdächtige hätte spätestens jetzt bei ihm antanzen müssen. Ein Durchsuchungsbescheid für das Haus, für die Wohnung – das wäre alles kein Problem. Den Wagen hätte sich die Spurensicherung längst vorgenommen. Aber Westermann war kein »normaler« Verdächtiger. Westermann war Abgeordneter. Ein hohes Tier. Einem Joachim Westermann schickte man nicht einfach eine Vorladung. Man tauchte auch nicht so mir nichts dir nichts bei ihm auf und stellte Fragen. Schon eine Vernehmung von Joachim Westermann war ein Kampf gegen Windmühlen.

Wenn der etwas mit dem Verschwinden von Jo Schiller zu tun haben sollte und vielleicht sogar mit dem Tod von Oliver Schöner, dann wurde die Sache erst richtig haarig. Das bedeutete die Aufhebung der Immunität eines Abgeordneten. Und das kurz vor den Wahlen. Das musste der Landtag erst einmal beschließen.

Trotzdem: Westermann tauchte immer wieder auf. Sie konnten es drehen und wenden, wie sie wollten. Westermann war ihr einziger Verdächtiger. Und er hatte ein Motiv.

Sie mussten mit ihm reden.

21

Schiller erwachte. Zurück in die Dunkelheit. In die Kälte. Wo das Zittern war. Und sein Herz, das hämmerte. Unregelmäßig. Jeder Herzschlag, als ob jemand mit einem Hammer einen Meißel in seinen Brustkorb trieb. Die Schmerzen. Das Dröhnen in seinem Kopf. Es war, als würde jemand in seinem Kopf Papier zerreißen – andauernd.

»Es waren zwei Königskinder, die hatten einander so lieb …«

Der See. Die Wärme. Der Wind, der im Schilf gräbt. Das Wasser auf der Haut. Auf meiner Haut. Auf deiner Haut.

»… die hatten einander so lieb …«

Wir lagen einfach nur da. Haut an Haut. Wir waren eins. Es gab nur die Wolken. Das Licht. Die Geräusche des Waldes, des Wassers. Der Wind im Gras. In den Zweigen. Insekten. Unser Atem. »… sie konnten zusammen nicht kommen, das Wasser war viel zu tief …«

Der Meißel, der tiefer drang. Ihn durchbohrte. Schlag um Schlag. Tiefer und tiefer. Das finstere Loch, in das du mich gebracht hast, Joachim. Mein Kerker. Mein Grab. Ein schwarzes, gieriges Maul. Es frisst mich auf!

»… ach Schätzchen, könntest du schwimmen, so schwimm doch herüber zu mir! Drei Kerzen will ich anzünden, und die soll'n leuchten zu dir …«

Unser See im Wald. Ich sehe dich schwimmen, Joachim. Immer sehe ich dich schwimmen. Stark und wild und so unbekümmert. Dir machte die Tiefe nichts aus. Die Stelle, wo man nicht mehr auf den Grund sehen konnte. In der Mitte des

Sees. Wo die Kühle war, die einen hinabzuziehen drohte. Wo ich immer umkehrte. Du nicht. Du warst mutig. Du bist geschwommen, Joachim.

Aber das Lied geht weiter. Wir beide. Damals. Unsere Küsse. Unsere nackten Körper im Gras. Der Geruch des Sees auf deiner Haut. Ein Herz und eine Seele. Damals immer. Und auch später noch. Lange danach. Du und ich. Aber das Lied geht weiter.

»... das hört eine falsche Nonne, die tat, als wenn sie schlief. Sie tat die Kerzen auslöschen, der Jüngling ertrank so tief ...«

Die Tage am See. Unsere Liebe, die nicht sein durfte. Der Schwur.

Wo ist das alles geblieben? Was ist mit uns geschehen, Joachim?

»... der Jüngling ertrank so tief ...«

Die Müdigkeit. Die Erschöpfung. Das Hämmern. Die Angst. Die Dunkelheit. Immer öfter dämmerte er plötzlich hinüber. Es war nicht mehr steuerbar. Es gab keine Grenze mehr zwischen dem Wachsein und dem Zustand, der nicht Schlaf war. Nur eine Stille.

»... der Jüngling ertrank so tief ...«

»Es tut mir so schrecklich leid um Oliver. Es ist eine furchtbare Tragödie!«, sagte sie.

In das Schweigen am anderen Ende der Leitung mischte sich ein Schluchzen. Sie wartete geduldig, bis der Mann sich wieder im Griff hatte. Ihr Blick schweifte durch das Büro. Ganz kurz blieb er an ihrer Hand mit dem Telefonhörer hängen, die sich verzerrt auf dem metallenen Schirm der Schreibtischlampe spiegelte. Sie sah hinaus. In die Wolken. Auf die Uhr. Sie hatte ihre Informationen.

»So bleibt mir nur, Herr Schöner, Ihnen für die nächste Zeit sehr viel Kraft zu wünschen ...«, setzte sie vorsichtig an.

»Vielen Dank, Frau Wedekind-Meyer«, unterbrach die weinerliche Stimme sie.

»Alles Gute, Herr Schöner. Alles, alles Gute.«

Sie legte auf und atmete tief durch.

Frau Wedekind-Meyer. Die stellvertretende Direktorin der Berufsschule seines Sohnes. Sämtliche Namen standen im Internet. Wie arglos die Leute doch sind, dachte Petra Scheicher. Es war so leicht gewesen. Der Mann hatte keinen Verdacht geschöpft. Das konnte nicht nur am Schock liegen oder an der Trauer. Die Leute waren so.

Westermann war tatsächlich zu dem Haus gegangen, wo man das Handy geortet hatte. Er hatte sich als Polizist ausgegeben. Das war unglaublich. Somit gab es schon die zweite Anzeige gegen Westermann: »Amtsanmaßung«. Natürlich war das eine Lappalie. Mehr als unwahrscheinlich, dass er deswegen Schwierigkeiten bekommen würde. Aber es zeigte, dass es enger wurde für ihn. Dass er langsam, aber sicher die Kontrolle verlor. Dieser Oliver hatte wahrscheinlich das Handy gehabt, auf das Westermann so scharf gewesen war – Schillers Handy.

Jetzt war der Junge tot. Die Polizei war sicher, dass es kein Unfall war. Es gab eindeutige Hinweise, dass ein anderes Fahrzeug verwickelt war. Die Polizei ermittelte. Fahrerflucht, fahrlässige Tötung.

Eine ziemlich böse Geschichte. Polizei spielen, und ein paar Stunden später ist der Junge tot. Das kann Zufall sein. Muss aber nicht.

Wo warst du an dem Abend, Westermann? Hast du den Jungen auf dem Gewissen?

Siegrist war wütend.

»Der Mann ist seit einer Woche verschwunden. Statt dass ihr euch darum kümmert, wo er abgeblieben ist, habt ihr euch auf diesen Westermann eingeschossen. Hier geht es um Jo Schiller, verdammt, nicht um Joachim Westermann!«

Lady Di saß am Schreibtisch und betrachtete Siegrist, der jetzt tief Luft holte und mit seinen Händen fahrige Bewegungen vollführte.

»Klar geht es um Jo Schiller«, sagte Bruno. »Aber zwischen ihm und Westermann gibt es eine enge Verbindung. Darum geht es auch um Westermann.«

Er würdigte Siegrist keines Blickes dabei. Er führte das Harzberg-Center an, die Geschichte mit den Geldern, die in der Zeit verschwunden waren, als Schiller dort Manager war. Er erwähnte auch die Ermittlungen, die deshalb gegen Westermann liefen. Die Wahrscheinlichkeit, dass es zu einem Verfahren gegen ihn komme, sei groß, und Schiller sei in diesem Verfahren ein wichtiger Zeuge.

»Deshalb ist Schiller verschwunden? Weil Joachim Westermann ihn aus dem Weg geräumt hat? Das ist doch vollkommen abstrus. Das sind Verschwörungstheorien und sonst nichts!«, fauchte Siegrist.

»Jedenfalls scheint Westermann der Letzte gewesen zu sein, der Schiller lebendig gesehen hat«, sagte Lady Di.

»Wer sagt das?«

Siegrist warf ihr einen missbilligenden Blick zu.

»Ein Zeuge«, antwortete Bruno an ihrer Stelle.

»Ein Zeuge? Großartiger Zeuge, Bruno! Wirklich großartig! Ein Jugendlicher. Vorstrafen ohne Ende. Der macht sich doch bloß wichtig. Der verarscht uns!«

»Ich fand seine Aussage glaubhaft.«

Siegrist verzog das Gesicht zu einem krampfhaften Grinsen.

»Und damit willst du beim Staatsanwalt aufkreuzen? Mit diesem Zeugen? Dorinth wird uns auslachen, Bruno. Das garantiere ich dir!«

Das wird sich zeigen, dachte Bruno.

»Dazu kommt die Anzeige, die gegen Westermann vorliegt. Wegen Amtsanmaßung«, mischte sich Lady Di ein.

Siegrist atmete hörbar aus.

»Und du glaubst im Ernst, dass dieser Mann in seiner Freizeit nichts Besseres zu tun hat, als Polizist zu spielen?«

Ihre Miene blieb völlig ungerührt.

»Es scheint so. Oder aus welchem Grund sollte Olivers Vater Westermann sonst anzeigen?«

»Zumal Westermann ja angeblich in Shanghai ist.«

»Da ist er jetzt. Aber vor zwei Tagen war Westermann noch nicht in Shanghai.«

Siegrist schüttelte den Kopf und warf Lady Di einen hilflosen Blick zu.

Das Telefonat mit Westermanns Chauffeur war zäh. Zog sich in die Länge. Du feiger, kleiner Pisser, dachte Petra Scheicher. Sie ließ den Mann weiter vor sich hin stammeln. Was für ein Idiot er war. Redete sich um Kopf und Kragen und merkte es nicht einmal. Und dieser sonderbare Akzent? Osteuropa vielleicht? Russland?

»Sie verschweigen mir etwas, Herr Weidlich«, unterbrach sie ihn.

»Nein, ich …«

»Doch, Herr Weidlich. Ich bin sicher, dass Sie mir etwas verschweigen.«

Wieder sein wehleidiger Singsang. Ausflüchte. Dummes Geschwätz.

Dabei hast du dich sehr schnell an jene Nacht erinnert. Die Geschichte ist dir wohl auch etwas komisch vorgekommen. Aber natürlich bist du diskret. Und stellst keine Fragen.

Und dann kam Weidlich endlich auf den Punkt. Ein kleiner Kratzer. Am Kotflügel. Vorne rechts. Ein paar Dellen. Nachts im Wald sei es passiert, habe Westermann erzählt. Ein Stein sei im Weg gewesen. Natürlich! Ein Stein, was denn sonst? Und er, Weidlich, kümmere sich um die Wagen seines Chefs. Eine Selbstverständlichkeit. Kleinere Reparaturen hin und wieder. Er sei ja Automechaniker gewesen, ehe er nach Deutschland gekommen sei. Man habe den Abschluss aber nicht anerkannt.

Auf diese Weise verdient man sich eben noch ein bisschen Taschengeld dazu, dachte Petra Scheicher. So bleibt alles in der Familie.

»Und der Schaden an seinem Wagen sah nach einem Stein aus?«, hakte Petra Scheicher nach.

»Ja, ganz sicher.«

Westermann sei doch nachts immer im Wald. Die Jagd. Und dann in der Dunkelheit. Auf diesen Waldwegen – da sei so etwas schnell passiert. Nur ein kleiner Kratzer. Ein paar Dellen. Zwei Stunden, und die Sache sei erledigt gewesen.

Und die Spuren verwischt, dachte sie. Das passte alles so wunderbar zusammen. Von wegen fahrlässige Tötung. Eher Mord. Dazu die Fahrerflucht. Den Jungen über den Haufen fahren und dann einfach liegen lassen. Ob er gleich tot war?

Kalt, gnadenlos und effizient, dachte sie. Das traut man dir gar nicht zu, Westermann! Das wird dir jedenfalls das Genick brechen. Endgültig! Dafür werde ich sorgen. Wer sät, wird ernten. Wenn du weg vom Fenster bist, Westermann, dann wird niemand anders auf deinem Abgeordnetensessel Platz nehmen als ich. Der Dank der Partei wird mir sicher sein. Denn ich weiß zu viel. Der Alte hat keine andere Wahl.

Und von einem nervigen, russischen Automechaniker werde ich mich dann nicht durch die Gegend kutschieren lassen.

22

Katharina Kusch schloss den Ofen. Der Geruch nach Asche drang in ihre Nase. Das Feuer war heruntergebrannt. Es war alles in Ordnung. Zeit, zum Parkplatz zu gehen, wo die Eltern der Kinder bestimmt schon warteten. Sie überprüfte, ob auch die beiden kleinen Fenster verschlossen waren, und ließ die Rollläden herunter. Auf dem Weg zur Tür stolperte sie über ein Buch, hob es auf und stellte es zu den übrigen Büchern in das Regal. Wer hatte das hier vergessen? Warum waren die Kinder draußen auf einmal so still? Sie warf einen Blick aus dem Fenster. Nichts. Sie standen einfach nur da und schauten auf den Bauwagen. Die Armen, dachte sie. Sie waren halb erfroren. Das Wetter war scheußlich.

Sie ging hinaus und sperrte die Tür hinter sich zu.

»Alles klar, wir können gehen.«

Die Kinder nickten.

Was hatte Ivan denn da in der Hand? Einen Zettel.

Auch die anderen Kinder hielten Zettel in den Händen. Wo hatten sie die her?

»Was ist das?«, fragte sie in die Runde.

»Von Ivan«, kam es zurück.

Sie ging zu Ivan.

»Zeig mal.«

Ivan machte einen Schritt zurück.

»Hab ich gefunden.«

»Darf ich den Zettel bitte mal sehen?«

Ivan hielt ihn ihr hin.

»Danke schön.«

Eine krakelige Schrift. Handschrift. Mit Kugelschreiber geschrieben. Aber kaum noch zu erkennen, weil der Zettel nass war. »Schiller« stand da. Und »Hilfe«, »Hilfe!«, »Schiller«. Mehrmals. Sie nahm den Kindern die Zettel ab. Die schauten sie mit großen Augen an.

»Wo hast du die her?«, fragte sie Ivan.

»Gefunden.«

»Wo, Ivan?«

Er zeigte hinter sich.

»Auf dem Weg«, sagte er. »Da sind noch mehr davon. Aber ich habe für jedes Kind einen genommen. Es ist ein Geschenk.«

Schiller, überlegte sie. Da hatte doch etwas in der Zeitung gestanden. Jemand, der vermisst wurde. Das hatte sie gelesen. Schiller. So hieß der. So einen Namen merkte man sich doch.

»Und für Sie, Frau Kusch, habe ich auch einen«, sagte Ivan.

Er kramte in der Tasche seiner Jacke und hielt ihr einen Zettel hin. Sie nahm ihn.

»Danke, Ivan.«

Dieselbe Schrift. Dieselben Worte: »Hilfe«, »Schiller«.

»Wisst ihr, was da drauf steht?«

Die Kinder schüttelten die Köpfe. Das ist auch gut so, dachte Katharina Kusch. Sie nahm ihr Handy aus der Tasche und rief die Polizei an. So langsam drehe ich wirklich durch, dachte sie, erst die Leiche und dann das jetzt.

Das Telefongespräch mit dem Alten war großartig verlaufen. Es hätte nicht besser sein können, dachte Petra Scheicher.

Diese beschissene Aussicht hier. Dieses Büro. Dieser Job. Das war Geschichte. Sehr bald. Und du bist auch schon Geschichte, Westermann. Das weißt du nur noch nicht. Du wirst dich wundern, wenn du aus Shanghai zurückkommst. Wenn plötzlich alles um dich herum zusammenfällt wie ein Kartenhaus. Du bist geliefert, Westermann. Du kannst deinen Kopf nicht mehr aus der Schlinge ziehen.

Sie hatte zum ersten Mal das Gefühl gehabt, mit dem Alten auf Augenhöhe zu reden. Seine Sekretärin hatte ihren Anruf sofort durchgestellt. Kein Blabla. Als habe er auf ihren Anruf gewartet.

Der Alte hatte den Ernst der Lage bezüglich Westermann sofort realisiert. Er war schockiert. Alarmiert. Aber die Fakten sprachen ja für sich. Westermann machte zu viele Fehler. Er war längst zu einer Gefahr für die Partei geworden. Eine tickende Bombe. Und das so kurz vor den Wahlen.

Natürlich hatte sie während des Gesprächs mit dem Alten genau auf die Dramaturgie geachtet. Es war perfekt. Jede neue Information war eine Steigerung. War brisanter. Zuletzt kam sie auf den Unfall mit dem Jungen zu sprechen. Was da im Raum stand: Fahrerflucht, fahrlässige Tötung. Sie machte ihm klar, dass es gute Gründe für ihre Vermutung gab, dass Westermann bei diesem Unfall seine Finger im Spiel gehabt hatte. Dass das nicht aus der Luft gegriffen war. Und da machte der Alte auf. Sie spürte es sofort. Seine Fassade bröckelte. Er wurde plötzlich echt. Privat. Menschlich. Nicht mehr der Politiker. Nicht mehr der Parteivorsitzende. Sie waren Partner. Verbündete. Sie hatten über die Partei geredet. Über sie. Über ihre Zukunft. Und der Alte hatte mehr als deutlich durchblicken lassen, wie sehr er ihr Engagement bezüglich Westermann schätzte. Wie wichtig sie war. Für die Partei. Eine Frau noch dazu. Jung, kompetent, modern. Mit allen Wassern gewaschen. Und nach dem Wahlkampf, wenn das große Stühlerücken anstand. Er habe sie auf dem Schirm, hatte der Alte gesagt. Genau so hatte er es formuliert: Ich habe Sie auf dem Schirm, Frau Scheicher.

Sie strich den Zettel glatt, auf dem sie sich seine Nummer notiert hatte, und betrachtete ihn. Sie war völlig baff gewesen, als er ihr seine Nummer gegeben hatte. Die Handynummer des Alten. »Ich möchte, dass wir beide zukünftig direkt miteinander kommunizieren«, hatte er gemeint. Der direkte Draht. Das ist es, dachte sie. Das war ihre Initiation gewesen. Die Aufnahme in den inneren Kreis der Partei.

Und Westermann? Wer war Joachim Westermann? Nie gehört.

Sie ging zum Schreibtisch, nahm ihr Handy und gab die Nummer des Alten in ihr Telefonbuch ein.

Bruno fuhr an den leeren Schaufenstern des Harzberg-Centers vorbei. Nur in wenigen brannte Licht. »Helgas Bastelwelt« las er. Ein Hundesalon. Das »Schwarzwald-Casino«. Drei dunkle Schaufenster weiter das »Paradise of Haar«. Uschi sah er nicht. Auch keine Kunden. Der Friseursalon schien verwaist.

Vor einem der Seiteneingänge ins Harzberg-Center hielt er an. Dieser Eingang schien verschlossen zu sein. Müll lag herum: zerdrückte Getränkedosen, Kippen, eine zerbrochene Weinflasche, Hamburgertüten einer Fast-Food-Kette und der Arm eines Stofftiers.

Auch auf der Straße war kein Mensch. Kaum Verkehr. Alles wirkte tot, verlassen, trostlos. Auf der breiten Treppe, die zum Haupteingang führte, standen ein paar schwarze rautenförmige Blumentöpfe. Die würden auch gut auf einen Friedhof passen, dachte Bruno. Sie waren nicht bepflanzt.

Was den Staatsanwalt betraf, hatte sich Siegrist verrechnet. Gewaltig verrechnet. Auf dem Weg zurück zum Präsidium hatte Siegrist kein Wort gesprochen, nur einmal hatte er »Es ist rot« von sich gegeben, als Bruno an einer Fußgängerampel einen Schritt auf die Straße machte. Weit und breit war kein Auto zu sehen gewesen. Bruno war stehen geblieben. Siegrist zuliebe.

Dorinth hatte den Köder sofort geschnappt. Der Jugendliche, der Westermann zusammen mit Schiller gesehen hatte, ehe dieser verschwunden war. Die Auseinandersetzung zwischen den beiden, die er beobachtet hatte. Auch Dorinth hatte die Aussage des Zeugen als glaubhaft eingestuft. Was sollte der junge Mann für einen Grund haben, ihnen eine erfundene Geschichte aufzutischen, hatte Dorinth gefragt. Natürlich seien das nach wie vor keine stichhaltigen Beweise, hatte er hinzugefügt, aber natürlich müsse man da jetzt tiefer bohren. Es könne so ja nicht weitergehen. Was die Ermittlungen bezüglich des Verschwindens von Jo Schiller anging, trete man ja nun schon seit einer Woche auf der Stelle.

Von dem Moment an hatten nur noch Bruno und Dorinth geredet. Siegrist hatte geschwiegen. Die Zeit rennt uns davon, hatte der Staatsanwalt betont. Und dass er alle Hebel in Bewegung setzen werde, um eine Vernehmung mit Joachim Westermann zu erreichen. Und zwar so schnell wie möglich, versprach er. Egal, ob Westermann letztlich etwas mit dem Verschwinden von Jo Schiller zu tun habe oder nicht – ein wichtiger Zeuge sei er allemal.

Hinter dem Harzberg-Center stieg das Tal steil an. Der Hang war stellenweise terrassiert und kaum bebaut. Ein paar Obstbäume. Nur ganz oben, wo der Wald begann, standen ein paar Häuser. Protzige Kästen. Eines der Häuser gehörte Westermann. Wahrscheinlich war es das Haus am Ende der schmalen Straße. Am Waldrand. Es war mit Abstand das protzigste.

Bruno war vollkommen ruhig, als er sein Handy nahm und Veras Nummer eintippte. Sie ging sofort dran.

23

»Und was, wenn sich da einer bloß einen bösen Scherz mit uns erlaubt hat?«, fragte Brockmann Lady Di.

»Und was, wenn nicht, Brockmann? Können wir das riskieren? Der Mann ist seit über einer Woche verschwunden.«

Brockmann nickte.

»Der Wald ist groß. Da brauchst du jede Menge Leute. Ein paar Hundertschaften. Zudem ist es in einer Stunde dunkel.«

»Und Hunde«, fügte Lady Di ungerührt hinzu.

Brockmann verzog das Gesicht.

»Und einen Hubschrauber mit Wärmebildkamera.«

Über ihnen im Geäst der Bäume flog kreischend ein Vogel auf. Es konnte ein Habicht sein oder ein Bussard. Sie schauten dem Vogel nach, bis er über den Wipfeln der Bäume verschwunden war.

»Hubschrauber«, wiederholte Brockmann. »Dafür reißt dir Siegrist den Kopf ab.«

Lady Di lächelte ihn breit an.

»Ist ja mein Kopf, Brockmann. Nicht deiner.«

Holzinger kam zusammen mit der Kindergärtnerin auf sie zu. Im Hintergrund, auf der Treppe zum Eingang des Bauwagens, saß Ramsauer und rauchte. Die Kinder starrten ihn an, als sei er ein Außerirdischer.

»Frau Kusch fragt ...«, begann Holzinger.

»Kann ich jetzt gehen? Die Eltern der Kinder warten schon auf dem Parkplatz. Und es wird langsam ziemlich kalt«, fiel Katharina Kusch ihm ins Wort.

Sie zeigte auf ihre Armbanduhr.

»Klar, Sie können gehen, Frau Kusch. Ich habe ja Ihre Kontaktdaten. Wenn ich noch Fragen habe, melde ich mich.«

Die Frau verabschiedete sich, drehte sich auf dem Absatz um und ging zu den Kindern. Der blonde Pferdeschwanz schlug ihr dabei auf den Rücken. Sie sagte etwas zu den Kindern, dann setzte sich die Gruppe in Bewegung. Sie musste auch zu Ramsauer irgendetwas gesagt haben, denn der verbarg plötzlich seine Zigarette eigenartig hinter einer Hand.

Lady Di zog ihr Handy aus der Tasche. Aus der Ferne hörte man Angelika Perreira nach Brockmann rufen.

Der verzog nur das Gesicht.

»Dein Typ wird verlangt«, sagte Lady Di und deutete in das Dickicht hinter seinem Rücken.

Das Display leuchtete in kaltem Blau.

»Wo ist eigentlich der Herr Kolb abgeblieben?«

Lady Di hielt sich das Handy ans Ohr.

»Das frage ich mich auch schon die ganze Zeit«, antwortete sie.

Bruno war nicht zu erreichen. Nur seine Mailbox. Sie hatte es schon x-mal versucht. Warum ging er nicht dran?

24

Bruno nahm zuerst etwas Weiches wahr. Die Decke. Dann ihren Geruch. Ihre Haut. Die Wölbung ihres Busens. Ihr schwarzes Haar, das sie sich aus dem Gesicht strich. Ihr Mund. Sie lächelte. Irgendwo weit entfernt, jenseits des Zimmers, jenseits des Hauses, war ein monotones Geräusch zu hören. Ein Traktor vielleicht. Auf den Wiesen mit den Apfelbäumen unterhalb der Villa. Oder Motorsägen, irgendwo im Wald. Ein Flugzeug. Doch dafür war das Geräusch zu gleichmäßig.

»Du hast geschlafen«, sagte sie.

Bruno veränderte seine Körperhaltung. Rutschte näher zu Vera. Bis sein Kopf ihre Schenkel berührte.

»Hab ich?«

»Wie ein Stein.«

Er zog eine Linie von einer Sommersprosse auf ihrem Bauch bis zu einer Sommersprosse knapp unterhalb des dunkelroten Hofes ihrer linken Brust. Ihre Haut war weich. Feucht.

»Das kitzelt!«

Bruno zog die Hand zurück.

»Nur ein bisschen.«

Sie machte einen Schmollmund. Grinste dann. Bruno zog weiter Linien zwischen den Sommersprossen auf ihrer Haut. Die Frequenz ihrer Atemzüge erhöhte sich und vermischte sich mit einem dunklen Seufzen.

Ein Sonnenstrahl fiel schräg durchs Fenster und illuminierte den übervollen Aschenbecher auf dem Schreibtisch. Es war kurz nach fünf. Man hörte das Türenschlagen der Kollegen, die sich auf den Heimweg machten. Der Feierabendverkehr dröhnte herauf. Christian Dorinth lehnte sich in seinen Schreibtischsessel zurück. Er starrte an die Decke, bis der weiße Putz über ihm zu flackern begann, und dachte über den Anruf nach.

Er hatte mit allem gerechnet, nur damit nicht. Dass es so einfach war. Diesen Dr. Groß kannte er nicht. Von der Stimme her schien der Mann ein paar Jahre jünger zu sein als er. Seine Stimme klang höflich, glatt, bestimmt. Emotionslos. Die Kanzlei war ihm natürlich ein Begriff – Kramer & Kollegen. Sie hatte einen hervorragenden Ruf. Ein Joachim Westermann würde sich ja auch kaum auf irgendeinen dahergelaufenen Winkeladvokaten verlassen. Nur das Beste. Wahrscheinlich regelte das die Partei. Da wurde nichts dem Zufall überlassen. Was er bei seinem letzten Zusammentreffen mit Westermann vor zwei Jahren schmerzlich hatte erfahren müssen. Es war eine Niederlage auf der ganzen Linie gewesen. Katastrophal. Noch nie war eine Anklage von ihm so auseinandergenommen worden. Am Ende hatte nichts – aber auch rein gar nichts – Bestand gehabt. Die Ergebnisse monatelanger Ermittlungen waren wie ein Kartenhaus zusammengefallen.

Und nun teilte ihm dieser Dr. Groß mit, dass sein Mandant Joachim Westermann die Ermittlungen in diesem Fall natürlich unterstützen und für eine Vernehmung bereitstehen werde. Jederzeit, hatte er hinzugefügt. Als sei es das Normalste der Welt. Derzeit weile sein Mandant noch mit einer politischen Delegation in Shanghai, doch nächste Woche würde es passen, und sie hatten Donnerstag 11 Uhr vereinbart.

Einfach so. Völlig problemlos. Viel zu einfach, dachte Dorinth. Die einzige Erklärung für dieses Verhalten konnte sein, dass ihn niemand mehr ernst nahm. Er, ein Staatsanwalt, den man kurz nach jenem geplatzten Verfahren in die Provinz weggelobt hatte. Natürlich hatten Westermann und seine politischen Freunde ihre Finger dabei im Spiel gehabt. So lief das eben. Dorinth nahm eine Zigarette aus der Schachtel. Die Reaktion auf seine Anfrage bezüglich der Vernehmung war ihre Art, ihm zu zeigen, dass er abgeschrieben war. Er zündete sich die Zigarette an. Die Überheblichkeit, die in den Worten des Anwalts mitgeschwungen hatte, war nicht zu überhören gewesen. Er blies langsam den Rauch aus.

Bruno entleerte seine Blase. In den diversen Spiegeln nahm er sein Gesicht gleich mehrmals wahr. Der Marmorboden setzte sich in Veras Badezimmer fort. Allerdings war der Farbton anders. Er wirkte weicher. Auch die Struktur des Steins wich von der draußen ab. Aber es war Veras Bad, das hatte er sofort gesehen. Kein Hinweis, dass es auch von ihrem Ehemann, Joachim Westermann, benutzt wurde.

Allerdings waren am Ende des Flurs zwei Türen abgegangen. Die Tür zu ihrem Schlafzimmer hatte ein Gegenüber. Bruno vermutete, dass dort Westermanns Schlafzimmer war und auch das Bad, das er benutzte. Da war er sich sicher.

Bruno wusch sich die Hände. Goldene Wasserhähne. Alles vom Feinsten hier. Sein Gesicht im Spiegel hatte eine sonderbare Farbe. Das musste an der Beleuchtung liegen.

Bruno öffnete die andere Tür, die vom Flur abging. Seine Vermutung bestätigte sich. Er befand sich in Westermanns Bad. Auf einem dunklen Bademantel prangte ein Wappen. Dasselbe war auch auf den Handtüchern, es schien ein Familienwappen zu sein. Dieselben goldenen Wasserhähne. Über dem Waschbecken Rasierzeug. Dazu jede Menge Cremes, Parfüms, Rasierwasser. Westermann scheint sehr auf sein Äußeres zu achten, dachte Bruno. Er nahm die Zahnbürste aus dem Becher und ließ sie vorsichtig in eine kleine, durchsichtige Plastiktüte gleiten. Natürlich war das idiotisch. Illegal. Gegen alle Regeln. Und vor Gericht keinen Pfifferling wert. Aber ob sich einer wie Westermann dazu herablassen würde, überhaupt mit ihnen bezüglich des Verschwindens von Jo Schiller zu reden, war alles andere als sicher. Und es gab Spuren, die sie bisher noch nicht zuordnen konnten. Irgendwann musste man diesen Schiller ja finden. Dann würde es weitere Spuren geben. Die DNA von Westermann zu haben war also nicht verkehrt. Dann werden wir definitiv wissen, ob du etwas mit dem Verschwinden von Jo Schiller zu tun hast, dachte Bruno. Die Zahnbürste war zwar wertlos für eine Anklageschrift, jedoch sehr wertvoll für die weiteren Ermittlungen. Der Abgleich mit Westermanns DNA konnte ihr entscheidender Vorsprung sein. Weitere Indizien und wirklich stichhaltige Beweise wären dann nur noch eine Frage der Zeit.

Der Wald hatte sich in der letzten halben Stunde in eine dunkle Masse verwandelt. In einen fleischigen Schatten. Die Bäume, der Bauwagen – alles war in der Nacht verschwunden. Es blieben nur Geräusche. Das Rascheln des Windes in den Zweigen. Die vereinzelten Rufe eines Käuzchens.

Lady Di fröstelte. Sie rieb ihre Hände aneinander und blies hinein. Es brachte nichts. Es war zu kalt. Vor ein paar Minuten war ein Auto davongefahren. Das mussten Ramsauer und Holzinger gewesen sein. Die beiden hätten zumindest Bescheid geben können, ehe sie sich vom Acker machten. Und Bruno? Der meldete sich einfach nicht. Das war doch keine Art. Und dieser Förster war auch nicht aufgetaucht. Es war zum Kotzen!

Das Licht zwischen den Zweigen stammte von Brockmann und der Perreira. Wenn sie die Geräusche, die von dort kamen, richtig deutete, waren sie dabei zusammenzupacken. Es brachte hier ja auch nichts mehr. Es war definitiv zu spät für irgendeine Aktion. Morgen, dachte sie. Dann aber das volle Programm. Sie glaubte nicht, dass die Geschichte mit den Zetteln ein dummer Scherz war. Es war ein Hilferuf. Es war überhaupt ihre erste Spur. Schiller musste hier irgendwo sein.

»Nicht erschrecken«, sagte Brockmann.

Sogar in dieser fast vollkommenen Dunkelheit zeichneten sich noch die Konturen seines kahlen Schädels ab.

»Wir machen jetzt Schluss.«

»Ja, bringt nichts mehr. Wir machen morgen früh weiter«, sagte Lady Di.

»Irgendwas von Bruno?«, fragte er.

»Nein, kein Wort, ich versteh's nicht«, erwiderte sie.

Der laute, durchdringende Schrei des Käuzchens war wieder zu hören.

»Gruselig«, sagte Brockmann.

Wind fuhr durch die Zweige. Dann vibrierte das Handy in ihrer Jacke.

»Bruno!«

Ihre Stimme klang dünn und hoch.

»Wo warst du die ganze Zeit?«

»Wenn man vom Teufel spricht«, brummte Brockmann und verschwand wieder in der Finsternis.

25

Die beiden Schmerztabletten, die er vor dem Abflug in Shanghai genommen hatte, hatten Westermann in einen unruhigen Schlaf versetzt.

Als er erwachte, spürte er sofort den Schmerz. Als habe jemand einen Schalter umgelegt. Wie Stahl, dachte er. Kalter, geschliffener Stahl. Eine Klinge. Jemand bohrte mit einem Messer in seinem Rücken herum. Immer der Rücken. Der verdammte Rücken. Aber nicht nur dort. Der Schmerz flutete jetzt. Die Schleusen waren geöffnet. Er strahlte in seine Beine. In die Arme. Bis in die Finger.

Dieser Traum, dachte er. Wann hatte er zuletzt von Schiller geträumt? Die Bilder waren so real gewesen. Der See im Wald. Wo sie immer waren. Damals. Seine Haut. Nass vom Schwimmen. So lange her. Eine andere Zeit. Ein anderes Leben. Das Geräusch des Windes in den Zweigen hatte sich metallisch angehört. Wie eine Säge. Das Wasser. Nichts bewegte sich. Alles stand still. War erstarrt. Es war der Kuss gewesen, der die Erstarrung gelöst hatte. Ein Dornröschenkuss. Lang. Innig. Er hatte die Augen geschlossen. Sich seiner Zunge hingegeben. Joachim und Jo. In diesem Traum waren sie wieder eins gewesen. Er roch ihn. Er spürte ihn.

Dann war er aufgewacht.

Wir beide, eins. Einst. Und jetzt ist einer von uns tot. Mit ziemlicher Sicherheit. Du musst gestorben sein, Jo. So lange hält das keiner aus. Wir sind alle sterblich. Vergänglich. Staub. Sand. Asche. Ich habe das nicht gewollt, Jo. Aber ich habe es trotzdem getan. Ich musste es tun. Und jetzt komme ich zurück, um dich zu begraben.

Westermann wischte sich kalten Schweiß von der Stirn. Sein Mund war vollkommen ausgetrocknet. Nicht mal eine Stunde hatte er geschlafen. Das war nichts. Der Flug dauerte noch lange. Dazu die Turbulenzen. Seit Minuten ging immer wieder ein Rütteln durch die Maschine. Das Gurtzeichen über ihm leuchtete. Er war angeschnallt. Er war in Flugzeugen immer angeschnallt. Er veränderte seine Sitzhaltung ein wenig, doch der Schmerz blieb. Die Tabletten taugten nichts.

Was die Gründe anging, hatte sich der Alte sonderbar bedeckt gehalten. Er hatte nichts aus ihm herausbekommen. »Komm zurück, Joachim. Sofort!« Mehrmals hatte er diese Worte wiederholt. Seine Stimme hatte alarmiert geklungen. Ganz anders als sonst. Unruhig. Gehetzt. Aber warum hatte er ihn zurückbeordert? Was sollte das? Drei Tage früher oder später?

Natürlich hatte er ihm nicht widersprochen. Dem Alten widersprach man nicht. Aber er war immerhin der Leiter dieser Delegation. Und die Gespräche mit den Chinesen waren allesamt sehr erfolgreich verlaufen. Jetzt wurde er vollkommen überstürzt abgezogen. Das war unklug. Das sorgte nur für Unruhe. Für Getuschel, Gerede.

Sein Blick glitt über die beiden Sitzreihen vor ihm bis zum Durchgang ins Cockpit. Verweilte einen Moment auf der glitzernden Säule eines Leselichtes, ganz vorne, auf der anderen Seite der Kabine.

War Schiller wieder aufgetaucht? Hatte man ihn gefunden? Das war unmöglich. Unmöglicher noch, eine Verbindung zu ihm zu finden. Ihn mit Schillers Verschwinden in Zusammenhang zu bringen. Zudem hätte der Alte nicht hinter dem Berg gehalten, wenn dem so wäre. Er hatte die Zeitungen gelesen. Nichts. Auch über den Unfall. Nichts. Er konnte also nicht in den Fokus irgendwelcher Ermittlungen geraten sein. Das war nicht möglich. Und der Prozess? Natürlich konnte der kommen. Das war von vornherein klar gewesen. Das konnte kein Grund sein, ihn derartig abrupt aus Shanghai abzuziehen. Wieder ging ein Rütteln durch die Maschine. Die glitzernde Säule erlosch. Jetzt drang nur noch aus der Bordküche diffuses Licht.

Etwas Alkohol, dachte Westermann. Ein Glas Sekt. Wein. Das macht müde. Beruhigt. Eine Stewardess stand jetzt im Durchgang zum Cockpit. War das nicht die Blonde vom Hinflug? Zumindest sah sie ihr ähnlich. Oder war es wirklich dieselbe Crew? Warum nicht? Ihre Blicke trafen sich. Sie lächelte ihn an. Höflich, müde, mechanisch. Aber sie sah ihn nicht. Sie nahm ihn nicht wahr. Wenn es dieselbe Crew war, muss auch dieser Steward hier sein, dachte er. Der Schlanke. Mit dem indischen Einschlag. Mit der dunklen, feinen Haut. Aber ihn sah er nirgends. Wahrscheinlich täuschte er sich. Es war nicht dieselbe Crew. Und diese Frauen – die sahen doch alle gleich aus. Westermann gab der Stewardess ein Zeichen, und sie kam zu seinem Platz.

»Streng genommen ist das hier gar nicht mehr mein Wald, Herr Kolb«, sagte der Förster.

Ein massiger Typ mit Oberlippenbart. Der Bart sah aus wie angeklebt.

»Und was machen wir jetzt?«

Der Mann kratzte sich im Schritt. In seiner Camouflage-Aufmachung sah er eher aus wie ein Söldner. Etwas weiter weg stand Lady Di und sprach in ein Funkgerät. Sie hielt Kontakt zu dem Suchtrupp, der vor einer knappen Stunde ausgeschwärmt war, und zu dem Hubschrauber, dessen Rotoren in der Ferne zu hören waren.

»Mein Wald geht bis hierher.«

Er zeigte auf eine schmale Schonung, wo etwa zwei Dutzend Tannen in Reih und Glied standen. Die höchsten Tannen waren maximal schulterhoch.

»Dort irgendwo muss der Grenzstein sein.«

Der Förster zog laut die Nase hoch.

Die jungen Tannen wirkten kümmerlich, sie sahen krank aus.

»Ab hier gehört er einem privaten Pächter. Ziemlich großes Stück Wald. Fast 600 Hektar. Das geht von hier ab die ganze Hochebene bis runter ins Tal.«

Der Förster zeigte zwischen zwei Baumstämmen hindurch in den grauen Himmel.

»Der Wald geht bis zu seiner Villa«, fügte er hinzu.

Das Geräusch des Hubschraubers wurde lauter.

»Zu wessen Villa?«, fragte Bruno.

Der Förster griff sich wieder in den Schritt. Dass Lady Di ihm dabei zuschaute, schien ihn nicht zu stören.

»Westermanns Villa. Der Politiker. Eine stinkreiche Familie. Die hatten schon immer Wald hier.«

Bruno und Lady Di warfen sich einen Blick zu. Wieder meldete sich das Funkgerät.

Der Nieselregen und der Nebel ließen die Landschaft neben der Autobahn flüssig erscheinen. Weidlich fuhr schnell. In einer knappen halben Stunde dürfte er zu Hause sein. Dabei hatte er es überhaupt nicht eilig.

Der Masten einer Hochspannungsleitung nahe der Autobahn war noch klar zu erkennen. Der nächste Masten war bereits halb im Nebel verschwunden. Und danach gab es nichts mehr. Nur dieses nasse Grau. Die Kabel, die Masten, die braune, umgepflückte Ackerfläche und ein paar einzelne Bäume lösten sich vollständig darin auf.

Westermann unterhielt sich nicht mit seinem Fahrer. So eng

war ihr Verhältnis nicht. Ihre Kommunikation beschränkte sich auf den Austausch von Höflichkeiten. Man sprach über das Wetter, die Tochter, die Jagd. Die Tochter war das einzige Private, das Westermann von Weidlich wusste. Sie studierte etwas mit Wirtschaft. Was genauer und wo, hatte er vergessen. Nur dass es eine private Hochschule mit gutem Ruf war. Er hatte sich gefragt, woher Weidlich das Geld dafür hatte. Die Ausbildung seiner Tochter musste ein Vermögen kosten.

Auf dem Weg vom Gate zum Parkhaus hatten sie kaum Worte gewechselt. Die meiste Zeit waren sie schweigend nebeneinander hergegangen. Aber Westermann hatte einen Ausdruck von Sorge bei Weidlich bemerkt. Weidlich konnte seine Irritation darüber, dass er Hals über Kopf aus Shanghai zurückgekehrt war, nicht verbergen. Er musste sich darüber seine Gedanken gemacht haben. Er hätte wohl gerne mehr gewusst. Weidlich muss meine Unruhe mitbekommen haben, dachte Westermann. Weil er schlecht gespielt hatte. Aber die Strapazen des Fluges, die Übermüdung und die starken Rückenschmerzen machten es schwer, die Fassade zu wahren. Er hatte Weidlich bisher für einen eher grobschlächtigen und auch ein wenig einfältigen Charakter gehalten. Aber vermutlich hatte er sich in ihm getäuscht.

Der Regen war stärker geworden. Sie überholten einen Lastwagen. »Kohlmeyer Fleisch« – auch das noch, dachte Westermann und schüttelte den Kopf. Natürlich hatte Kohlmeyer eine Menge dieser Lastwagen laufen. Aber ausgerechnet jetzt und hier – das war schon ein sonderbarer Zufall. Ein Zeichen? Nur, wofür? Es gab wenige Menschen, die ihn so abstießen wie Kohlmeyer. Der Mann war durch und durch ekelhaft. Natürlich war er wichtig. Das viele Geld, sein Einfluss. Man kam nicht um ihn herum.

Kohlmeyer wusste genau, wie der Hase lief, und er machte immer seinen Schnitt. Schon am ersten Abend, kurz nach dem Einchecken im Hotel, hatten sich Kohlmeyer und dieser Griesbach vom Bauernverband Nutten ins Hotel kommen lassen. Vier dünne Mädchen, eigentlich noch Kinder. So sahen sie zumindest aus. Zwei reichten den beiden alten Säcken nicht. Es mussten vier sein. Ihre Lippen waren obszön geschminkt. Es sah aus, als hätten sie blutende Wunden im Gesicht. Diese Frauen – es wiederholte sich allabendlich. Es war widerlich.

»Wozu eigentlich der Hubschrauber, Herr Kolb?«

Der Lärm der Rotoren über ihnen wurde immer lauter.

»Um Jo Schiller zu finden!«, rief Bruno.

Der Hubschrauber tauchte jetzt direkt über ihnen zwischen den Bäumen auf.

»Wenn dieser Schiller hier irgendwo sein soll, und das schon seit fast zwei Wochen, dann wächst längst Gras über dem Mann!«, schrie der Förster.

Lady Di winkte mit dem Funkgerät. Dann drehte der Pilot die Maschine weg, und der Lärm nahm wieder ab.

»Und wenn nicht?«, begann Bruno. »Wenn der Mann noch am Leben ist? Wo könnte man hier jemanden verstecken?«

Der Förster schaute ihn skeptisch an.

»Sie meinen so eine Art Entführung?«

Bruno nickte.

»Hier ist doch nichts. Bloß Wald. Hier kann man jemanden vergraben. Aber verstecken?«

Der Förster spuckte aus. Der dunkelgelbe Auswurf landete auf einem Haufen vertrockneter Blätter aus dem letzten Herbst.

»Im Bauwagen vielleicht. Aber da sind ja die Kinder drin. Der gehört diesem Waldkindergarten. Da wird der Mann kaum sein.«

Der Förster zog die Stirn in Falten und trat mit dem Schuh auf seinen Auswurf.

»Es gibt noch einen alten Schuppen. Der muss so etwa 200 Meter Luftlinie von hier entfernt sein. Den hat die Forstverwaltung früher benutzt. Aber heute nicht mehr. Ich weiß nicht, was der Westermann damit macht und ob der Schuppen überhaupt noch steht.«

Lady Di kam auf sie zu.

»Dann schauen wir uns den mal an«, sagte Bruno.

Der Förster kickte den Laubhaufen auseinander und zeigte auf einen schmalen Weg, der hinter der Schonung verlief.

»Nichts. Bis jetzt«, sagte Lady Di.

»Es gibt wohl einen Schuppen hier in der Nähe«, sagte Bruno zu ihr.

Der Förster hatte sich bereits in Bewegung gesetzt.

Sie folgten ihm.

26

Inzwischen hatte es wieder einmal zu regnen begonnen.

»Das war mal ein guter Schuppen«, murmelte der Förster.

Er rüttelte an der Tür, die mit einem Vorhängeschloss gesichert war. Das Holz war so stark verzogen, dass man mühelos am Türrahmen vorbei ins Innere des Schuppens sehen konnte.

»Alles verkommt«, bemerkte der Förster.

Er lugte hinein. Lady Di stand hinter ihm.

»Zu benutzen scheint er den Schuppen offenbar schon.«

Dicke Tropfen schlugen jetzt auf die Brennnesseln ein, die sehr hoch wuchsen und das gesamte Gebäude umwucherten. Von oben musste das wie ein zerfledderter Kranz aussehen, dachte Bruno. Ihm war kalt. Unter dem Vordach des Schuppens waren sie zumindest vor dem Regen geschützt. Eine Weile jedenfalls, denn das Wasser drang an etlichen Stellen bereits durch. Es war jemand hier gewesen in der letzten Zeit. Man sah es an den abgeknickten Brennnesseln. Ein schmaler Trampelpfad, der zum Eingang des Schuppens führte. Außerdem waren Reifenspuren auf dem Weg. Es konnte Tage her sein, vielleicht auch Wochen. Die Reifenspuren waren auf jeden Fall älter.

»Jede Menge Zement, Kies, Sand«, sagte der Förster.

Lady Di stand einen Meter von ihm entfernt und schaute durch eine der Ritzen in der Wand.

»Sieht nicht so aus, als ob jemand da drin ist«, fügte er hinzu.

»Wozu braucht man eigentlich das viele Baumaterial hier draußen im Wald?«, fragte ihn Lady Di.

Der Förster trat einen Schritt von der Tür weg. Ein Rinnsal

tropfte vom Dach auf das Schulterpolster seiner dicken Camouflage-Jacke.

»Zum Verfüllen«, gab er zurück.

Er schaute nach oben, von wo das Wasser kam, und machte einen Schritt zur Seite.

»Zum Verfüllen von was?«

Der Förster wischte sich das Wasser von der Schulter.

»Zum Verfüllen der alten Stollen.«

Der Regen schien nachzulassen.

»Was für Stollen?«, fragte Bruno.

»Hier wurde Erz abgebaut. Bis ins Mittelalter.«

»Und das fällt Ihnen jetzt ein!«, zischte Bruno.

Der Förster wich seinem Blick aus.

»Es gibt eine Verwaltungsanordnung«, brachte der Mann kleinlaut hervor. »Bis Ende April müssen die Stollen verfüllt sein. Der Westermann ist ziemlich spät dran.«

»Oder genau richtig«, kommentierte Bruno.

»Und wo sind diese Stollen?«, fragte Lady Di genervt.

Der Förster machte eine ausholende Handbewegung.

»Eigentlich überall. Das ganze Gebiet hier ist wie ein Schweizer Käse.«

»Verwaltungsanordnung!«, blaffte Bruno den Förster an. »Gibt es Karten? Ein Verzeichnis der Stollen?«

»Schon«, erwiderte der Förster zögernd.

Dann kramte er in seiner Camouflage-Jacke und zog ein Mobiltelefon aus der Tasche. Er wählte.

»Ich kenne jemanden, der das weiß. Ein Fachmann«, sagte er und versuchte ein Grinsen.

»Schön«, sagte Bruno.

Er ließ den Mann stehen und stapfte kopfschüttelnd durch die Brennnesseln davon. Er war wütend. Immerhin tröpfelte es jetzt nur noch, und zwischen den Wolken kamen ein paar hellere Stellen hervor.

Zwischen den nassen Stämmen war bereits der Bauwagen des Waldkindergartens zu sehen. Bruno hörte Kinderstimmen. Aus dem schmalen Metallkamin kräuselte sich Rauch. Plötzlich stand ein kleiner Junge vor ihm. Er musste aus dem Gebüsch gekommen sein.

»Wer bist du denn?«

»Ich bin der Ivan.«

»Und was machst du hier?«

»Pipi. Hab ich gemacht.«

Der Kleine hatte die Hände in den Taschen und musterte ihn ausgiebig.

»Bist du ein Polizist?«, fragte er dann.

Bruno nickte.

»Du hast aber keine Mütze auf«, kam es zurück.

»Es haben nicht alle Polizisten Mützen auf.«

Der Kleine schien mit der Antwort nicht so recht zufrieden zu sein. »Hast du eine Pistole?«

Bruno verneinte.

»Du brauchst aber eine Pistole«, sagte Ivan.

»Warum?«

»Wegen dem Monster.«

»Welches Monster?«

Der Kleine zeigte auf eine Stelle im lichten Dickicht. Dort war ein kleiner Hügel zu sehen, der steil anstieg.

»Das Monster, das da drüben in der Höhle wohnt.«

Ein schmaler Pfad schien um den Hügel zu führen.

»Zeigst du mir das Monster?«

»Das kann ich nicht«, erwiderte der Kleine.

»Warum nicht?«

»Weil du keine Pistole hast.«

»Ist das Monster gefährlich?«

Der Junge nickte. Bruno musste grinsen.

»Komm, das schaffen wir schon«, sagte er zu dem Kleinen.

Westermann stand vor dem großen Fenster und sah hinaus. Auf das Gras. Auf die schmalen Stämme der Tannen. Altes Laub. Schon wieder ein neuer Maulwurfshügel. Die Dinger waren eine Pest. Im Kamin brannte ein Feuer.

Was kann so wichtig sein, dachte er, dass du mich unbedingt sehen musst. Und nicht in der Parteizentrale. Auch nicht im Regierungssitz. Nein, bei Nacht und Nebel. Wie in einem schlechten Film. Oben am Waldparkplatz. Die Stimme des Alten am Telefon hatte hart geklungen. Kalt. Er hatte nervös gewirkt. Gehetzt.

Plötzlich sah Westermann wieder das Gesicht des Jugendlichen vor sich. Dumm und voller Pickel. Wie er geschaut hatte, als er ihm die Scheine in die Hand gezählt hatte. Für das verdammte Handy. Wie dumm der geschaut hatte.

Im Kamin knackte ein Holzscheit. Er hörte ihre Schritte. Sie kamen näher. Leise, vorsichtig, verschlagen. Sie schlich durchs Haus wie eine Katze.

»Du bist schon zurück?«

Ihr schweres Parfüm. Der rot angemalte Mund. Wie Blut.

»Ja.«

»Hast du nicht gesagt, dass du Sonntag aus Shanghai zurückkommst?«

Ihr Blick. Er durchschaute ihn nicht.

»Wichtige Termine.«

Er durchschaute Vera nicht. Seine Frau. Eine Sphinx. Ich durchschaue nichts mehr, dachte er dann.

»Stört dich das?«, fragte er.

Ihre Haltung verkrampfte sich ein wenig. Eine Katze würde jetzt den Schwanz aufstellen, die Haare auf ihrem Rücken würden ihr zu Berge stehen.

»Was soll mich stören?«

Er schaute in ihre kleinen, dunklen Augen.

»Dass ich wieder da bin«, antwortete er langsam.

Sie hielt seinem Blick stand.

»Nein.«

Dann drehte sie sich abrupt um und ging aus dem Zimmer. Ihre Schritte waren jetzt nicht mehr weich. Sie waren hart. Sie hallten metallisch auf dem Marmorboden.

Du bist keine Katze, dachte er.

»Sollen wir mit rein?«, fragte einer der Feuerwehrmänner, an Bruno gewandt. Der Mann war total verschwitzt. Sein Kollege atmete schwer. Er war ein wenig in die Hocke gegangen und hatte die Hände auf die Schenkel gestützt. Die Feuerwehrmänner hatten eine Weile gebraucht, um die Metalltür aufzubrechen. Waren es nicht sogar die beiden, die er in dem Rohbau am Lohwiesenweg getroffen hatte, in dem klotzigen Bunker dieses Bürgermeisters?

»Ich denke, das ist nicht nötig«, antwortete er.

Der abgefackelte Dachstuhl. Der Mord am Lohwiesenweg. Das alles war erst wenige Wochen her. Wie die Zeit rast, dachte er.

Es war so viel geschehen.

»Das riecht, wie wenn da drin etwas verendet wäre«, sagte der Förster.

Erst jetzt fiel ihm der Geruch auf. Es stimmte. So roch es. Aber was hatte dieser komische Förster überhaupt noch hier verloren?

»Willst du reingehen, Bruno?«, fragte Lady Di.

»Du nicht?«

»Doch. Nach dir.«

Sie reichte ihm eine Taschenlampe.

Der Eingang zu dem Stollen war sehr schmal. Sie mussten hintereinander hergehen. Aber nur die ersten paar Meter. Dann öffnete sich der Stollen plötzlich. Bruno ließ den Schein der Taschenlampe an dem Gestein entlanggleiten. Etwa fünf Meter breit, knapp zehn Meter lang vielleicht, drei Meter hoch, schätzte er. Eine Art Kammer. Dann tauchten auf der rechten Seite aus der Dunkelheit zwei Stapel Säcke auf. Gut zwei Dutzend. Zement. Sand. Daneben ein Haufen Kies. Mannshoch.

»Auf jeden Fall ist hier vor nicht allzu langer Zeit jemand gewesen«, sagte Bruno.

Es war Lady Di, die mit ihrer Taschenlampe den Betonmischer anstrahlte. Er stand versteckt in einer Nische.

»Da will jemand was verfüllen«, sagte Lady Di.

»Fragt sich nur was?«

Der Strahl seiner Taschenlampe streifte kurz ihr Gesicht.

»Es riecht wirklich ziemlich streng hier«, sagte sie.

Sie hatte Recht. Ein Geruch nach Verwesung, der aus dem hinteren Teil der Kammer zu kommen schien. Vielleicht ging von dort aus ein weiterer Stollen ab.

»Ich glaub, mir wird schlecht«, sagte Lady Di.

Die Kammer war leer, bis auf das Baumaterial und den Betonmischer. Doch Bruno hatte richtig vermutet, am Ende der Kammer ging links ein weiterer Stollen ab. Es kann auch ein Tier sein, dachte Bruno. Der Gestank wurde immer unerträglicher. Und es gab keinen Zweifel, dass er aus dem Stollen kam, der von der Kammer abzweigte.

Er war nicht so eng wie der Bereich am Eingang, aber dafür ziemlich niedrig. Als Brunos Lampe auf den Körper traf, machte er hastig einen Schritt zurück und stieß dabei mit dem Kopf gegen das Gestein. Er schloss die Augen. Konzentrierte sich auf den Schmerz in seinem Kopf. Sein Magen spielte verrückt. Seine Beine fühlten sich wie Pudding an.

»Da liegt jemand, Andrea! Verständige Brockmann und die Perreira«, rief Bruno.

Seine Stimme hallte, es gab viele kleine Echos. Von Lady Di kam keine Antwort. Er hörte nur, wie sie sich übergab. Ich bin auch gleich so weit, dachte er.

Der Schein seiner Lampe traf eine Hand. Sie war zur Faust geballt. Goldringe an den Fingern. Der Handrücken war ein einziger Bluterguss. Auch am Arm waren Blutergüsse. Dunkelrot, bläulich. Ein stumpfes, schmutziges Gelb schien durch. Vielleicht waren es auch keine Blutergüsse, sondern bereits Leichenflecken. So genau konnte er das aus der Entfernung nicht sehen. Dem Geruch nach war der Mann schon mehrere Tage tot. Sein Gesicht war unnatürlich verzerrt. Wie erstarrt in einem Schrei, dachte Bruno. Er machte einen Schritt näher auf die Leiche zu. Aus dem aufgerissenen Mund liefen Ameisen. Waldameisen. Es gab keinen Zweifel, vor ihm lag Jo Schiller. Sie waren zu spät gekommen.

Hoffentlich warst du schon tot, als man dich hierherbrachte, dachte Bruno. Hoffentlich! Hoffentlich bist du nicht hier drinnen gestorben. Qualvoll verreckt in diesem schwarzen Loch. Lebendig begraben.

27

Schillers Leiche. Der Stollen. Bruno bekam die Bilder nicht mehr aus dem Kopf. Der Geruch. Es war alles zu viel. Man konnte nicht einfach einen Schalter umlegen und sagen: »Gut, das war's. Ich bin nicht mehr im Dienst.« Dafür hatte er den falschen Job. Diese Bilder waren immer da. Sie verfolgten einen, sie nisteten sich im Gedächtnis ein. Sie wurden ein Teil von einem. Sie wurden zu schlechten Erinnerungen.

Bruno war nach dem Auffinden von Schillers Leiche ins Präsidium gefahren. Er hatte es am Tatort nicht mehr ausgehalten. Die Tatsache, dass sie zu spät gekommen waren. In den letzten beiden Stunden hatte er sich an die Bürokratie gemacht: Aktennotizen, Berichte. Der Apparat musste laufen, trotz alledem. Und jetzt? Brockmann und die Perreira waren noch draußen im Wald. Auf dem Gang waren Schritte zu hören. Jemand kam zur Tür seines Büros. Aber kein Klopfen. Der- oder diejenige schien es sich plötzlich anders überlegt zu haben. Die Schritte entfernten sich wieder.

Bruno lehnte sich im Stuhl zurück und starrte an die Decke. Er streckte sich. Dann stand er auf und ging ans Fenster. Es war windig draußen. Man hörte den Verkehr.

Feierabendverkehr, dachte Bruno. Es war Zeit, hier zu verschwinden, nach Hause zu gehen. Aber was erwartete ihn da? Ein leerer Kühlschrank. Die Plastiktüten mit den Habseligkeiten seines Vaters. Eine Nachricht von Hanna. Sie musste mit Pia im Laufe des Vormittags in Frankfurt gelandet sein. Sie hatte ihn nicht gefragt, ob er sie abholen könne. Und er hatte es ihr nicht angeboten. Der Wind draußen verhedderte sich in einem Baum. Dem einzigen Baum, den man vom Fenster seines Büros aus sehen konnte. Die paar Krähen, die in dem Baum saßen, flogen mit einer Böe auf und verteilten sich dann wieder auf den Ästen. Zwischen den Fassaden zweier Hochhäuser im Hintergrund war eine Spur Abendrot zu sehen. Es sah wie angeklebt aus.

Westermann nahm jetzt die Stille um sich wahr. Das Haus schien verlassen. Wo war Vera? War sie wieder gegangen? Sie ist ein seltener Gast, dachte er. Das Feuer im Kamin war heruntergebrannt. Er hatte nicht darauf geachtet. Hatte vor sich hin sinniert und die Zeit vergessen. Draußen war es schon dunkel. Das Licht des Zimmers auf dem Rasen vor dem Fenster sah wie Wasser aus.

Westermann dachte an den See aus seinem Traum. An ihren See im Wald. An ihr Paradies. Den See gab es noch. Im Laufe der Jahre war er fast vollständig zugewachsen. Westermann sah auf die Uhr. Das Treffen mit dem Alten war in genau zwei Stunden. Dieses sonderbare Treffen. Bei Nacht und Nebel. Im Wald. Auf das er sich keinen Reim machen konnte.

Westermann betrachtete den Stapel Zeitungen vor sich. Er hatte sie noch einmal sorgfältig durchgesehen. Da war nichts gewesen. Nichts über Schiller. Nichts über den Unfall. Nichts davon, dass ein Prozess gegen ihn bezüglich des Harzberg-Centers unmittelbar bevorstehen würde. Warum also das Treffen?

Das Telefon klingelte. Westermann erhob sich von der Couch. Sofort meldete sich der Schmerz in seinem Rücken zurück. Er blieb kurz stehen und atmete vorsichtig ein. Er wartete zwei weitere Klingeltöne ab, dann ging er zum Telefon. Es war Weidlich, der wissen wollte, ob er heute Abend noch gebraucht würde. Ob er ihn noch fahren solle.

»Es hat sich erledigt, Herr Weidlich. Vielen Dank, dass Sie sich noch einmal gemeldet haben.«

Weidlich bedankte sich überschwänglich und erzählte von der Trauung. Von der Hochzeit seiner Tochter heute Abend. Er musste es wohl schon während der Fahrt heute Morgen erwähnt haben, Westermann hatte es vergessen. Auf jeden Fall musste er, nachdem er ihn zu Hause abgesetzt hatte, sofort vor den Altar geeilt sein, um seine Tochter unter die Haube zu bringen.

»Richten Sie Ihrer Tochter meine Glückwünsche aus. Ich wünsche dem jungen Paar von Herzen alles Gute!«, unterbrach Westermann den Redefluss seines Chauffeurs.

Dass Weidlich das Gespräch immer noch nicht beendete, irritierte ihn. Was wollte er noch? Seine sonderbare Zudringlichkeit war ihm unangenehm. Er war sein Fahrer und sonst nichts. Es galt, Distanz zu wahren.

»Unsere Fahrt steht dann also morgen Vormittag an, Herr Westermann?«

»Welche Fahrt?«, fragte Westermann zurück.

»Ihr Treffen mit dem Vorsitzenden. Sie hatten es heute Morgen erwähnt, als ich Sie vom Flughafen abholte.«

Hatte er das? Er erinnerte sich an den Ausdruck von Sorge in Weidlichs Gesicht. Seine Neugier. Seine penetranten Versuche, ein Gespräch zwischen ihnen in Gang zu bringen.

»Ich treffe ihn hier, Herr Weidlich. Heute Abend.«

In die kurze Pause hinein, die folgte, ärgerte sich Westermann darüber, dass er Weidlich das mitteilte. Dass er sich von ihm aus der Reserve hatte locken lassen. Es ging Weidlich einen feuchten Dreck an, wann, wo und warum er den Vorsitzenden traf.

»Der Vorsitzende kommt also zu Ihnen nach Hause, Herr Westermann?«

»Nein, ich treffe ihn am Waldparkplatz. In zwei Stunden, wenn Sie es genau wissen wollen, Herr Weidlich!«

Westermann musste sich beherrschen, Weidlich seine Wut nicht spüren zu lassen, wobei er vielmehr wütend auf sich selber war. Darüber, dass er sich überhaupt auf dieses Gespräch eingelassen hatte. Dass es ihm nicht gelang, Weidlich abzuschütteln und das Telefonat zu beenden.

»Dann wird es voraussichtlich auch morgen Vormittag keine Fahrt geben?«

»Nein. Aber falls sich die Dinge ändern sollten, werde ich mich bei Ihnen melden.«

Westermann beendete das Gespräch abrupt, ohne Weidlich noch eine schöne Feier zu wünschen. Reiß dich zusammen!, dachte er. Du bist unkonzentriert. Du spielst schlecht. Du hast dich nicht unter Kontrolle.

»Alles klar?«

Bruno hatte Brockmann nicht hereinkommen hören. Brockmann sah müde aus. Alt. Das Neonlicht malte grünliche Streifen auf seine Glatze.

»Superscheiße gelaufen alles«, sagte er.

»Wir sind zu spät gekommen«, erwiderte Bruno.

Brockmann kratzte sich an der Glatze.

»Mach dir keine Vorwürfe, Bruno. Da hat keiner draufkommen können.«

»War er schon tot?«

Brockmann ging zum Schreibtisch und setzte sich auf die Tischplatte.

»Der Tod ist vor fünf oder sechs Tagen eingetreten. Genau kriegst du das noch. Keine Spuren von körperlicher Gewalt. Zumindest äußerlich. Bis auf Abschürfungen, aber die dürfte er sich selbst beigebracht haben.«

»Deshalb die Blutergüsse«, warf Bruno ein.

Brockmann nickte.

»Der Mann ist einfach gestorben. Ein Infarkt, Herzstillstand. Vielleicht ist er auch verdurstet. Wir wissen es noch nicht.«

»Das Schwein hat ihn lebendig begraben«, sagte Bruno.

Das Abendrot zwischen den Fassaden der Hochhäuser war verschwunden.

»Wo warst du eigentlich?«

»Im Stollen«, erwiderte Bruno.

»Ich meine gestern.«

Bruno ging zu seinem Schreibtisch und kramte in seiner Jacke, die über dem Stuhl hing. Er nahm die kleine Plastiktüte mit der Zahnbürste heraus und gab sie Brockmann.

»Was ist das?«

Bruno legte die Tüte neben Brockmann.

»Nach was sieht es denn aus?«

Brockmann strich kurz über die Zahnbürste.

»Dürfen wir das?«

»Wir machen es einfach.«

»Und was haben wir davon?«

»Wir können wichtige Spuren zuordnen.«

Brockmann nahm die Tüte und betrachtete die Zahnbürste.

»Das haut dir jeder Staatsanwalt um die Ohren, Bruno. Und der Richter sowieso.«

»Noch ermitteln wir, Brockmann. Und das hier könnte uns einen entscheidenden Vorsprung bringen.«

Als Westermann den Waldparkplatz erreichte, war es kurz nach 21 Uhr. Der Parkplatz war verlassen. Das Licht der Scheinwerfer spiegelte sich in riesigen Pfützen. Der Boden schien das viele Wasser kaum noch aufnehmen zu können. Westermann steuerte seinen Geländewagen langsam über den Platz und bog dann in einen Waldweg ein. Nach etwa 20 Metern hielt er an und stellte den Motor aus. Der Lichtstrahl auf dem Weg und im Gestrüpp zu beiden Seiten erlosch.

Es dauerte eine Weile, bis sich seine Augen an die Dunkelheit gewöhnten. Schemenhaft tauchte die sanfte Biegung des Weges wieder auf. Das Gestrüpp. Dahinter gezackte Konturen von Tannen. Stämme, die schwach in der Dunkelheit schimmerten. Wahrscheinlich war der Mond zwischen ein paar Wolken durchgekommen. Den Rückspiegel durchquerte jetzt die Leuchtspur eines Wagens auf der Landstraße. Auf Höhe des Parkplatzes wurde die Geschwindigkeit jedoch nicht verringert, es war also nicht der Alte. Der Wagen fuhr vorbei. Die Scheinwerfer verschwanden aus dem Rückspiegel.

In dem Moment, als Bruno das Licht in seinem Büro abdrehte, klingelte das Telefon.

»Es geht um Westermann«, sagte jemand.

Im Hintergrund hörte man einen Wagen vorbeifahren. Es wurde offenbar aus einer Telefonzelle angerufen.

»Wer sind Sie?«

»Das spielt keine Rolle.«

Eine längere Pause folgte.

»Sind Sie noch dran?«

»Ja.«

»Was wollen Sie?«

»Westermann ist heute vorzeitig aus Shanghai zurückgekommen.«

Die Vernehmung mit Westermann war für Mitte der kommenden Woche angesetzt. Dorinth hatte es Bruno gestern mitgeteilt. Er hatte sich überrascht gezeigt, dass Westermann sich so schnell dazu bereit erklärt hatte.

»Er wird sich um 21 Uhr mit dem Ministerpräsidenten treffen. Am Waldparkplatz. An der L32. Wenn Sie stadtauswärts fahren, ist der Parkplatz etwa zwei Kilometer nach dem Ortsschild auf der rechten Seite.«

Bruno kannte die Stelle.

»Warum erzählen Sie mir das?«

Der Anrufer schwieg einen Moment. Osteuropäischer Akzent, dachte Bruno. Vom Alter her vielleicht Mitte 50 bis Anfang 60.

»Ich habe ein schlechtes Gefühl. Ich mache mir Sorgen um Herrn Westermann«, sagte der Anrufer.

Dann legte er auf.

28

Als Westermann auf die Gruppe zuging, zog einer der beiden Männer, die den Alten begleiteten, eine Waffe.

»Lass das«, zischte der Alte ihn an.

Der Mann wich einen Schritt zurück und erwiderte etwas, was Westermann nicht verstand. Der Alte kam auf ihn zu. Das Mondlicht schien auf den Bäumen hinter dem Alten zu fluoreszieren.

Er begrüßte ihn nicht. Er legte ihm nur die Hand auf die Schulter. Wie einem Kind, dachte Westermann. Wir sind alle seine Kinder. In der Dunkelheit sah das Gesicht des Alten aus wie eine Maske – fahl, ausdruckslos.

»Gut, dass du da bist, Joachim. Lass uns ein paar Schritte gehen.«

Der Alte ließ die Hand auf seiner Schulter, als habe er Angst, Westermann könne weglaufen. Westermann war die Berührung unangenehm.

»Ihr bleibt da. Es ist alles in Ordnung«, sagte der Alte seinen beiden Leibwächtern.

Einer nickte. Der andere sprach leise in ein Headset. Die Waffe hatte er wieder eingesteckt. Wahrscheinlich gab es noch einen dritten Bodyguard, der bei den beiden Fahrzeugen auf dem Parkplatz geblieben war.

»Komm«, sagte der Alte.

Er zog ihn am Arm. Westermann befreite sich aus seinem Griff und folgte ihm.

Bruno dachte über den sonderbaren Anruf nach. Er war sofort danach aufgebrochen. Aber was hatte das zu bedeuten? War Westermann plötzlich selbst in Gefahr? Und von wem sollte die Bedrohung ausgehen? Er konnte sich keinen Reim darauf machen.

Als er sich dem vom Anrufer genannten Waldparkplatz näherte, sah er dort zwei Fahrzeuge stehen. Er verlangsamte das Tempo ein wenig. Es waren große Autos. Gepanzerte Limousinen. Der Anrufer hatte also Recht. Es gab wirklich ein Treffen. Ein ziemlich komischer Ort, um den Ministerpräsidenten zu treffen, dachte Bruno, bei Nacht und Nebel im Wald.

Bruno fuhr am Parkplatz vorbei. Den schmalen Waldweg, der ein Stück weiter weg von der Landstraße abzweigte, registrierte er zu spät. Er musste scharf bremsen, gerade so, dass die Reifen nicht quietschten. Nachdem er abgebogen war, schaltete er sofort das Licht aus und stellte den Motor ab. Der Wagen holperte langsam über ein paar Steine, glitt durch Schlamm und kam dann in einer Pfütze zum Stehen. Bruno zog die Handbremse an.

Als er den Wagen kommen sah, versteckte er sich hinter einem Baum. Von der Landstraße aus konnte man ihn nicht sehen. Es war kaum Verkehr. Dieser war der erste Wagen seit bestimmt zehn Minuten. Er fuhr langsam am Parkplatz vorbei. Zu langsam, dachte der Leibwächter. Wir bekommen Besuch. Er hatte Recht. Knapp 200 Meter weiter leuchteten die Bremslichter des Wagens auf. Der Wagen hielt kurz und bog dann nach rechts in den Wald ein, jetzt ohne Licht.

Niemand fährt ohne Licht nachts durch den Wald.

Bruno starrte in die Dunkelheit um sich herum, bis sich vor der Windschutzscheibe Umrisse von Gestrüpp und Bäumen im Hintergrund abzeichneten. So – hier war er nun. Aber was hatte er hier überhaupt verloren? Und was erwartete er? Fahles Mondlicht fiel auf die Bäume. Immerhin, dachte Bruno, ein wenig Licht. Trotzdem war der Waldweg vor ihm kaum zu erkennen.

Er ging zum Wagen des Alten und klopfte gegen die Scheibe auf der Fahrerseite. Der elektronische Fensterheber hörte sich an wie ein Insekt.

»Was gibt's?«

Aus dem Innern des Wagens strömte ihm ein Geruch von billigem Rasierwasser und Leder in die Nase. Im Radio lief leise irgendein Schlager.

»Behalt mal für zehn Minuten den Parkplatz im Blick. Ich schau mich ein bisschen um.«

Der Fahrer des Alten glotzte zuerst nur. Dann nickte er und stopfte sich den Rest eines Schokoriegels in den Mund.

»Wenn was sein sollte, gib Bescheid«, sagte er.

Der Fahrer des Alten fuhr sich mit der Hand über den Mund.

»Wird schon nichts sein«, gab er kauend zurück.

29

Bruno stieg aus dem Wagen. Es war bitterkalt. Er rieb sich die Hände. Der Waldweg schien selten benutzt zu werden. Er war fast vollständig zugewachsen. Eine einzige Wildnis.

Bruno verfing sich an den Dornen einer Hecke. Er knipste die Taschenlampe an. Eine Brombeerhecke. Er war weit genug vom Waldparkplatz weg, so dass man sein Licht nicht sehen würde. Trotzdem hielt er den Strahl nahe über dem Boden. Gras unter ihm. Brennnesseln. Ein kleiner, tiefschwarzer Käfer, der panisch das Weite suchte. Wind raschelte in den Zweigen. Als eine Pfütze den Strahl der Taschenlampe grell zurückwarf, knipste er sie aus. Es war zu riskant. Bis auf den Wind war es still.

Bis zu seinem Geländewagen gingen sie schweigend nebeneinander her. Der Alte zog das rechte Bein etwas nach. Das war Westermann vorher nicht aufgefallen.

»Shanghai war ein Erfolg, habe ich gehört?«

Westermann nickte. Der Alte strich über die Karosserie des Wagens.

»Das hast du gut gemacht, Joachim.«

Seine Stimme ist anders, dachte Westermann. Kalt, sachlich. Das Väterliche darin war verschwunden. »Warum hast du mich zurückgeholt?«, fragte er ihn.

Ihre Blicke trafen sich. Trotz der Dunkelheit nahm Westermann den Ausdruck von Verwunderung im Gesicht des Alten wahr. Auch die Anspannung. Nervosität.

»Warum fragst du mich das?«

Dicht neben ihnen im Gebüsch war ein Rascheln zu hören. Sie mussten ein Tier aufgeschreckt haben.

»Warum hast du mich zurückgeholt?«, wiederholte Westermann.

Der Alte fasste ihn wieder an die Schulter.

»Weil die Situation außer Kontrolle geraten ist, Joachim.«

Westermann wich einen Schritt zurück. Er wollte diese Berührungen nicht.

»Ich weiß, was ich tue.«

Der Alte musterte ihn.

»Und Schiller?«

»Ich habe es tun müssen.«

Die Gestalt des Alten spiegelte sich schemenhaft auf der Windschutzscheibe des Geländewagens.

»Und ich werde es zu Ende bringen«, fügte Westermann hinzu.

Der Alte entfernte sich einen Schritt vom Wagen weg und machte ihm ein Zeichen zu folgen. Dann blieb er stehen. Er wartete, bis Westermann zu ihm aufgeschlossen hatte.

»Du kannst es nicht zu Ende bringen, Joachim. Es ist zu Ende. Sie haben Schiller heute Morgen gefunden.«

Westermann erstarrte. Er spürte nichts. Nur Leere. Erschöpfung. Müdigkeit.

Bruno ließ den Schein der Taschenlampe über das Dickicht gleiten. Kein Garten, dachte Bruno. Wald. Und nicht Sommer. Nicht Tag. Nicht warm. Und trotzdem – die Bilder. Sie waren da. In ihm. Sie lauerten. Immer.

Der Waldparkplatz war von hier aus nicht mehr auszumachen. Durch dieses Dickicht kam er nicht. Keine Chance. Es war zu dicht. Und zu dunkel. Zumal er die Taschenlampe ausmachen musste, wenn er in die Nähe des Parkplatzes kam. Es blieb ihm nur die Landstraße übrig.

30

Bruno ging gebückt Richtung Parkplatz. Er hielt sich am Rand einer schmalen Böschung, die zur Landstraße hin sanft anstieg. Die Taschenlampe brauchte er nicht. Es war hell genug, und er kam schnell voran. Die Erde war weich. Nass. Das Gestrüpp, die Hecken, an denen er entlangstreifte, waren wie ein Vorhang, hinter dem er jederzeit verschwinden konnte, falls man ihn entdeckte.

»Es ist vorbei, Joachim.«

Westermann starrte ins Leere.

»Das weißt du.«

Wind raschelte in den Zweigen. Westermann spürte ihn an der Wange. Wie kaltes Wasser.

»Du weißt, dass es nur diesen einen Ausweg gibt.«

Die Stimme drang gedämpft zu ihm. So als wäre Glas zwischen ihnen.

»Für dich, Joachim. Für uns alle. Für die Partei.«

Warum sagt er nicht für mich, dachte Westermann. Das war es doch. Denn nur für ihn, für den Alten, musste er es tun. Für niemanden sonst.

»Hörst du mir zu, Joachim?«

Jetzt wandte er sich dem Alten zu und sah ihn an. Nickte.

»Gut.«

Er sieht alt aus, dachte er. Verbraucht. Seinen Zenit hatte er längst überschritten. Doch noch war er der Planet, um den sie alle kreisten. Ob sie wollten oder nicht.

»Was du mit Schiller gemacht hast, verstehe ich, Joachim. Aber warum der Junge?«

Die Hand jetzt wieder auf seiner Schulter. Westermann spürte sie kaum noch. Sie war ihm egal.

Woher wusste der Alte davon?

»Es war ein Unfall.«

Der Alte musterte ihn. Sein Blick war kalt.

»Gut. Es spielt keine Rolle mehr. Es ist geschehen.«

Das Mondlicht verwandelte den Wald. Es ließ ihn gläsern wirken. Zerbrechlich.

Wir brauchen keinen, der hier herumschnüffelt, dachte er. Die Landstraße war nass. Plötzlich ein Rascheln. Er blieb stehen und starrte in die Richtung, aus der das Geräusch gekommen war. War da was? Unten am Ende der Böschung? Nichts. Wahrscheinlich ein Tier. Wer würde schon so blöd sein und die Straße entlanggehen?

Das war knapp, dachte Bruno. Verdammt knapp! Er hatte den Typen nicht kommen sehen. Er war urplötzlich über ihm auf der Landstraße aufgetaucht. Sein Herz klopfte. Er schmeckte Blut auf der Zunge. Dornen. Er tastete sein Gesicht ab. Berührte eine nasse Wunde. Ein schmaler Schnitt unterhalb seines rechten Ohrs. Der Typ musste ihn gesehen haben, als er von der Landstraße in den Waldweg abgebogen war. Die Bremslichter. Jetzt war der Typ auf dem Weg zu seinem Wagen. Er hatte eine Knarre gehabt. Er hatte auf ihn gezielt. Was war das hier? Und wie kam er jetzt weiter? Die Straße war jedenfalls viel zu riskant. Bruno tastete nach dem Handy in der Tasche. Sollte er Verstärkung anfordern? Aber aus welchem Grund? Gefahr im Verzug, weil Westermann den Ministerpräsidenten zur Geisterstunde im Wald trifft? Das war ja nicht verboten. Und die Bodyguards von Politikern waren nun mal bewaffnet.

Aber vielleicht war der Anruf eine Falle gewesen, und man erwartete ihn?

Der Leibwächter hatte Bescheid gegeben. Seine Kollegen waren gewarnt. Er war sich ziemlich sicher, dass der Mann in dem Wagen allein gewesen war. Er hatte einen Blick dafür. Was wollte der? Woher wusste der von dem Treffen mit Westermann?

Er ging in die Hocke und drehte am Ventil des linken Vorderreifens. Es klemmte. Rost. Das verdammte Ding bewegte sich nicht. Er fluchte. Dann nahm er den Revolver aus dem Halfter und schlug mehrere Male mit dem Griff auf das Ventil. Zerrte erneut daran herum. Endlich entwich die Luft zischend aus dem Reifen. Als er sich aufrichtete, spürte er einen kurzen, stechenden Schmerz im Knie. Er atmete tief ein. Schaute an sich herunter. Schuhe verdreckt, Hose verdreckt. Scheißjob!

Die Ventile der anderen Reifen ließen sich leichter aufdrehen. Der Mann würde sich wundern. Weit und breit keine Spur von dem Kerl. Nichts.

31

Plötzlich tauchte einer der Leibwächter des Alten aus der Dunkelheit auf.

»Was ist los?«, zischte der Alte ihn an.

»Es gibt Probleme.«

Der Leibwächter war jung, gut gebaut und nervös.

»Was für Probleme?«

Westermann wandte sich von den beiden ab.

»Wir kriegen Besuch.«

Westermann starrte in die Krone einer gewaltigen Buche. Im Mondlicht sahen die kahlen Äste wie Knochen aus. Wie ein Skelett, das in die Wolken zu wachsen schien.

»Was hast du dann hier zu suchen?«

»Ich wollte nur Bescheid …«

»Kümmert euch drum!«

Die Gereiztheit in seiner Stimme fiel Westermann auf. Die Schärfe.

»Wir brauchen keine Zeugen«, sagte der Alte zu dem Leibwächter und machte dabei eine Handbewegung, wie wenn man ein lästiges Insekt verscheucht.

Bruno war ein gutes Stück näher an den Waldparkplatz herangekommen. Das Gestrüpp am Straßenrand war so dicht gewesen, dass er gedacht hatte, dass es sinnlos war, weil er nicht durchkommen würde. Dass es besser wäre, zu bleiben, wo er war, und zu warten. Die Aktion zu beenden. Aber dann hatte sich das Gestrüpp gelichtet. War in eine Schonung übergegangen, durch die er sich trotz Dunkelheit schneller hatte fortbewegen können.

Er lag auf dem Boden, ganz außer Atem. Den Parkplatz sah er nicht. Aber ein Weg führte genau dorthin. Auf dem Weg stand ein dritter Wagen. Keine Limousine, eher ein Geländewagen. In einiger Entfernung konnte er zwei Männer stehen sehen. Westermann und der Ministerpräsident? Oder zwei seiner Gorillas? Bruno konnte sie nicht erkennen. Sie waren zu weit weg.

»Ich stand immer hinter dir, Joachim. Wir alle. Das weißt du. Ich kann nachvollziehen, warum du es getan hast. Es war richtig. Du hattest keine andere Möglichkeit. Schiller musste verschwinden. Jeder von uns hätte genauso gehandelt wie du.«

Westermann sah den See wieder vor sich. Ihren See. Das Kräuseln des Wassers. Ihre nasse Haut. Ihre Zungen. Es war so lange her.

»Aber Schiller ist wieder aufgetaucht.«

Das Gesicht des Alten war jetzt unangenehm nah.

»Wir können nichts mehr für dich tun, Joachim. Es ist vorbei.«

Er roch seinen Atem. Rasierwasser.

»Man wird dich vor Gericht zerren.«

Die Augen des Alten flackerten. Fahrig, nervös.

»Willst du das?«

Raubtieraugen, dachte Westermann.

»Es ist nicht sicher«, erwiderte er.

Der Alte wandte sich abrupt von ihm ab.

»Doch, das ist sicher, Joachim. Das weißt du.«

Sein schmächtiges Profil passte nicht zu ihm, dachte er. Zu seiner Entschlossenheit. Seiner Härte. Zu der Macht, die er über sie alle hatte.

»Jo Schiller, der tote Junge, das Harzberg-Center. Man wird eins und eins zusammenzählen.«

Du bist nur ein Mensch, dachte Westermann. Ein Mensch, der Angst hat, panische Angst. Denn das Ergebnis der Addition würde nicht nur mich in den Abgrund reißen, sondern euch alle. Es würde deinen Kopf kosten.

»Denk an dich, Joachim. Denk daran, was von dir bleibt. In der Öffentlichkeit. Von dir selbst. Von deinem Ruf.«

Der Abgrund. Direkt vor ihm. Es war nur ein Schritt. Ins Schwarze. Warum verspürte er kein Bedürfnis, sie alle mit sich hinabzuziehen? Warum war es ihm so gleichgültig? In ihm war nur Leere. Und eine unendliche Müdigkeit.

»Alles, was du bist, Joachim, alles, was du dir erarbeitet hast, würde vor die Hunde gehen.«

Die Finger des Alten verkrallten sich in seinen Schultern. Westermann wehrte sich nicht. Er wollte sich nicht mehr wehren. Er war zu müde. Pfoten. Zähne. Das Bild mit den Hunden, ein gutes Bild. Das Rudel. Wir alle: das Rudel hinter dem Alten. Das schwächste Tier beißt man tot. Gemeinsam. So war die Natur. Es würde immer so sein.

Von einem Moment auf den anderen eskalierte die Situation. Plötzlich Schreie. Schritte. Grelles Licht überall. Drei Männer, die in einem Halbkreis auf ihn zukamen. Sehr schnell. Das realisierte er noch. Dass es drei Männer waren. Und ihre Waffen.

Dann fiel der erste Schuss. Bruno begann zu rennen.

32

Was genau war ihm durch den Kopf gegangen, als der Schuss fiel? Diese Frage stellte er sich oft in den Tagen danach. Doch eine Antwort auf die Frage fand er nicht. Er fand sie nie. Anfangs war er davon überzeugt gewesen, dass die Erinnerungen zurückkehren würden. Irgendwann. Sein Gehirn musste das Geschehen im Wald gespeichert haben. Eines Tages würden die Erinnerungen wieder an die Oberfläche seines Gedankenstromes gespült werden. Dann würde er alles klar vor sich sehen – wie einen Film. Dann würde er wissen, was er gedacht, was er empfunden hatte. Jedes Detail. Alles, was in ihm vorgegangen war in dem Moment, als es passierte. Aber die Erinnerungen kehrten nicht zurück. Auch Jahre später nicht. Wenn sein Gehirn damals überhaupt etwas gespeichert hatte, dann hatte es dies an einem Ort abgelegt, zu dem er keinen Zugang hatte.

Nur Splitter. Erinnerungsfetzen. Geräusche. Gerüche. Der Schmerz. Das Zischen der Kugel. Knapp an seinem Kopf vorbei. Wie knapp? Ein paar Zentimeter? Ein halber Meter. Der Einschlag der Kugel in einen Baumstamm. Etwas rechts von ihm. Das nahm er wahr. Wo der Einschlag gewesen war. Aber hatte er in dem Moment überhaupt realisiert, dass auf ihn geschossen wurde? Wahrscheinlich nicht. Es spielte keine Rolle. Es war kein Platz dafür. Alles in ihm war auf Instinkt geschaltet. Auf Überlebenstrieb. Flucht. Rennen.

An die kalte Luft erinnerte er sich, die er einsog. An sein Atmen. Den Puls. An die Zweige, die ihm ins Gesicht schlugen.

An die Baumstämme. An ihnen orientierte er sich. Er wollte sie im Rücken haben. Dann mehr Zweige. Immer mehr Zweige. Dornen. Nässe. Das Gestrüpp wurde dichter. Er kam nur langsam voran. Unendlich langsam. Er erinnerte sich an den Geschmack von Blut auf der Zunge. An Schreie, die lauter wurden. Näher kamen. Und auch an das Geräusch der Schritte. Er sah sich mit den Armen rudern, sich vorwärtskämpfen durch das dichte Gestrüpp. Es war wie Schwimmen. Wenn er in dem Moment Angst hatte, dann war es die Angst davor, das Gleichgewicht zu verlieren. Zu stürzen.

Als der zweite Schuss fiel, verlor Bruno den Boden unter den Füßen.

33

Wie das Mondlicht den Wald verwandelte. Ihn so gläsern wirken ließ. Zerbrechlich. Jetzt lag er da vor ihm. Still und schön. Dieser Wald würde das Letzte sein, was er sehen würde.

Als Westermann das Gewehr aus dem Wagen nahm, fielen im selben Moment Schüsse. Zwei Schüsse. Fast unmittelbar danach waren von der Landstraße her Martinshörner zu hören. Westermann hatte sich das nicht erklären können. Was geschah, war auch nicht wirklich zu ihm durchgedrungen. Er war wie ferngesteuert gewesen, hatte sich nur über den fluchtartigen Aufbruch des Alten gewundert. Ihm nachgeschaut, wie er sich von ihm entfernte und von der Dunkelheit verschluckt wurde.

Dann hatte er gedacht, dass er es tun müsste. Dass er es sich schuldig war. Auf ihn anzulegen und abzudrücken. Ihn mitzunehmen – den Alten. Er hätte ihn getroffen. Mühelos. Ganz kurz die Vorstellung, Amok zu laufen. Sie zu erschießen. Die Leibwächter. Den Fahrer. Ein Blutbad anzurichten. Es wäre zu einem Schusswechsel gekommen. Vielleicht wäre er dabei getötet worden.

Aber er hatte es nicht getan. Er hatte nicht angelegt. Er hatte nicht gezielt. Er hatte nicht geschossen.

Plötzlich war der Boden unter ihm weg gewesen. Er fiel. Er spürte den Aufschlag. Das Brechen eines Knochens. Rauschen in seinem Kopf. Sein Atmen. Der Herzschlag. Alles war so laut.

Die Stimmen hörte er nicht mehr, auch keine Schritte mehr.

Plötzlich die Martinshörner. Sie kamen näher. Polizei, Feuerwehr. Notarzt. Ein Unfall. Dann begann sich der Schmerz in ihm auszubreiten. Ein gebrochener Knochen. Es musste der Arm sein. Oder die Schulter. Der Schmerz wurde stärker, schwoll an. Wellen, deren Intervalle immer kürzer wurden. Dann verlor er das Bewusstsein.

Der Geschmack des Metalls im Mund würgte ihn.

Am Rand der Lichtung bewegte sich etwas. Westermann nahm den Lauf des Gewehrs aus dem Mund und starrte auf die Stelle, wo die Bewegung gewesen war. Das Rascheln.

Es war ein Fuchs. Er betrachtete den mageren, hässlichen Körper. Seinen langen, bauschigen Schweif.

Der Fuchs bewegte sich nicht. Stand wie erstarrt. Er hatte ihn gewittert. Den Menschen. Den Jäger. Für einen Moment blitzten seine kleinen, feigen Augen im Mondlicht auf. Dann erloschen sie.

Als er wieder zu sich kam, hörte er die Martinshörner und spürte den Schmerz. Das hat sie vertrieben, dachte er. Die Martinshörner. Das hatte ihn gerettet. Ein Unfall auf der Landstraße. Auch dieses Loch hier, in das er gefallen war. Wahrscheinlich ein Bombenkrater aus dem zweiten Weltkrieg. Es gab in den Wäldern rund um die Stadt viele davon. Krater von Bomben, die während der Luftangriffe zu früh abgeworfen worden waren.

Bruno versuchte sich aufzurichten, doch der Schmerz nahm ihm die Kraft. Er fiel vornüber. Der Geschmack von Erde. Gras. Blut.

Später erinnerte er sich nicht daran, wie er aus dem Loch gekommen war. Auch nicht daran, wie er sich zu seinem Wagen geschleppt hatte, wie er den Notruf abgesetzt und Verstärkung angefordert hatte. Nur an die Schmerzen konnte er sich erinnern. Und dass er im Wagen saß. Zusammengekrümmt. Zitternd. Er sah den rötlichen Schein des Warnblinkers in den Zweigen. Der Schmerz nahm langsam den Rhythmus des Blinkens an. Und dann hörte er den Schuss.

34

An der Decke des Notarztwagens pulsierten Lichter. Sie wirkten dreidimensional. Weich. Sie waren wie wattige Körper. Bruno hatte den Eindruck, nach ihnen greifen zu können.

Sie mussten die Stadt erreicht haben. Er schaute auf Lady Di. Sie hielt seine Hand. Sie lächelte.

Irgendwo in seinem Kopf hörte er die Schreie wieder. Die Stimmen. Das Zischen der Kugel dicht an seinem Kopf. Ihr Einschlag in den Baumstamm. Aber nur kurz.

Dann legten sich die Fahrgeräusche des Krankenwagens wieder darüber.

»Was ist im Wald passiert?«, fragte Lady Di.

Die Wellen des Schmerzes waren jetzt gedämpfter. Sie mussten ihm etwas gegeben haben. Etwas gegen die Schmerzen. Und Beruhigungsmittel.

»Es war knapp«, antwortete er nur. »Verdammt knapp.«

Ihr Gesicht war blass. Das Lächeln darin verschwand.

»Sie haben auf mich geschossen.«

»Wer, Bruno? Und warum?«

Es kam ihm so vor, als würden die Wattekörper von der Decke auf ihn heruntersinken. Er schloss die Augen. Hörte auf seinen Herzschlag. Auf seinen Puls. Auf sein Atmen. Dann öffnete er die Augen wieder. Schaute Lady Di an.

»Nicht jetzt«, sagte er.

Der Druck ihrer Hand wurde fester. Die wattigen Körper begannen ihn einzuhüllen.

»Da war noch ein Schuss«, sagte er.

Sie legte die Hand auf seine Stirn.

»Es ist gut, Bruno. Es ist alles gut!«

Er war so schrecklich müde. Doch es war vorbei. Es war vorbei.

35

»Alle Vögel sind schon da, alle Vögel alle ...«

Was hat Ivan da auf dem Schoß, dachte Katharina Kusch plötzlich. Federn. Im ersten Moment hatte es ausgesehen, als sei es ein Tier. Doch es war ein Hut. Ein Hut mit Federn, wie ihn Jäger trugen. Zumindest Jäger in Filmen. Dass jemand echt mit so etwas herumlief, konnte sie sich nicht vorstellen.

»Was ist das?«

Die Kinder verstummten. Alle schauten zu Ivan.

»Ein Vogelhut«, sagte Ivan.

»Wo hast du den Hut her?«

»Den hab ich gefunden, Frau Kusch.«

»Wo, Ivan? Wo hast du den Hut gefunden?«

Er drehte sich ein wenig zur Seite und zeigte Richtung Wald.

»Da«, piepste er.

Katharina Kusch gab sich Mühe, Ruhe zu bewahren. Erst der tote Mopedfahrer, den Ivan im Wald entdeckt hatte. Dann die Zettel mit den Hilferufen. Vor zwei Tagen hatten sie die Leiche eines Mannes gefunden. Lebendig begraben. In einem Stollen, keine 200 Meter entfernt von ihrem Bauwagen. Die Zettel hatten wohl etwas mit dem Toten zu tun gehabt. Der arme Kerl hatte sie geschrieben. Der Wald wurde ihr immer unheimlicher. Und immer war es Ivan.

»Wo genau, Ivan?«

»Ich kann es Ihnen zeigen, Frau Kusch.«

»Gut, Ivan. Zeig es mir.«

Ivan erhob sich. Den Hut hielt er fest an die Brust gedrückt.

Vögel abknallen, um sich dann die Federn an den Hut zu stecken, dachte Katharina Kusch, das ist doch pervers.

»Dürfen wir mit?«, fragte die kleine Teresa.

Doch Katharina Kusch wies die Kinder an, sich nicht von der Stelle zu rühren. Sie maulten zwar, blieben jedoch, wo sie waren.

Sie folgte Ivan einen schmalen Weg entlang. Der Weg war von Brennnesseln überwuchert. Tautropfen waren noch auf den Blättern. In den kahlen Kronen der Bäume glitzerten bereits die ersten Sonnenstrahlen. Es würde ein herrlicher Tag werden, dachte sie. Sonnig. Und hoffentlich endlich wärmer. Der Weg führte zu einer schmalen Lichtung.

Ivan blieb stehen und zeigte auf einen Hochsitz.

»Da habe ich den Vogelhut gefunden«, sagte er.

Katharina Kusch sah die Sprossen hinauf bis zur Plattform. Etwas schimmerte da oben.

»Komm, Ivan, zeig's mir. Ich will genau wissen wo«, sagte sie.

Der Junge setzte sich wieder in Bewegung. Sie gingen drei, vier Meter auf den Hochsitz zu, dann hielt Katharina Ivan abrupt an der Schulter zurück. Erschrocken fuhr er herum und starrte sie mit großen Augen an. Was dort oben auf der Plattform des Hochsitzes schimmerte, war nichts anderes als eine Hand! Da oben lag jemand. Sie nahm ihr Handy aus der Jacke und rief die Polizei an. Als sie die Tasten drückte, merkte sie, dass sie am ganzen Körper zitterte.

Zwei Schmerztabletten – und sein Arm tat immer noch höllisch weh. Es war kurz nach halb neun. Das alte Laub unter ihren Schuhen zerbrach wie Glas. Ein wolkenloser Morgen. Und bitterkalt.

Lady Di ging voran, und die Atemwolken, die sie ausstieß, verhüllten immer wieder ihren Kopf. Der Hochsitz war an den

Stamm einer riesigen Buche gebaut. Er war grün gestrichen. Camouflage. Waren Rehe wirklich so dumm?

Sie waren nicht die Ersten. Das LKA war vor ihnen da – gleich ein halbes Dutzend. Bruno hatte es geahnt. Siegrist war natürlich vorne dran. Was für ein Pisser, dachte Bruno. Null Rückgrat. Keine Eier in der Hose. So was nannte man vorauseilenden Gehorsam. Es war ekelhaft.

»Gut gemacht«, schleimte Siegrist ihn an.

Einer der LKA-Leute stieg gerade die Sprossen hinauf.

»Hervorragende Arbeit«, kam es auch von einem der LKA-Leute.

Ein ziemlich fettes Exemplar. Der musste hier der Boss sein.

»Aber jetzt ist das unsere Baustelle«, fügte er hinzu.

Siegrist nickte wie ein dressierter Pudel.

»Wir reißen uns nicht darum«, kommentierte er.

Der LKA-Boss gab sich gerade noch die Mühe, sein aufgedunsenes Gesicht zu einem schmierigen Lächeln zu verziehen. Das musst du noch üben, dachte Bruno. Seinem blassgelben Teint nach zu urteilen war der Mann ganz und gar nicht gesund. Doch diese Kerle waren zäh. Die hatten noch etwas von ihrer Rente. Nicht so wie sein Vater. Der war ein wahres Schnäppchen für den Staat gewesen.

Bruno wies zum Hochsitz hinauf.

»Westermann?«

Siegrist nickte.

»Ja, Westermann. Die Übergabe ist so weit gemacht.«

Bruno ging einen Schritt auf Siegrist zu.

»Ich habe den Schuss gehört. Gestern Nacht.«

»Über gestern Nacht müssen wir noch reden, Bruno.«

»Müssen wir das?«

Siegrist scharrte mit den Füßen, als müsste er dringend pinkeln.

»Ja.«

»Schön«, erwiderte Bruno. »Dazu haben wir ja jetzt alle Zeit der Welt.«

Siegrist grinste nur linkisch.

»Reden ist Silber. Schweigen ist Gold«, meinte Lady Di.

»Das hast du jetzt aber schön gesagt«, lobte Bruno.

Siegrist schaute abwechselnd Bruno und Lady Di an. Sein Gesicht war wie versteinert.

»Dann können wir eigentlich gehen«, sagte er dann.

Der LKA-Boss warf ihnen einen amüsierten Blick zu.

»Nicht mehr unsere Baustelle«, sagte Siegrist.

Der LKA-Boss sah demonstrativ zum Hochsitz hinauf. Er würdigte Siegrist keines Blickes mehr. »Korrekt«, nuschelte er nur.

Sein Kollege war jetzt oben auf der Plattform. Er zog die Hand der Leiche in den Hochsitz hinein. Sauber, dachte Bruno, warum fängst du nicht gleich damit an, Westermann zu mumifizieren?

»Wir gehen«, sagte Siegrist.

»Gut«, meinte Bruno.

»Was gut?«, zischte Lady Di.

»Alles.«

»Super«, kommentierte Siegrist.

Epilog

Gut. Alles gut. Alles super, dachte Bruno. Der Verkehr schob sich in einer unendlich trägen Welle mit ihm den Berg hoch.

Westermanns Tod war ein tragischer Unfall gewesen. So einfach war das. Ein Jagdunfall. So hatte es in der Zeitung gestanden. Die Leiche von Jo Schiller hatte man im Wald gefunden. Man ging von einem Suizid aus. Würde es je andere Erkenntnisse geben? Und Oliver Schöner? Der tote Jugendliche? Für den interessierte sich niemand mehr. Der war längst abgehakt. Nur noch eine Ziffer in der Unfallstatistik des Landkreises. Des Kreises, nicht der Stadt. Westermann hatte den Jungen ein paar Meter hinter der Stadtgrenze über den Haufen gefahren.

Wieder mal auf dem Weg zum Friedhof. Eine Beerdigung jagte die nächste. So langsam reicht's, dachte Bruno. Die Beerdigung seines Vaters war noch nicht mal zwei Wochen her. Schillers war vor drei Tagen gewesen. In aller Stille. Nur die engsten Angehörigen. Und der Junge war schon lange unter der Erde. Jetzt das Ganze noch mal, erster Klasse. Der ganz große Abgesang. Alles vom Feinsten. Staatsbegräbnis. Die Beerdigung von Joachim Westermann.

Eine rote Ampel brachte den Strom der Autos endgültig zum Erliegen. Es war kurz vor vier Uhr. Er war spät dran. Aber er hatte es nicht eilig. In der Aussegnungshalle würde es von hohen Tieren wimmeln, die sich dazu berufen fühlten, betroffene Reden über das tragische Hinscheiden des allseits beliebten und verdienten Politikers zu halten. Westermann würde sich noch eine Weile gedulden müssen.

Die Ampel schaltete wieder auf Grün, aber nicht einmal ein halbes Dutzend Autos schafften es über die Kreuzung. Im Radio massakrierte ein dümmlicher Werbespot für ein Waschmittel den Song »Sweet Dreams« von den Eurythmics. Bruno schaltete ab.

Es gab noch die Zahnbürste, die er aus Westermanns Villa hatte mitgehen lassen. Eine sinnlose Aktion. Noch ein Detail, das niemals in irgendeiner Akte auftauchen würde.

Brockmanns Ehrgeiz war in dieser Hinsicht bemerkenswert. Er schob den Stein den Berg rauf, und von dort rollte der Stein wieder den Berg runter. Oder war es die Geschichte mit den Windmühlen? Oder eben nur der ganz normale Wahnsinn? Brockmann hatte sich sogar noch einmal die Lackspuren am Moped des Jungen vorgenommen. Wie er zum Abgleich der Spuren an Westermanns Geländewagen gekommen war, würde für immer sein Geheimnis bleiben.

Andererseits hatte das LKA genug damit zu tun gehabt, für Westermanns Geschichte ein gutes Ende zu erfinden. Die Lackspuren hatten jedenfalls übereingestimmt. Ein Treffer. Die Spuren, die man an Schillers Leiche und in dem Stollen gefunden hatte, stammten von dem Besitzer der Zahnbürste. So viele Treffer, dachte Bruno. Und keine Wirkung.

Die Autoschlange setzte sich wieder in Bewegung.

Da hingen sie. Die Politiker. An den Laternenpfählen. Einer neben dem anderen. Auf riesigen Plakaten. Eigentlich sehen sie alle gleich aus, dachte Bruno. Klone. »Die Zukunft für unser Land« und »Wir packen es an«. Das waren die beiden beliebtesten Slogans. Der Wahlkampf war in vollem Gange. Vielleicht waren es dieselben Slogans von vor vier Jahren. Niemandem würde das auffallen. Selbst wenn auf einem Plakat »Wir packen es aus« stünde – es würde niemanden interessieren.

Als Bruno direkt vor der roten Ampel zum Stehen kam, sah Joachim Westermann ihn an. Schön, dachte er, dass die Maschinerie doch nicht ganz so reibungslos funktioniert. Keine zwei Tage hatte es gedauert, und alle Plakate mit Westermanns Konterfei waren ausgetauscht. Aber dieses Plakat hier hatten sie offensichtlich vergessen. Die »Zukunft für unser Land« war jetzt eine Petra Scheicher. In seiner Kindheit waren Politiker alte Männer gewesen. Heute wurden sie immer jünger. Oder er wurde einfach nur älter. Besser wurde es deshalb jedenfalls nicht. Petra Scheicher war jung. So jung und schon so weit oben. Eine steile Karriere.

Als Bruno zur Aussegnungshalle kam, war der Abgesang auf Joachim Westermann bereits in vollem Gange. Es war kurz nach halb fünf. Der Parkplatz vor dem Friedhof war mit gepanzerten Limousinen zugeparkt. Bruno hatte in einer Seitenstraße des angrenzenden Wohngebiets parken müssen.

Plötzlich schien die Sonne – wie bestellt. Zwischen den Wolken war viel Blau. Blass, aber immerhin blau. Es wird doch noch Frühling, dachte Bruno.

Dann ging er in das nach Weihrauch und Feuchtigkeit riechende Halbdunkel. Die Halle war bis auf den letzten Platz gefüllt. Schwarze Anzüge, starre Mienen. Westermanns Sarg wirkte klein und verloren zwischen den vielen Menschen. Auch die vielen Blumen, die um seinen Sarg drapiert worden waren, vermochten die Szenerie nicht aufzuhellen. In der ersten Reihe erkannte er Vera. Im Profil. Sie sah schön aus. Wunderschön. Der Mann neben ihr erhob sich und ging zum Rednerpult neben dem Sarg. Es war der Ministerpräsident.

Das Dreckschwein, dachte Bruno, dem es völlig egal gewesen wäre, wenn er da draußen im Wald verreckt wäre. Sie hätten seinen Tod schon auf die eine oder andere Art hingedreht, da war er sich sicher. Arbeitsüberlastung, private Probleme, Alkohol, Depressionen. Warum sollte sich ein Polizist vor einen Zug stellen? Der machte es doch besser selbst.

Sehr theatralisch, effektvoll, gemessenen Schrittes ging der Ministerpräsident zum Pult. Dann ein kurzer Blick auf den Sarg, das angedeutete Seufzen, das Glattstreichen des Skriptes, auf dem seine Rede stand, ein letzter Blick ins Publikum, einatmen, ausatmen ... Dann begann er zu sprechen.

Es war exakt die Zeit, die die beiden Kameramänner brauchten, um den Ministerpräsidenten scharf zu stellen. Genau die Zeit, bis das Bild perfekt war. Echt war hier nichts. Es war alles nur gespielt. Perfekt inszeniert. Der warme, sonore Klang der Stimme des Ministerpräsidenten, die wohldosierten Pausen während seiner Rede, das gütige Lächeln. Das angedeutete Entgleisen der Gesichtszüge bis hin zum Schluchzen. Perfekt, einfach perfekt.

Bruno drängte sich hinter den schwarzen Mänteln auf die gegenüberliegende Seite der Halle, wo das Kondolenzbuch auflag. Er nahm den Stift. Der schlaksige junge Mann, der neben dem Tisch stand, auf dem das Buch lag, musterte ihn. Seine Akne war mehr schlecht als recht verheilt. Als Bruno ihn direkt ansah, verzog er sein Gesicht zu einem nervösen Lächeln.

Das war's noch nicht, dachte Bruno. Du musst noch viel üben, wenn du eines Tages da vorne am Pult stehen willst. Oder daneben liegen. In einem Sarg.

»Zwei, die du auf dem Gewissen hast, grüßen dich. Jo Schiller und Oliver Schöner. Weidmanns Heil!«, schrieb Bruno in das Kondolenzbuch. Den Stift steckte er ein. Als Andenken.

Kaum hatte er sich umgedreht, riss der junge Mann schon das Buch an sich. Nachdem er Brunos Eintrag gelesen hatte, klappte er es zu und verstaute es mit hochrotem Kopf in einen Aktenkoffer.

An deiner Stelle würde ich die Seite besser rausreißen, dachte Bruno.

Die Hände des Jungen zitterten, als er ein neues Kondolenzbuch aus dem Aktenkoffer nahm. Die Folie aufriss. Das Buch auf den Tisch legte. Es dann vorsichtig, fast ehrfurchtsvoll öffnete. Das goldfarbene Lesebändchen aus der Mitte des Buches zog und auf die erste Seite legte. Die Seite glatt strich. Wieder und wieder.

Martha Grimes
Minette Walters